블랙 레인

이 도서의 국립중앙도서관 출판시도서목록(CIP)은 e-CIP 홈페이지(http://www.nl.go.kr/cip.php)에서
이용하실 수 있습니다. (CIP제어번호 : CIP2010000696)

블랙
레인

이덕화 소설집

푸른사상
PRUNSASANG

작가의 행로

두 권의 장편소설과 한 권의 단편 모음집, 그리고 이번에 내게 될 두 번째 단편 모음집까지 하면 4권의 작품집을 출판하게 된다. 이젠 작가의 반열에 들어섰다고 할 수 있다. 그러나 아직도 진정한 작가의 길은 무엇인가라는 생각을 하면 막막해진다.

내가 작품을 쓴다는 것은 바로 나 자신의 의식의 궤적을 훑어나가는 것이다. 초창기 작품을 쓸 때는 난 나의 범주를 벗어나지 못했다. 모든 화두가 나로 집중되어 있었다. 그 다음은 내가 소속되어 있는 집단이 나의 관심의 대상이었다. 즉 나의 삶을 지배하는 가정, 내가 근무하고 있는 학교였다. 그것은 의도적인 것도 있었다. 나 스스로를 극복하지 않으면 세계를 받아들이기 힘들고, 세계를 받아들일 수 없다면 세계를 이해할 수 없을 것이라는 강박 관념 같은 것이었다. 내가 몸담고 있는 가정과 내가 근무하는 학교는 바로 나 자신의 얼굴이고 나의 실체라는 생각이었다. 나에 대한 탐구의 여정은 결국 불완전하고 결점 투성이인 나를 신뢰하고 애정을 가지고 사랑하게 만들었다. 나는 어떤 누구보다 평범하고 별 볼일 없다는 자신을 인정함으로써 세상은 새롭게 나를 향해 손짓했다.

그동안 '나만이'라는 생각으로 외롭게 쓸쓸했던 세상은 언제나 따뜻한 봄바람처럼 나를 감쌌고, 나를 향해 미소 지었다. 그리고 나의 관심은 나 외의 다른 세계를 향해 힘차게 뻗어 나갔다. 민족의 슬픈 역사 속에서 떠밀려 미국 샌프란시스코로 이민간 차학경이 뉴욕에서 어느 정신병자에게 당한 죽음은 바로 나의 죽음으로 각인되었고, 탈북민들의 서바이벌 게임은 더 이상 탈북민만의 문제가 아니라는 인식이었다. 그러나 아직도 나에게 외부 세계는 의식의 변두리에서만 맴돌고 있었다. 무엇을 향해 걸어가야 할 지 뚜렷한 방향이 잡히지 않았다. 그러다 중국 작가 위화의 「인생」이라는 작품을 보고 크게 깨달았다. 「인생」의 주인공 푸꾸이 같은 우리 민족의 격동사 굽이 굽이를 아우를 수 있는 산증인을 찾는 것이다. 그 사람의 삶 속에 그 험난한 우리 민족사가 그대로 각인된 그런 인물 말이다. 그것은 어쩌면 요원한 이야기일지 모른다. 그리고 어쩌면 내 역량으로 감당하기 힘든 세계일지 모른다. 그러나 언젠가 기회 오기를 기다리고 기다릴 것이다.

부족한 원고를 선뜻 책으로 내어주겠다는 〈푸른사상〉 한봉숙 사장님, 항상 감사드리며 또 이 책을 위해 수고해주실 편집부 식구들에게도 감사드립니다.

2010년 용이동 연구실에서

절규

고등학교 3학년 소녀가 자살했다. 성적도 상위권에 들고, 재력 있는 상당한 권력가 집안의 딸이었다. 친구들과 어울리지 않고 혼자 공부만 한다고, 경쟁자인 여학생이 인터넷으로 허위 사진을 올린 것이 화근이었다. 그 소녀의 사진을 가장해 부랑배와의 섹스 장면을 몇몇 반 친구들에게 메일로 돌리고 친구들 카페에 올린 것이다. 학교는 다음 날 발칵 뒤집어졌고, 그 소녀는 교장실로 불려갔다. 그 사건은 그녀의 경쟁자인 친구의 시기와 질투로 빚어진 조작된 사건임이 밝혀졌다. 사진은 컴퓨터 조작에 의한 것으로 판명되었고, 오히려 동영상 사진을 올린 친구가 정학 조치를 받았다. 조작된 사건임이 드러났음에도 반 친구들은 여전히 그 친구를 마치 똥 밟은 표정으로 대했다. 그 여학생 역시 '마치 자신의 발가벗은 모습을 친구들이 본 것 같다'며 학교 가기를 거부했다. 결국 그 소녀는 다른 학교로 옮겨갔다. 그러나 수능 한 달을 두고 전학해 온 소녀에게 의문을 품고 주위 여학생들은 수군대었다. 그 소녀는 더 이상 참지 못하고 결국 수능 며칠을 남겨두고 아파트 옥상에서 떨어져 자살했다.

　그 소녀의 유서에는 '난 아무도 미워하지 않았고, 내 할일만 했을 뿐인데…… . 시기와 질투로 점철된 사회에서 무엇을 더 바라겠는가 ' 라고 씌어 있었다고 했다. '망할 년들……' 하고 현우는 자신도 모르게 큰 고함소리를 냈다. 그리고는 읽다만 신문을 확 거실 바닥에 팽개쳤다. 냉장고로 가 찬물을 꺼내어 벌컥벌컥 마셨다. 거실에는 밤새 마셨던 소주병과 오징어와 땅콩 부스러기, 여기저기 흩어져 있는 옷가지들과 양말짝이 뒤범벅이 되어 어지럽다. 현우는 발에 체이는 티셔츠를 발로 차며 다시 신문을 주워 들었다. 그러나 신문의 글자들은 그의 머릿속에서 춤을 출 뿐 의미가 되지 않는다. 그는 거실 창문가로 갔다. 아직 덜 깬 아파트 단지는 조용하다. 한 가닥 바람이 지나가며 앞동산의 나무 가지들을 흔들자 나뭇잎들이 우수수 흩어진다.
　현우는 거실 유리문에 비쳐진 자신의 낯선 모습에 얼굴을 돌린다. 일 년 간의 변화가 스스로도 믿기지 않는다. 그건 자신이 아니었다. 그런데 문제는 바로 그게 자신이었다는 사실이다. 이제 돌이킬 수 없고 누군가에게 잘못했다고, 용서해달라고 해서 끝나는 문제가 아니라는데 문제의 심각성이 있다. 아내와 딸이 떠난 이후, 집의 어느 구석에서든 아내나 딸이 불쑥불쑥 뛰어 나올 것 같은 환상 때문에 집에 있는 것조차 괴로웠다. 같이 살 때에도 집에 있는 시간보다 밖에 있는 시간이 더 많기 때문에, 자신은 혼자서도 잘 살 수 있다고 생각했다. 그러나 그게 아니었다. 어릴 때 운동회에서 엄마 손을 놓아버린 어린아이 같았다. 세상 천지에 홀로 내버려진 듯한 외로움에 당황했다. 그도 모든 것을 때려치우고 미국으로 가고 싶었다. 오히려 그때 함께 갔다면 이런 지경까지는 빠지지 않았을 것이다. 그때는 너무나 큰 비전을 가지고 있었고 그 비전을 이룰 자신도 있었다. 누군가 가족은 하루 종일 같이 있지 않아도 존재한다는 사실만으로도 위로가 된다고 하였던가? 그러나 아니었다. 아내와 딸이 떠난 이후 이어진 악몽은 불면으로 이어졌고, 그 불면 때문에 시작한 술은 아내와 딸 대신 자신을 위로하는 유일한 친구가 되었다.

결혼 10년 차, 처음으로 집을 마련하고 이 집으로 이사했을 때 아내나 딸년이 얼마나 기뻐했는가. 거실에서 바라보이는 저 동산에서 지저귀는 새소리와 왔다갔다하는 청솔매에 반해 이 집을 보자마자 바로 계약하지 않았는가. 그러나 집을 사기 위해 절약했던 세월들, 그때가 제일 행복했었던 것 같다. 아내는 집에서 아르바이트로 중, 고등학생 영어를 가르치고, 그도 저녁 회사 일이 끝나는 대로 고등학생 수학을 가르치는 아르바이트를 했다. 대학생 때부터 유명한 과외 선생으로 알려져 있어 방과 후 아르바이트는 자신이 시간만 내면 얼마든지 가능했다. 그가 다니던 재벌 회사는 회사대로 그를 신뢰해 부서 이동이 있을 때마다 그는 자기가 원하는 부서로 옮길 수 있었다. 그는 몇 년만 열심히 해 임원으로 승진하면 그때부터는 그의 삶에 여유가 생길 것이라는 생각으로 과외 없는 날에는 자신의 몸을 생각하지 않고 회사를 위해 뛰었다. 딸년도 잘 자라 초등학교부터 반에서 일등을 놓치는 법이 없었다. 그래 '집이 없다'는 걱정 말고는 아무런 걱정이 없었다. 문제는 집을 새로 사 이사를 온 후 생겼다.

딸 현정은 자신의 이름 현에 그 부인 미정의 이름 두 자를 따, 현정이라 이름 지었다. 현정의 학교 때문에 그 동네에서 계속 전세로 옮겨

다녔다. 다른 동네로 옮길 수가 없었다. 초등학교 때부터 사귀어 온 친구들, 또 엄마가 그 친구들의 영어를 맡아 과외를 하고 있었기 때문에 누구 하나 현정에 대해서 시비를 거는 친구는 없었다. 이사를 자주 오고 가는 그 동네에서 현정이네는 한 동네에서 10년 이상 산 터줏대감이었다. 줄곧 반장과 일등을 도맡아 했었다. 그것은 중학교에 가서도 그대로 이어졌다.

청솔매가 동산에서 보도를 가로질러 아파트 앞뜰까지 내지른다. 그가 발뒤꿈치를 들었다. 그때 전화 벨소리가 요란하게 울렸다. 그의 부인 미정이었다. 아파트 월세와 생활비와 현정의 등록금이 아직 도착하지 않고 있다고. 등록금 마감이 이틀밖에 남지 않았다고. 미정은 이미 눈치를 챈 것일까. 울먹이며 전화를 끊었다. 미국에 간 모녀의 아파트 월세, 생활비와 현정의 등록금을 아직 부치지 못했다. 돈을 구할 방법이 없었다. 다시 과외를 학부모에게 부탁했지만, 그날 부탁하러 간 그의 행색에 학부모는 무언가 잘못 되었음을 감지했는지 아직 연락이 없다. 무엇이 잘못되었는가. 현우는 다시 냉장고로 가 찬물을 꺼내 병째 벌컥벌컥 들이킨다. 11시까지 짐을 대략 정리해야 할 것이다. 집은 이미 압류당한 상태이고, 법원에서 곧 공매처분이 될 것이다. 문제는 미국 뉴저지에 있는 부인과 딸 현정이다.

그는 테이블 위 흩어진 신문 사이에서 담배갑을 찾는다. 담배에 불을 붙이고 테이블 위의 물건들을 주섬주섬 줍다가, 어제 밤에 꺼내 놓은 가족사진을 쳐다본다. 부인 미정과 현정이 그를 보고 따스하게 웃는다. 눈시울이 적셔진다. 언제 다시 그들을 만날 것인가. 남편과 아버지의 자격을 스스로 상실한 무자격자. 그는 다시 술을 찾는다. 그러나 이미 소주는 끝이 났다.

그는 '어머니'를 소리 없이 부른다. 어머니만 계셨어도 이런 일은 결코 일어나지 않았을 것이다. '어머니, 어머니, 어머니…….' 그는 반복해서 어머니를 부른다. 제대로 효도 한 번 못했다. '집을 사면' 하던 마음이 현정이 년이 미국으로 가는 바람에 경제적으로는 집 사기 전보다 오히려 더 여유가 없었다. 집을 살 때 얻었던 아직 다 갚지 못한 대출금에 미국 정착금, 또 따로 드는 미국 생활비, 현정의 등록금까지 몇 년은 더 고생해야 했다. 그래서 어머니를 자주 찾아본다는 꿈도, 용돈을 좀 넉넉히 보내드린다는 꿈도 지키지 못한 채 어머니는 눈을 감아버렸다.

이사 온 지 일 년이 지난 중학교 3학년 마지막 학기였다. 현정이가 학교에 가기 싫다고 했을 때, 그와 미정은 깜짝 놀랐다. 현정이의 입에서 학교에 가기 싫다는 말이 나오리라고는 상상도 못했다. 이사를 오자마자 반에서 일등을 했었다. 그리고 그 다음 학기에도 일등을 계속했다. 담임선생도 전학하자마자 일등을 하는 학생은 처음 보았다고 칭찬을 했다며 현정이 좋아했었다. 전학한 후 그와 그의 부인은 현정이 성적 같은 것은 걱정하지 않았다. 자신의 일을 워낙 철저히 하는 아이라 떨어졌다 해도 금방 회복이 될 것이라 믿었었다. 또 이사를 한후, 도심과는 조금 떨어진 도시라, 쾌적한 환경에 도취되어, 현정이 성적 같은 것은 아무래도 좋다는 기분이었다.

새벽마다 동산에서 들려오는 새소리에 잠을 깨고 아파트를 나가 5분도 채 안 된 거리에 있는 탄천을 30분 정도 조깅하고 출근할 때면, 이게 바로 행복이구나 하는 충만감이 가슴 깊은 곳에서 울려나왔다. 회사 동료들의 눈치를 보며 사무실을 빠져나와, 과외할 집으로 향하던 자괴감과 학부형들의 비위를 맞추기 위해 자신의 철학과 상관없이 늘어놓았던 천편일률적인 성적예찬론 등, 한때 그렇게 굴욕적이던 그런 감정들이 눈 녹듯 사라져 버렸다. 다 그런 것을 밑바탕으로 오늘의 행복이 이루어졌다는 생각으로, 이제부터는 오직 회사에 충실하리라고 다짐하며 매일 출근했었다.

그런 행복도 잠시, 학교를 가지 않겠다니, 두 부부는 천둥 벼락을 맞은 것 같았다. 미정은 학교로 가 담임을 찾았다. 담임도 어리둥절해 했다. 그럴 이유가 없다는 것이다. 담임이 현정이 반 친구들을 조회해 알아보겠다는 것이다. 알아보겠다던 담임의 답변은 일주일이 지나서야 왔다. 그 사이 매일 학교를 가지 않겠다는 현정이를 달래 학교에 보내고 같은 동에 산다는 반 친구를 통해 수소문해 봤지만, 친구들도 미정이를 피하려고만 할 뿐 자신들은 모르는 일이라고 했다. 담임 역시, 선명하게 대답을 못했다. 자신도 무슨 일이 일어나고 있다는 눈치는 챘지만 학생들이 입을 열려고 하지 않는다는 것이다. 결국 현정이를 통해서 듣는 수밖에 없었다. 현정이도 처음에는 학교에만 가지 않으려고 하지 일체 이야기를 안했다. 현정이에게 그러면 결국 교장 선생을 찾아가서 학교 전체를 뒤집어 버리겠다고 현우가 으름장을 놓고서야 현정이가 입을 열었다.

그동안 그 반에서 줄곧 일등을 하던 여학생이 현정에게 일등을 빼앗기자 그 앙갚음으로 주위 친구들을 모아 하루에 한 가지씩 현정이에게 괴롭힘을 준다는 것이다. 첫날은 화장실에서 현정이가 소변을 보고 있는 화장실 문 위로 물을 끼얹어 옷이 젖었다는 것이다. 첫날은 누군가 장난친 것으로 크게 신경을 안 썼다는 것이다. 둘째 날은 영어 시간이었는데 영어 책이 없어졌다는 것이다. 공교롭게도 현정이에게 영어 선생이 책을 읽으라고 했다. 현정이 당황해하며 책을 안 가져왔다고 하자, '전쟁터에 무기를 두고 오면 죽는 수밖에 더 있어?' 하며 한 시간 동안 내내 손을 들고 서 있었다는 것이다. 영어 책은 그 다음 시간에 현정이의 책상에 도로 돌아와 있더라는 것이다. 세 번째 날은 집에서 밤을 새워서 겨우 완성한 세 가지 색깔을 이용해 그린 미술 도안 숙제가 없어졌다는 것이다. 그것은 끝내 나타나지 않았다는 것이다. 그래서 그날 미술 점수는 0점 처리됐다는 것이다. 한 달 동안 하루 한 가지씩 괴롭힘을 당하는 것은 물론 그 반 친구들 누구도 현정이와 말을 나누려 하지 않는다는 것이다.

그 반에서 계속 일등을 한다는 아이는 그 지역에서 터줏대감으로 알려진 땅 부자집 손녀면서, 그 지역에서 유일한 백화점의 대표이사의 딸이라고 했다. 그 동안 현정이 학교를 좌지우지 할 정도로 대단히 세도를 부리는 집안이라는 것이다. 현정이를 괴롭힌 그 집안의 딸 역시 성적이건 실기건 누가 자기보다 잘하는 꼴을 못보는 아이라고 했다. 초등학교 때에도 전학 온 아이가 산수 경시 대회에서 유일하게 100점을 맞아 수상하는 것을 보고 시상식을 하던 운동장에서 경기를 일으켰다는 것이다.

현우와 미정이에게 그것은 대단한 충격을 주었다. 세상에 '왕따' '왕따' 해도 자신들과 상관없는 일이라고 생각했는데, 어떻게 현정이에게 그런 일이 일어날 수 있는지 상상이 안 갔다. 현정이는 자신들의 딸이라서가 아니라, 태어날 때부터 지금까지 누구나 한 번만 보면 그 아이를 다 칭찬했다. 마음이 약해서 남을 헐뜯지도 못하고, 지금껏 하지 말라는 짓을 한 번도 한 적이 없는 아이였다. 피아노를 배울 때도 한 시간 연습을 시키면 두 시간을 연습하는 아이다. 그리고 남에 대한 동정심이 깊어서, 초등학교 때는 집 나온 치매 할머니, 길거리에서 우는 아이를 집에까지 데려와 돌봐 주고는 했었다. 길거리를 걸어도 미정이의 눈에는 좀처럼 띄지 않던 치매 할머니를 현정이는 어디서 모시고 오는지 알 수가 없었다. 어떤 때는 자신의 방에 재우기까지 했을 정도다. 그것을 미정이한테 차마 이야기 못하고 자신의 방에 모셔두었다 아무래도 불안했었는지 학교에 가다 다시 돌아와 그 할머니를 모셔 나가다 미정이한테 들켜 혼난 적도 있었다.

현우나 미정이 자신의 인생에서 최고로 잘한 일은 현정이를 낳은 것이라고 할 정도로 현정이에 대한 자긍심은 대단했다. 현우나 미정이가 더 이상 아이를 낳지 않는 것도 현정이 하나만으로 충족했기 때문이다. 두 부부는 현정이를 부족함 없는 아이로 만들기 위해 열심히 뛰었고, 그 결과로 부모 도움 없이도 집을 마련할 수 있었다. 오직 현정이에게 문제는 너무 자신의 일에 열중할 때는 주위 사람이 눈에 들어오지 않는다는 것이다. 현우 부부는 그것도 집중력이 좋기 때문에 문제가 없다고 생각하고 있었다. 그렇지 않으면 마음 약한 현정이가 다른 사람에게 마음 쓰다 아무 일도 못할 것이라고 오히려 다행이라 생각하고 있었다. 저녁마다 저녁을 먹은 후 미정이를 도와 설거지를 하겠다는 것을 '고3 지나면 얼마든지 시킬테니 걱정 말고 넌 네 할일만 하면 된다' 고 간신히 말려 놓고 있었다. 그런 아이가 된서리를 맞아도 유분수지, 현우도 미정이도 그 충격에서 벗어나기 쉽지 않았다. 그래서 현정이에게 일단 학교를 쉬게 하고 서둘러서 두 부부는 10일간의 북유럽 여행을 감행했다.

현우는 일 년 동안의 연차와 휴가를 합쳐 특별 휴가를 신청했다. 180도 분위기를 바꿔 현정이의 상처를 치료하는 것이 우선이었다. 또 세 식구가 다 충격에서 벗어날 시간이 필요했다. 세 식구의 인연은 거기에서 끝이었던가. 학교를 다니지 않으면, 앞으로 어떻게 할 것인가에 대한 큰 걱정이 가로 놓여 있어서인지 처음에는 유럽 여행도 크게 위로가 되지 않았다. 특히 좋은 경치를 지날 때마다 가이드의 긴 해설은 머리를 뒤흔들었다. 의미가 되어 오지 않은 말은 공해였다. 나중에는 머리가 지끈지끈 아파오기 시작했다. 꿈에서나 그리던 유럽의 풍경들이 마치 그림처럼 스쳐 지나가고, 가슴 속에는 이루지 못할 꿈에 대한 회한만이 가득했다. 모든 것을 잊자고 했지만 어느 사이 머릿속에서 떠도는 현정이가 받았을 고통과 현정이의 쓰라림이 가슴 속을 헤집고 들어왔다.

노르웨이의 피오르드 해협을 기차로 구경할 때였다. 중간에 잠시 기차를 멈추고 사람들은 내렸다. 현정이는 내릴 생각도 않고 그대로 앉아 초점 없는 눈으로 창 넘어 폭포가 쏟아지는 쪽으로 눈길을 돌리고 있었다. 현우 부부도 맞은편 좌석에 그대로 앉아 있을 수밖에 없었다. 잠시 후 사람들의 박수소리와 환호성이 울려 퍼졌다. 호기심 어린 현정이의 눈동자가 폭포수가 쏟아지는 산등성이 쪽으로 움직였다. 부부도 동시에 현정이의 눈동자를 따라 눈이 함께 움직였다. 놀라운 광경이었다. 폭포수가 흘러내리는 그 속으로 요정 같은 여자가 빨간 원피스를 입고 나타났다 사라졌다. 눈 깜짝 할 사이였다. 현정이의 얼굴에 희미한 웃음이 지나갔다.

'현정아, 하나님이 인간에게 고통을 주실 때는 인간이 감당할 만큼만 주신단다. 그러니 곧 너도 잊게 될 거야. 그 친구도 마음이 약해서 그랬을 거야. 줄곧 일등을 하던 그 애가 너를 강적으로 본거지. 너를 이길 수 있다는 생각을 하면 그런 방법으로 하지 않았을 거야. 너를 이길 수 없다는 위기감 때문에 너를 물어뜯고 싶었을 거야. 인간이 인간을 미워하는 것은 결국 자기 자신에 대해 자신을 가질 수 없기 때문이야. 강아지가 지나가는 사람을 보고 짖는 것도 사람이 두렵기 때문에 짖는 거야.'

피오르드 해협의 광활한 풍경을 구경한 후 현정이의 표정도 서서히 밝아졌다. 그리그의 생가의 카페에 앉자 현우는 커피를 마시며 조심스럽게 현정이에게 처음으로 이야기를 꺼냈다. 현정이는 딴청을 하고 이야기를 듣고 있는 것 같지 않았다. 미정이 현우의 옆구리를 찔렀다. '내버려 둬. 스스로 치유되는 수밖에 없어.' 현우는 혼자 속으로 내뱉었다. 모녀를 남겨 두고 현우는 밖으로 나왔다. 이끼 낀 두꺼운 지붕이 독특하게 보이는 기념품 가게에서 그리그의 CD와 그리그의 생전의 모습이 담겨 있는 엽서를 몇 장 골랐다. 입센이 노르웨이 전설에서 착상을 해 쓴 환상 희곡 〈페르퀸트〉의 음악을 작곡한 작가, 그 중에서 즐겨 듣는 '솔베이지 노래' 정도밖에 모르는 그리그이지만, 솔베이지 노래 하나만으로도 마치 친근한 친구 집에 온 것처럼 정겨웠다.

여행 처음 며칠 동안은 후회했었다. 그 우울함 속에서 함께 패키지로 온 다른 여행객들과 어울려 지낸다는 것이 여간 신경 쓰이는 일이 아니었다. 일단 가이드에게 현정이가 좀 아프다고 방패막이를 해두었다. 그러나 매일 아침 버스 속에서 들뜬 기대와 흥분 속에 있는 다른 이방인 속에서의 또 다른 이방인으로 있기에는 어려웠다. 그래서 여행 온 것까지 후회했다. 차라리 조용한 곳, 한 군데에서 며칠 머무르는 것이 좋았지 않았나 하는 생각까지 들었다. 그러나 세 명이 머리를 맞대고 있는 것도 괴로울 것 같아 이 길을 선택한 것이다. 어쩌랴. 이미 선택한 것을. 그러나 노르웨이에서부터 밝아지는 현정이의 얼굴을 보고 조금 안도의 숨을 쉬었다.

그리그의 기념관에서 다시 바이킹 박물관으로 옮길 때였다. 현정이 자신은 바이킹 박물관을 가지 않고 뭉크 미술관을 한번 가보고 싶다고 했다. 현우는 가이드와 의논해 단체에서 빠져 나와 자신들은 택시를 잡아 뭉크 미술관을 향했다. 미술관 앞에 다가서자 자선 단체에서 나온 듯한 60세 이상의 노인이 자선냄비를 들고 있었다. 대부분의 사람이 돈을 넣었다. 현우 일행도 넣지 않을 수 없었다. 현우는 10유로를 넣었다. 우리나라에서는 자선냄비에 돈을 넣는 사람보다 안 넣는 사람이 더 많은데 여기는 반대였다. 대부분이 참여를 했다. 가이드의 말이 생각났다. 세계에서 다른 가난한 나라를 돕는 원조금이 제일 많은 나라라고. 역시 실감이 났다. 오랫동안 불황에 허덕이다 유전을 발견하면서 부자가 된 나라, 자신들의 경제적인 안정 속에서도 그들은 가난했던 옛날을 생각하며 가난한 나라를 돕는 나라. 그래서인지 그들의 표정에는 따스함이 스며 나온다.

현정은 미술관 안으로 들어가자 그전까지의 현정이 아니었다. 현정이가 언제부터 뭉크를 좋아했던가. 현우는 미정에게 묻는다. 뭉크 그림 중에 〈사춘기〉라는 작품을 어떤 미술 잡지에서 소개해 한번 본 적이 있는데, 그 이후 뭉크에 대해 관심을 가지기 시작했다고 한다. 〈사춘기〉에는 겁먹은 벌거벗은 소녀의 공포와 불안을 검은 그림자를 통해서 잘 표현했다고. 마치 자신의 '왕따'를 예상이라도 한 듯. 뜻밖이었다. 현정이 인간 속의 불안과 공포에 대해 관심을 가진다는 것이. 이번 사건이 있기 전에는 현정은 모든 데 긍정적이었고, 성실한 아이였다. 불안과 공포 같은 것은 현정과는 전혀 상관없는 일로 생각했었다.

뭉크 미술관은 정말 우울한 그림으로 채워져 있었다. 〈병든 아이〉, 〈우울〉, 〈절규〉, 〈목소리〉, 〈고독한 자들〉, 〈질투〉, 〈두려움〉, 〈병실에서의 죽음〉 등 제목도 그랬다. 색채 또한 우울한 검은색 아니면 어두운 색 일색이었다. 안내 책자에 소개된 뭉크의 가족사 역시 우울했다. 뭉크 또한 인생의 후반부에는 신경쇠약으로 고생한 화가였다. 그래서인지 그의 그림은 몸을 통하여 정신을 보여주는 것 같다. 대부분의 그림이 인간의 무의식을 조명한 듯 물속에 잠겨 있는 듯하다. 〈절규〉는 혼돈된 세계 속에서의 절망이랄까 혹은 무언가를 절실히 찾는 외침이랄까, 그 절심함이 절절히 가슴 속을 파고들었다. 뭉크의 그림이 다 그러하듯 부분적으로 변형시켜 시리즈로 그린 그림이었다. 결국 현정이는 〈절규〉 앞에서 통곡을 터뜨렸다. 현우와 미정은 당황했다. 미정이 현정에게 다가가 입을 막았다. 현정 역시 스스로도 당황한 듯 울음소리를 낮추어 흐느끼기 시작했다. 현우는 현정이 등 뒤로 다가가 토닥여 주었다.

  현우는 현정이를 미술관 밖으로 데리고 나갔다. 울음은 쉬이 그칠 것 같지 않았다. 미정이 마저 현정이에 덩달아 흐느끼고 있었다. 어쩔 수 없이 전시회를 뒤로 하고 밖으로 나왔다. 밖으로 나오니 전시회에서 느꼈던 답답함이 가시는 것 같았다. 미정이와 현정이는 밖으로 나오면서도 함께 흐느꼈다. 현우는 스스로 그칠 때까지 그냥 두는 수밖에 없다고 생각했다. 미술관 뒤쪽에 있는 잔디밭의 긴 의자에 앉히고 현우는 따뜻한 커피라도 살 생각으로 커피숍을 찾았다. 차라리 저렇게 자신의 감정을 밖으로 표출시키는 것이 나을 것이다. 울고 울어서라도 현정이의 상처가 치유된다면, 실컷 울어라. 그리고 제자리로 돌아갈 수만 있다면. 잠시 상쾌했던 기분은 다시 현정이 생각으로 머리가 어지럽다. 정말 어지럽다. 〈절규〉의 그림처럼 세상은 왜 이렇게 어지러운 것인가. 그렇게 의젓하다고 생각한 현정이 역시 감수성 예민한 여자 중학생 이상은 아니었다.

여행 끝에 내린 결론은 현정이를 미국에 보내는 것이었다. 현정이는 더 이상 자신은 학교를 다니지 않고 집에서 공부하겠다고 했다. 그것은 현정이의 자의식을 더 자극하게 될 것이기 때문에 동의할 수 없었다. 집을 산 이후, 대출금 이자에 생활비를 간신히 맞추어가고 있었는데. 미국행은 현우의 경제 사정으로는 무리한 결행이었다. 그러나 방법이 없었다. 미정이도 이사 온 후 아직 마땅한 과외를 찾지 못하고 있었다. 또다시 은행 대출금에 의지할 수밖에 없었다.

급히 강남에 있는 유학센터를 찾아 상담을 했다. 그 곳에서 몇 개 추천한 유명 사립학교는 너무나 비싼 등록금에 기숙사비 등 현우의 현재 경제 사정으로는 감당하기 힘들었다. 아내와 현정이를 설득시켜 우선 공립학교로 가서 일 년쯤 지난 다음에 사립학교로 옮기기로 하고, 뉴욕 쪽으로 옮겼다. 뉴욕 속의 또 다른 한국이라고 할 정도로 퀸즈의 플러싱에 들끓는 한국 사람들을 생각하면, 현정이를 한국 사람이 전혀 없는 곳으로 보내고 싶었다. 미정은 뉴욕으로 가겠다고 고집을 부렸다. 한 사람의 월급으로 충당하기 힘든 미국 유학비를 자신이 도우려면 한국 사람이 많은 뉴욕이 오히려 낫다고 했다. 거기서 자신의 일자리도 찾아봐야겠다는 것이다. 그러나 잘못된 판단이었다. 뉴욕시의 대부분의 공립학교는 한국 학생들이 많았고, 현정이는 한국 학생들만 보면 알레르기 반응을 보인다는 것이다. 미정은 아무래도 뉴저지 주에 있는 사립학교로 옮겨야겠다고 성화였다.

그 일이 있은 이후 현정이 일단 사람을 기피하고, 공부에 의욕을 보이지 않았기 때문에 미정 또한 그 후로 막무가내 식으로 현정을 과잉보호하기 시작했다. 하여튼 그 일 이후 모든 것이 뒤죽박죽이 되었다.

현정이에 대한 교육도 혼자 내버려 둠으로써 스스로의 길을 모색하는 이상적인 교육 방식에서 부모들이 선택하고 따르는 한국의 잘못된 교육 방식으로 바뀌었다. 공부는 물론 먹는 것에도 자기 방 청소에도, 전혀 의욕을 보이지 않는 현정을 안타까운 마음으로 다시 본래 제자리로 돌리기 위해 미정은 모든 수단과 방법을 동원했다. 스스로 돌아올 때까지 참고 기다려야 한다는 현우의 말은 들은 척도 안 했다. 사립학교에 보내겠다는 것 또한 현정이를 이전 모습으로 되돌려 놓기 위한 방법 중의 하나였다.

두 모녀가 뉴욕으로 떠난 이후 현우는 현우대로 한때 그렇게 의욕적이었던 일들이 시들해졌고, 일상 자체가 재미없었다. 회사일도 스스로 아이디어를 내고 창조적인 일을 창출하던 것과는 달리 자신의 앞에 떨어진 일만 겨우겨우 해나갔다. 그리고 저녁이면 누군가 붙들고 술을 마셨다. 가족이 없는 집에 들어가는 것이 끔찍했다. 그리고 매일 매일을 미국에 돈 송금하는 문제로 고민해야 했다. 자신의 월급으로 미국 유학비를 충당하기에는 역부족이었다. 결국 현우는 집을 전세로 내어 주고 자신은 작은 오피스텔로 옮기기로 했다. 처음 집을 내어 놓은 일주일은 한두 명 보고가는 사람들이 있었다. 그러나 차츰 사람들의 발길이 뜸해지더니, 아예 발길이 끊어졌다. 대출금이 너무 많다고 전세 들어오는 사람이 꺼린다는 것이다.

현우는 갈수록 술을 더 마셨다. 동료와 술을 마시고, 헤어져 또다시 혼자서 마시기를 계속했다. 속으로는 자신만이라도 정신을 차려야 한다는 생각을 하지만, 미정이의 빨리 사립학교를 보내기 위한 과외비를 보내라는 독촉만 생각하면 머리가 아프고 술만 생각났다. 그렇다고 현정이의 상처를 치유하기 전에 또 다른 상처를 받으면 더 이상 현정이는 일어설 수 없다는 생각 때문에 미정이의 말을 거역할 수도 없었다.

어느 날 늦게까지 술을 먹은 이튿날, 현우는 겨우 세수만하고 몽롱한 정신으로 지하철을 탔다. 종점 가까운 덕분에 자리를 차지하고 또다시 눈을 감았다. 머리는 뻐근하고 온몸이 물에 젖은 듯 축 늘어졌다. 아침 먹던 습관에 따라 배가 꼬르륵 소리를 냈다. 잠시라도 더 눈을 붙이면 피곤이 풀어질 텐데, 정신은 더 또렷또렷해졌다. 거기에 옆자리에 앉은 남자 두 명이 신나게 떠들고 있었다.

"어제는 게임기 두 대를 돌렸더니 결국 대박이 터진 거야."

옆에 앉은 사람이 마치 지하철을 탄 모든 사람에게라도 소리 지르듯 큰 목소리로,

"얼마짜리?"

하고 호기심 어린 소리가 옆에서 들려왔다.

"천만 원."

"뭐, 천만 원? 그동안 갖다버린 돈 다 찾은 거야?"

"그 정도는 안 갖다버렸지, 일이백 정도 쏟아 부었지."

"더 이상 그만 해, 그런 행운을 잡았으면 그것으로 만족해."

"글쎄, 그래야겠지……, 그러나 난 '바다 이야기'를 만든 사람한테 가서 안아주고 싶어, 난 술 먹는 버릇 이제 이것으로 다 고쳤어, 야 일석이조 아니야, 술값 안 나가고, 돈 벌고, 흐흐흐……."

그 사람은 정말 신이 난 사람처럼 한참 웃었다. 현우뿐만이 아니라 주위 사람들이 모두 귀를 종긋 세우고 두 사람의 이야기에 집중하는 듯했다.

현우는 '술값 안 나가고 돈 벌고'라는 말에 정신이 번쩍 들었다.

'바다 이야기' '바다 이야기' 속으로 되뇌었다. 한번 인터넷으로 알아 봐야겠다.

현우는 아침 업무를 대략 마무리하고 다른 직원들이 점심을 먹으러 나간 사이 컵라면으로 식사를 대신하며, 인터넷 검색란에 '바다 이야기'를 쳤다. 황금 알을 낳는 '바다 이야기' 한 달 매출액 3~40억, 순이익 3~4억, 고래 사냥 추카추카, '바다 이야기' 고래 잡은 회원님 추카드립니다. 해파리 잡는 노하우, '바다 이야기'에서 아르바이트만으로 한 달에 몇 백씩. 현우의 눈을 확 끌어 당겼다. 아무튼 아르바이트를 하든 게임을 하든 한번 달려가 봐야겠다는 생각이 들었다.

수학에 자신이 있는 현우는 게임도 확률이기 때문에 자신 있다는 생각이 들었다. 안되면 몇 시간만이라도 아르바이트를 하자. 그것으로 현정이의 학비를 보탤 수 있을 것이다. 지금 난국을 헤쳐 나가는 방법은 그것밖에 없다는 생각이 들었다. 현우는 마치 하나님이 자신을 구원하기 위해, 지하철을 타게 했고, 그 두 사람 옆에 앉게 해서 이 길을 찾게 했지 않았나 하는 생각마저 들었다. 현우는 그동안 찾지 못했던 돌파구를 찾았다는 생각으로 하루 종일 흥분 속에서 퇴근 시간을 기다렸다. 현우는 그날 대강 일을 마무리하고 다음 날 행사를 기획하는 팀만 남겨두고 회사를 빠져 나왔다.

빌딩 숲을 이루고 있는 거리를 나오자, 거리에는 아직 네온사인이 번쩍거릴 정도로 어둡지도 않았는데, 여기저기서 '고래 바다 이야기', '행운 바다 이야기', '땡 잡은 바다 이야기' 등 그동안 현우의 눈에 한 번도 눈에 띄지 않던 간판들이 마치 '나 여기 있네' 하고 현우의 눈 속으로 달려들었다. 정말 신기했다. 어떻게 이 많은 '바다 이야기' 간판이 이렇게 번쩍거리는데 그동안 몰랐을까. 한번쯤 '바다 이야기'

를 횟집으로 생각한 적은 있었던 것 같다. 어느 날, 같이 퇴근한 팀 중 한 명이 지하철로 향하는 길거리에서 '바다 이야기' 어쩌고 하면서 거기에 발 디딜 틈이 없다는 이야기를 한 적이 있었다. 그때도 횟집 이야기를 하는 줄 알고 있었다. 그러다 그 '바다 이야기'는 다른 이야기에 섞여 이어지지 않았다. 그때 현우는 분명 '바다 이야기'가 횟집이라 생각했다.

현우는 될 수 있으면 회사와 멀리 있는 곳으로 선택했다. '해파리 바다 이야기'라는 번쩍거리는 금색 색채를 머금은 글자가 아래위로 춤을 추고 있는 네온싸인 앞에 현우는 섰다. 갑자기 얼굴이 뜨거워 지면서 가슴이 두근거렸다. 대학교 때였다. 어머님이 편찮으시다는 전화를 받은 후 고향으로 내려가야 했다. 두 달째 아르바이트를 쉬고 있었기 때문에 하숙비도 밀린 상태에서, 누구에게 돈을 빌릴 형편이 되지 않았다. 처음에는 철도원 아저씨에게 사정을 이야기하리라는 마음으로 떠났지만 차마 입이 떨어지지 않았다. 개찰구를 멀리 지켜보고 있었다. 그때부터 가슴이 쿵땅쿵땅 소리쳐 그 자리에 서 있을 수가 없었다. 결국 고향을 내려가지 못하고 어머니를 서운하게 해드린 적이 있었다. 그때처럼 가슴이 쿵땅거렸다. 현우는 숨을 고르고 있었다. 안으로 들어갈 것인가, 말 것인가를 다시 생각했다. 현정이의 통곡하는 소리가 들려왔다. 현우는 눈을 감았다. 그리고 자신 있다고 확신하며 발걸음을 내딛었다. 지하실로 발을 내딛자 자욱한 연기만이 가득했다. 앞이 보이지 않았다. 현우는 또다시 망설여졌다. 인터넷에서 '바다 이야기'를 갈 때 주의하라는 주의사항을 떠올려 본다.

손님 없는 게임장에는 절대 들어가서는 안 된다. 그러나 이곳은 만원이다. 20평 남짓 정도의 규모의 게임장에는 세 줄로 게임기가 대략

8대씩 늘어서 있다. 입구 창구에 상품권을 파는 칩 교환업소 너머 연기 속으로 드문드문 보이는 사람들의 머리 혹은 담배의 불빛, 검은 잠바의 등허리, 빨간색 스웨터의 등허리 등이 보인다. 이곳은 안심이다. 창구의 여직원이 칩을 사겠느냐고 묻는다. 현우는 당황한다. '안 살거면 앞을 가리지 마셔요.' 여직원의 앙칼진 목소리가 현우를 더욱 주눅 들게 한다. 현우는 앞 창구에서 비껴 선다. 그러자 한 청년이 뛰어나와 처음 왔냐고 묻는다. 현우는 그렇다고 하며, 처음에는 얼마부터 시작하느냐고 물어본다.

"대중 없어요, 사람마다 다르죠, 어떤 사람은 처음부터 크게 시작하는 사람도 있고, 또 어떤 사람은 하루에 10만 원 이상은 절대로 안하는 사람도 있고. 재미로 매일 조금씩 기계를 돌리는 사람도 있고……, 또 아예 업으로 하는 사람도 있고……."

이야기가 끝도 없이 이어질 것 같다. 현우는 지루함을 참지 못하고 충동적으로 말허리를 자르고 창구로 달려간다. 우선 10만의 상품권을 산다. 그 청년은 또 따라온다. 자신은 여기 처음 오는 사람을 위해서 고용된 아르바이트생이라고 했다. 게임기 보드판에는 몇 번 기계가 천만 원, 이천만 원, 혹은 오천만 원, 혹은 1억이 터졌다는 자막판이 흘러나왔다. 현우가 그 자막판을 보고 서 있자,

"저기에 유혹을 받으면 안 됩니다. 저런 기계는 이미 터졌기 때문에 다시 터질 확률이 적습니다."

하고 청년이 일러줬다. 비어 있는 기계는 보이지 않았다. 현우가 어디로 가야 할 지 몰라, 빈 기계를 찾아 주위를 살폈다. 대부분의 입장객은 젊은 사람보다는 4~50대 이상의 중년층이 많았다. 바로 현우 옆의 40대 후반의 남자는 계속 줄담배를 피면서 물고기들이 지나가는 화면

을 뚫어지게 바라보고 있었다. 50대 후반의 아줌마는 두 기계를 차지하고 한쪽 기계는 핸드폰으로 고정시켜 놓고 양쪽의 화면을 왔다갔다하며 지켜보고 있었다. 30대 청년은 연신 땀을 닦아가면서 가만히 둬도 되는 기계를 계속 쿵쿵거리며 치고 있었다. 아르바이트 청년의 말에 의하면 한번 그렇게 치는 바람에 기계의 도는 속도가 빨라지면서 500만원을 터뜨린 적이 있고부터는 줄곧 처렇게 두드리고 있다고 한다.

현우는 나가고 싶었다. 마치 자신이 정신병자 소굴 속에 있는 것 같았다. 아르바이트생에게 지금 산 상품권을 현금으로도 돌려 줄 수 있느냐고 물었다. 가능하다고 했다. 아르바이트생도 현우가 그렇게 쩔쩔매는 것이 안쓰러운지 현우에게 충고를 했다.

"사장님 같은 사람 발 잘못 들여 놓았다가 패가망신하는 사람 많아요. 발 들여 놓기 전에 아예 그만 두는 것이 좋아요."

현우는 일단 여기를 벗어나고 싶었다. 상품권을 바꾸는 것은 다음으로 미루고 지하실을 벗어나 지상으로 나왔다. 현우는 숨부터 크게 내쉬었다. 지하철로 내려가는 계단에서 다시 마음이 무거워졌다. 다음 달까지 뉴저지에 있는 사립 고등학교를 가기 위해 입학금 등록금 등, 또 뉴저지주로 이사 가려면 아파트 월세 세 달치를 한꺼번에 내야 한다. 미정은 3000만 원은 있어야 한다고 했다. 그때 미정이 전화를 했을 때만 해도 자신의 아파트를 전세로 주면 되리라 생각하고 그렇게 하라고 했다. 그러나 새로 분양된 아파트가 많은 신도시인지라 아파트 전세 물량이 너무 많다고 했다. 거기다 대출이 많은 것을 꺼려했다. 복덕방 아저씨는 대출금을 일부 갚으라고 했다. 대출금을 갚고 전세금을 받느니, 자신이 3000만 원을 어떻게 해서라도 마련하는 길이 더 빠를 것이라 생각했다.

그러나 돈을 마련할 길은 없었다. 그동안 미국에 보낸 돈 때문에, 회사에서의 가불, 대출금, 자신이 동원할 수 있는 모든 돈은 이미 다 막혀 있다. 심지어 차까지 팔아 보냈다. 유일한 길을 찾자면 집을 팔 거나 시골 어머니의 집과 농지를 파는 수밖에 없었다. 시골집과 농지 는 조상으로부터 내려오는 아버지가 남겨 주신 유일한 유산이었다. 어머니마저 돌아가셨지만 돌아가신지 일 년도 채 안 되어 그 집과 농 지를 팔 수는 없었다. 도시는 심심하다면서 밤낮으로 농지에 심은 여 러 가지 잡곡과 야채들과 실과들을 따서 담근 여러 가지 술을 현우에 게 보내주시는 재미로 사셨다. 그렇게 애지중지하는 집과 농지를 판 다는 것은 마치 어머니를 파는 것처럼 생각되어 차마 팔 수가 없었다. 그렇다고 현우 부부가 아르바이트까지 해서 모은 자신들의 유일한 재 산인 집을 팔기도 용기가 나지 않는다. 아내 미정이도 집을 파는 것은 원치 않았다.

현우는 다시 은행에서 대출을 받을 수 있는지 대출 담당자와 의논 을 했다. 지금도 대출 한도가 넘었다고 했다. 현우는 시골집으로 대출 받을까 해서 의논했지만 워낙 저가로 공시지가가 매겨져 있어, 천만 원도 힘들었다.

현우는 매일 밤 악몽에 시달렸다. 현정이가 왕따 당하는 꿈이었다. 현정이 기둥에 묶여져 있고, 사나운 개가 덤벼들었다. 현정은 겁에 질 려 다가오는 개를 주시하며 오들오들 떨고 있었다. 현우는 계집애들 의 깔깔거리는 웃음소리에 놀라 잠을 깼다. 또 하루는 현정이를 저수 지에 빠뜨려, 빙 둘러싸여 있는 계집애들이 현정이가 수면 위로 올라 오면 장대로 후려쳤다. 저수지 물속에서 부르짖는 '엄마, 아빠' 하는 고함소리에 현우는 꿈에서 깼다. 일어났을 때에는 온몸이 젖어 있었다. 잠이 깼을 때 현우는 그 왕따 당하는 아이가 현정이 같기도, 또 현정이를 왕따시킨 그 친구 같기도 해, 계속 꿈속의 장면을 떠올렸지만 끝까지 분간할 수가 없었다. 꿈속에서는 분명히 현정이라고 생각했고, 꿈속에서도 가슴이 조여드는 통증까지 느꼈었다. 그런데 깨어났을 때 왜 그런 생각이 드는지 모르겠다.

가로 4줄 세로 3줄의 스핀에 그려져 있는 과일들, 그 스핀을 돌릴 때마다 인어 공주 이야기 속에서나 보았던 가지각색의 산호초와 열대어가 만들어내는 환상적인 바다 풍경들에 현우는 매혹된다. 한 시간만이라는 자기 자신과의 약속과는 달리 눈 깜짝할 사이에 사라져 버린 상품권 5만 원 어치를 다시 찾기 위하여 다시 한 시간 동안 매달렸다. 자신이 어림짐작하는 확률 분석과는 전혀 상관없이 이루어졌다. 2시간이 채 안 되어 거의 상품권이 동이 났다. 그런데 마지막 몇 장을 남겨두고 보너스로 천원짜리 50장을 받았다. 주위 사람들이 다 몰려왔다. 첫날 현우의 운을 사람들은 다 부러워했다. 그런 운을 계속 이어야 한다고 했다. 현우는 순간적으로 희열에 찬 흥분이 가슴을 벅차게 했다. 그때 그만 뒀어야 했다. 짧은 순간 보너스는 다시 상품권으로 교환되었다. 이미 11시 가까이 되었다. 다시 한 시간만, 하고 마음으로 다졌다. 사람들의 말이 맞았다. 행운의 여신은 행운을 다시 불러들였다. 보너스가 나온 지 채 20분이 지나지 않아 거의 20분가량 행운이 터졌다.

"역시 7번 기계야."

"어제도 7번 기계에서 터지더니 오늘도……."

"한번 터졌던 기계에서 다시 터지지 않는다더니……."

현우가 '바다 이야기'에 들어섰을 때 유일하게 비어 있던 기계였기 때문에 무심히 앉은 자리였다. 어제 터졌다는 소문도 몰랐고, 7번 기계라는 것도 몰랐다. 천만 원짜리 대박이었다. 현우는 상품권 교환업소에서 현금화하는 수표를 받아 나오면서 자신이 대단한 일을 한 것 같았다. 지하철에서 들은 '그 기계 만든 사람을 껴안아 주고 싶었다'는 심정이 이해가 되었다. 결국 그날의 행운 때문에 지금 현우는 비참한 꼴이 된 것이다. 지금 이성적으로 생각하면 더 이상의 행운을 기대한다는 것이 미친 짓이라는 것을 알았어야 하는데. 첫날의 행운 때문에 '바다 이야기'에 환상을 가지게 되었다. 행운을 잡은 천만 원으로 해서 다시 삼천만 원을 만들 수 있을 것 같았다. 대박이 안 터진다 해도 본전이라는 생각이 들었다. 자신이 유혹으로 빠져들고 있다는 자의식이 들었지만, 한 번 터진 행운으로 그곳을 떠난다는 것은 불가능했다. 천만 원의 돈은 결국 일주일만에 다 잃었다. 며칠 동안 문 닫는 시간까지 그리고 그 근처 여관에서 자고 출근할 때까지 기계에 붙어 떨어지지 않았다. 그러나 행운은 다시 오지 않았고, 천만 원이 아니라 마이너스 통장까지 해서 천만 원을 더 초과했었다. 더 이상 투자할 돈이 없었다. 그때 옆 자리에서 담배를 피고 있는 자신과 비슷한 나이의 남자에게 담배를 하나 빌려 달라고 해 담배를 물어 들었다. 결혼 하고 피지 않던 담배였다. 느긋하게 500원짜리 게임만 하던 그 남자는 담배에 불을 붙여주며 그 정도에서 끝내라고 했다. 현우는 당연히 끝내야 된다고 생각했다.

"더 이상 부을 돈도 없어요."

현우는 미정이와 현정이를 생각하며 침울한 말투로 내뱉었다. 그는 지갑에서 명함을 꺼내어 주면서 도움이 필요하면 전화하라고 했다. 신용금고 이사라는 직함을 보자 당장 현우는 그 남자에게 매달렸다.

"사실, 당장 급한 돈이 좀 필요해서……, 이 짓까지……."

그는 자신이 하던 게임을 마무리하고 현우를 데리고 길거리에 있는 포장마차로 갔다. 전날 왔던 첫눈으로 길거리에는 지나가는 사람들이 거의 없었다. 기온이 갑자기 내려갔기 때문에 도로는 꽝꽝 얼어붙었다. 사람들은 마치 슬로우 모션으로 움직이는 화면처럼 움직였고 차들도 기어가듯 조심스럽게 속도를 내고 있었다. 추위는 사람을 얼어붙게 했다. 빨리 찾아 온 추위는 일 년을 마무리해야 한다는 강박관념을 더욱더 부채질하는 것 같았다. 현우는 코트를 에워싸면서 자신 속의 불안을 애써 외면하고 싶었다. 그냥 한 달 월급으로 먹고 살던 하루하루가 좋았다. 현정이 일만 아니었으면 그냥 평범한 행복을 누릴 수 있었다. 길거리를 걸으면서도 첫 대면하는 남자에게 자신의 이야기를 해야 할지 고민했다.

소주 한 병과 안주로 땅콩과 멸치를 시켰다. 현우는 연거푸 두 잔을 마셨다. 구차한 이야기도 하기 싫고 마냥 술로 현실을 잊고 싶었다. 돌이켜보면 지난 환상 속에서 살았던 일주일이 행복했었다는 생각도 들었다.

"필요한 돈이 어느 정도인데……."

"삼천만 원 정도."

현우는 자신의 망설임과 달리 단도직입적인 그의 질문에 얼떨결에 그대로 뱉어버렸다.

"집은 자기 집이고요?"

직업의식은 어쩔 수 없었다.

"그러나 이미 대출을 너무 많이 받아, 은행에서 대출 얻기가 힘든 상황이라……."

현우는 이제 될 대로 되라는 식으로 모두 털어 놓기로 마음먹었다.

"사실은 저의 딸년이 미국 가 있는데, 사정이 있어, 사립학교로 옮겨야 하는데…… 그 돈을 마련할 길이 없어……."

그 남자는 그런 사정에는 관심이 없었다.

"다른 부동산은?"

"시골 정읍에 집과 땅이 좀 있어요."

"어느 정도?"

"한 천 평 정도……."

여기에서 그 남자는 소주 한 잔을 마시며 뜸을 들였다. 현우는 자신이 왜 이 낯선 남자에게 매달리려 하고 있나 하는 생각을 하며 담배를 한 대 얻어 불을 붙였다. 포장마차에도 두 사람을 제외하고는 아무도 없었다. 귀가 시려울 정도로 추웠다. 오뎅 국물을 다시 시켰다. 두 사람은 다 같이 코트를 감싸며 각자 앞에 놓인 오뎅 국물을 마셨다. 그 남자는 더 이상 말을 하지 않았다. 현우는 계속되는 악몽이 생각났다. 불쑥 이 남자에게라도 매달려야겠다는 생각이 들었다. 현우는 그제서야 이 남자에게 자신의 명함을 주었다. 남자의 얼굴에 희미한 미소가 떠올랐다.

"좋습니다. 도와드리기로 하죠, 삼천만 원을 빌려 주는 대신 아파트를 이중 저당 잡아야 한다는 것은 아시죠. 사실 저의 회사에도 이중 저당은 꺼리지만, 직장도 든든하고 신분이 명확하기 때문에, 제 명의로 빌려드리는 것입니다."

"고맙습니다. 도와주시기만 한다면 은혜는 갚겠습니다."

"은혜는 안 갚아도 좋으니, 지금부터 내가 하는 말 명심해서 들어야해요. 이것은 어디까지나 약속이기 때문에 약속한 기한 내에 갚지 않으면 집이 경매처분 된다는 것을 명심해야 해요."

"그것은 당연하지 않아요?"

"글쎄 사람들이 당연한 것을 당연하게 지키지 않으니까, 내가 강조하는 것이 아닙니까? 어디까지나 신용 관계니까."

"이자는 몇 퍼센트 정도?"

"은행보다는 조금 센 편이죠. 0.8퍼센트, 한 달에 24만 원 정도?"

"그 정도면 괜찮겠습니다. 돈은 빠르면 빠를수록 좋습니다. 저쪽에서 기다리고 있기 때문에……."

"당장 내일 아파트 감정 들어가고, 감정만 끝나면 계좌로 보내드리죠."

현우는 이렇게 갑자기 일이 잘 풀린다고 생각하니 그동안 침울했던 한 달 간의 세월이 억울하기까지 했다.

그러나 그 일 이후에도 악몽은 계속 되었다. 오래간만에 편안한 마음으로 집에 와서 가족과 통화도 하고 느긋하게 잠도 청할 생각으로 집으로 일찍 들어왔다. 마침 집에는 스팀이 들어오는 시간이라 집안 공기는 훈훈했고, 집 현관에 들어서자 오래간만에 느껴보는 집의 아늑함에 목이 메었다. 거실에는 정리되지 않은 신문, 책, 우유팩, 소주병, 안주 부스러기, 양말 짝, 바지, 샤쓰 등이 뒤엉켜 발 디딜 틈이 없었다. 물건들을 주섬주섬 주우며 베란다로 나갔다. 그동안 전혀 생각나지 않았던 아내가 당부하고 간 화초 생각이 났다. 세고비아, 세루비야, 페추니아 등은 이미 죽은 지 오래고, 아프리카 바이올렛 분은 한두 잎만이 시들지 않고 겨우 명맥을 유지하고 있었다. 화초를 보자 아내 생각에 목이 메었다. 옷을 집에서 입는 청바지로 갈아입고, 아직 목숨이 붙어있는 화초에는 물을 주고, 거실 물건을 버릴 것, 정리할

것을 골라가며 대략 정리를 했다. 이제부터는 혼자 사는데 익숙해야
한다. 현정이를 미국 생활에 훈련시키고 아내가 돌아오려면 몇 년이
걸릴지 모른다. 대략 정리를 마쳤을 때가 이미 12시가 넘은 시각이었
다. 아내에게 전화를 걸었다. 오래간만에 밝은 목소리로 잘 지내고 있
으니 현정이만 잘 간수하라고 했다. 그런데 아내의 목소리가 밝지 못
했다. 그것이 신경이 쓰였는지, 늦게까지 잠이 들지 못했다.

새벽 5시가 지나서야 잠시 눈을 붙였다. 그 잠시 동안 또 악몽을 꾼
것이다. 목욕탕 옆에서 젖은 옷을 입은 어머니가 '애비야, 너무 추워
서 못 살겠다.'며 부들부들 떨고 있었다. 꿈에서 깬 현우는 계속되는
악몽에 몸서리쳐졌다. 가족이 함께 하지 않는다는 그 자체가 바로 악
몽이었다. 가족이 없음으로 인한 심리적 불안감으로 잠을 제대로 잘
수 없는 불면은 또 악몽을 가져다주었다.

현우는 악몽 때문에 술을 먹지 않을 수 없었고, 술을 먹으면 그때
천만 원의 대박이 터진 황홀감에 몸서리쳤다. 현우는 다시 '바다 이야
기'에 빠져들었고, 신용금고의 남자를 피해 다른 '바다 이야기'를 찾
아 이곳저곳을 옮겨 다녔다. 그 이후로 대박은 터지지 않았다. 마이너
스 통장에서 카드빚까지 제때 못 갚는 불상사가 이어졌다. 은행 이자
는 이자대로 밀렸다. 그런 와중에 다시 천만을 더 보내라는 아내 미정
의 말에 다급한 김에 빌린 사채 천만 원에 대한 이자가 몇 달 사이에
눈덩이처럼 불어났다.

사채만 빌리지 않았어도 이런 지경까지는 되지 않았을 것이다. 사
채 이자는 세 달 사이에 딱 두 배가 되어 있었다. 사채가 무섭다는 말
을 들었지만 너무 기가 막혔다. 처음에는 며칠 만에 갚을 생각으로 빌
렸지만, 마음대로 되지 않아 차일피일 세 달이 지난 것이다. 사채 이

자를 빨리 갚아야 한다는 생각은 그를 불안하게 했고 돈만 손에 쥐었다 하면 '바다 이야기'로 달려갔다. 매달릴 곳은 거기밖에 없다는 생각이 들었다. 처음에는 천만 원만 터져도 사채 이자를 갚을 수 있다는 생각으로 열심히 게임기에 매달렸다.

사채업자가 월급을 차압했고, 신용금고에서는 경고장이 날아왔다. 현우는 이제 자신이 얼마나 돈을 잃어버린 줄도 모른다. 돈을 만나면 곧장 '바다 이야기'로 달려갔다. 한 번의 대박만 터지면 모든 것을 해결할 수 있다는 환상을 가지고, 거기를 떠날 수가 없었다. 실제 며칠 전에도 오천만 원의 대박을 터뜨린 사람이 있었다. 다시 새 학기가 시작되어, 등록금에 집세까지 다시 부쳐야 하는데 속수무책이다. 현우는 전화가 올 때마다 적당히 얼버무렸다. 현우는 더 이상 자신은 빠져나올 수 없는 길을 가고 있다고 생각하지만, 자신의 생각과 몸은 따로 놀았다. 차츰 집으로 들어가는 횟수는 줄어들고 '바다 이야기'에서 퇴근 후 출근 시간까지 시간을 보냈다. 거기 사람들과 어울리면서 그 사람들을 통해서 많은 노하우를 배울 때마다 대박을 터뜨릴 것 같았다. 그러나 재수 없게 자신에게 더 이상의 행운은 없었다. 9개월이 지나 신용금고 빚과 사채업자 돈까지 합쳐 1억 2천만 원의 돈을 날렸다. 월급이 차압당하니, 자신은 마이너스 통장에서, 몇 개의 카드를 새로 만들어 카드빚으로 연명을 했다. 그러다 결국 은행과 신용금고가 아파트에 압류 조치를 취하게 되었다.

회사에도 어제 날짜로 사표를 던졌다. 옆 사람들의 눈길이 싫어서다. 전날 전무이사가 어디서 들었는지 전무실로 오라는 전갈이 왔다.

"아니, 자네, 이현우 맞는가, 입사할 때 우수한 성적으로 들어 와 촉망을 받던 그 이현우가 맞어? 월급을 다 노름에 퍼붓고 그것도 모자라 사채까지 빌려 게임에 쏟아 부어 월급까지 차압당했다고? 난 30년 이상 회사를 다녀도 자네 같이 실망을 주는 인간은 처음이야. 그동안 자네에 관한 이상한 소문이 들려와도, 곧 정신적 고통을 이겨내고, 다시 제자리로 돌아오리라 생각하고 자네한테 내색을 안 한 거야. 딸의 왕따로 충격을 받은 것은 자네 딸이 아니라, 바로 자네야. 자네는 자네 가족들이 이렇게 된 것이 자신들의 잘못이 아니라 딸을 왕따 시킨 그 친구 때문이라는 것 때문에, 가족이 떠난 후 더 견디기 힘이 들었던 거야. 그래서 한국도 싫고, 회사도 싫고 모든 것이 싫었던 거야. 그냥 될대로 되라는 심정으로 살고 싶었던 거야. 자네는 외로워서가 아니라, 그 자네 딸을 왕따시킨 그 학생을 용서할 수 없었던 거야⋯⋯. 그래서 더 힘들었던 거야. 자네는 아이가 아니잖아. 그 학생을 용서해야 해. 인간은 누구나 마음이 연약해. 그것 때문에 인간은 갖가지 형태의 잘못을 저지르는 거야. 자네도 결국 마찬가지고⋯⋯ 자네 지금 몰골은 아편쟁이 노숙자 같은 몰골이야. 허허 참, 도대체 사람이 이렇게 변할 수도 있어⋯⋯ 살다가 살다가⋯⋯."

전무이사는 더 이상 말을 잇지 못했다. 현우는 전무이사의 말에 충격을 받았다. 자신이 현정에게 한 말을 똑같이 하고 있었다. 그래 바로 그거야, 난 우리 가족을 엉망진창으로 만들어 놓은 그 학생을 용서할 수 없었어. 그 학생 때문에 딸처럼 한국을 증오하고 있었어. 그때서야 친구도 같은 직장 동료도, 심어지 친인척까지도 보고 싶지 않았고 아무도 만나고 싶지 않던 심사가 이해되었다. 아무 말을 할 수 없었다. 앞에 놓인 커피만 한 모금 마시고 전무실을 빠져 나왔다. 그러고 보니, 언제부터인가 회사 사람들이 자신을 슬슬 피했다는 생각이 들었다. 제 책상으로 돌아와 동료들을 보니 모두 눈길을 피하고 앞만 쳐다보고 있다. 현우는 망막 속에 어지럽게 얽히는 사물들을 멍하니 바라보았다. 그리고는 그 길로 회사에 사표를 쓰고 밖으로 나와 버렸다.

현우는 자신이 이제 스스로 빠져 나올 수 없는 길을 가고 있다는 생각이 들었다. 집을 법원에서 공매 처분을 하고 대출금과 카드 빚, 마이너스 통장, 사채 원금에 이자까지 다 해결하면 겨우 1,2천만 원 정도 밖에 남지 않는다. 현우는 다시 담배를 찾아 불을 붙인다. 그리고 택시를 잡아 한강으로 가자고 했다.

한강 모래밭에서 보이는 아파트촌을 둘러싸고 있는 희뿌-연 안개는 현우의 어지러운 머릿속처럼 어지럽다. 자신 속에 끓고 있는 분노를 읽지 못했다. 열심히 살려고 벌버둥한 죄밖에 없다고 생각했다. 하나님만을 원망했다. 그러나 모든 것이 다 싫었다. 싸늘한 냉기가 모래사장에 앉아 있는 현우의 몸속으로 기어든다. 코트를 여민다. 냉기 속에서도 사라지지 않는 이 머릿속의 열탕, 모든 것이 뒤끓는다. 아파트의 불빛조차 흩어진다. 질주하는 차들의 굉음을 따라 흔들리는 현우의 의식은 춤을 추듯 하늘과 땅 사이에서 그네를 탄다. 코트 속에서 소주를 꺼낸다. 소주를 병째 들이킨다. 시원한 소주가 순간적으로 가슴을 얼게 한다. 머리가 띵하는 굉음과 함께 의식이 아물아물 멀어진다.

거대한 뿌리를 가진 나무가 그의 앞에 서 있다. 뒤얽혀 있는 나무뿌리가 움찔거리며 현우의 몸을 감는다. 현우는 뿌리를 뿌리치려고 몸을 비비 꼰다. 그럴수록 나무는 현우의 목과 얼굴을 감싼다. 미정이와 현정이가 어지러운 망막 속으로 얽힌다. '아빠, 아빠, 아빠…….' 현우는 절규하듯 애타게 부르는 '아빠' 소리에 잠시 잃은 정신을 찾는다. 아직도 뿌리들이 자신을 감싸고 있는 것 같다. 그 부드러운 감촉이 아직도 선명하다. 현우는 소리 내어 '미정아, 현정아' 하고 크게 소리 내어 부른다. 현정이가 소리를 따라 달려온다. 현정이와 미정이가 미치도록 보고 싶다. 미정아, 현정아……. 현우는 절규한다.

전날의 불면 때문인가. 또다시 잠 속으로 빠져든다. 어두운 골방이다. 긴 그림자를 가진 얼굴을 알 수 없는 우울한 소녀가 침대 가에 앉아 있다. 그 소녀가 현정인지, 혹은 현정이를 왕따 시킨 친구인지, 아니면 또 다른 소녀인지 알 수 없다. 그림자가 꿈틀대며 점점 커지더니 소녀에게 다가간다. 소녀는 침대 아래로 숨지만 방을 가득 채운 그림자는 소녀를 향해 혀를 내민다. 문고리를 아무리 비틀어도 문은 열리지 않는다. 소녀의 공포에 찬 외침 때문에 현우는 잠에서 깨어났다. 온몸은 땀으로 젖어 있다.

블랙 레인

> 오빠…… 기다리고 있을게. 오빠가 일 속에서 좀 여유를 찾을 때까
> 지…… 그때까지 오빠가 꿈꾸던 여자가 되려고 노력해 볼게. 짧았지만 참
> 행복했어요. 홍콩에 가서도 오빠 때문에 행복할 수 있을 거라고 믿어.

2년 전 이맘때 그렇게 이메일을 남기고 그녀가 떠나갔다. 그녀가 떠
나자마자 사회부 기자에서 정치부 기자로 옮겨와 ㅁ당 기자실에서 밤
을 지새우는 생활이 시작되었다. 지난 몇 달은 그 절정이었다. 닭고기
이름 같은 BBK인지 뭔지 때문에 대선기간 내내 난리를 치르더니, 대
선이 끝나자마자 연이은 총선, 대통령 방미, 미국 쇠고기 광우병, 촛
불 시위까지…… 폭탄 한 개를 터뜨리면 심지가 이어진 폭탄들이 줄
줄이 터지는 어느 핸드폰 게임처럼 집중 취재건이 터지고 터졌다. 무
얼 하며 살고 있는지 생각조차 없이 살았다.

초기의 촛불 시위는 눈물겨웠다. 중고등학교 학생들이 '광우병으로
죽기 싫어요'라고 쓴 피켓을 들고 엄숙한 표정을 짓고 있는 걸 보면
담배를 물고 당구장을 헤매던 학창 시절이 생각나 헛웃음이 나오곤

했다. 그러다가 차츰 시위가 격렬한 정치색을 띠면서 과격해지기 시작했다. 경찰과 시위대 누가 먼저 도발을 했는지 서로의 주장은 각기 달랐지만, 쇠고기에서 다시 이명박 퇴진 운동으로 시위가 급선회하는 뚜렷한 모습을 지켜보고 있었다.

눈앞이 흐려진다. 이것저것 뜯어 맞추며 기사 쓰기에 열중하다 정신이 가물가물해지면서 이제는 뭔가를 먹어야 되지 않나 하고 문득 정신을 차려보니 동료 기자들과 시청 앞 광장을 가로질러 가고 있는 중이었다. 어제 새벽에 기사 마감을 하고 집에 돌아간 시간이 3시. 9시에 다시 일어나 사무실에 들렀다가 지금까지 뭘 했는지도 모르겠지만, 분명한 건 정오가 한참 지난 오후 6시까지 아무 것도 먹지 않았다는 것이다. 옆에 기자들이 뭐라고 중얼거리는 데 감이 멀어 무슨 소리인지 정확하지 않았다. 단지 감으로만 다행히 그게 무언가를 먹자는 얘기인 것 같았다.

그 순간 정신이 모아지는 느낌이 들었던 것은 20명 정도의 시위대로 보이는 장정들이 쇠파이프, 로프, 낫 등을 각자 품 안에 안고 와서는 짓이겨진 시청 앞 광장 잔디밭 한 구석에 쏟아놓는 것을 보면서였다. 다른 기자들은 긴장한 얼굴로 걸음을 빨리했다. 나는 별다른 생각 없이 옆의 사진기자에게 몇 컷을 찍어두라고 일렀다. 장정들은 물건을 쌓느라 정신이 없었는지 사진 찍는 것을 눈치채지 못한 모양이었다.

하늘빛과 듬성듬성한 잔디 빛이 사라지고 깜깜한 바탕색에 불빛들이 광화문 일대 빌딩숲을 감싸면서 모든 장면이 바뀌었다. 그날 밤이 가장 격렬한 시위였다. 시위대가 광화문 진입을 막기 위한 경찰버스 3대를 로프로 묶어 잡아당겨 전복시키고, 전경은 시위대를 향해 물대포를 남발했고, 시위에 참가한 시민들이 우왕좌왕 피하면서 짓밟히는 충돌 속에서 부상자가 속출했다. 불과 몇 시간 전엔 고요했던 시청 앞 광장은 그야말로 아수라장이었다.

흠뻑 젖은 머리로 새벽 2시경 신문사로 돌아와, 마지막 기사를 올리고, 인터넷 기사를 검색했다. 순간 눈을 멈추게 하는 기사가 있었다. 아까 무언가 먹으러 가면서 보았던 시청 앞 광장에 쌓여 있던 물건 혹은 연장? 혹은 장비들의 사진이었다. '경찰 재차 무력 진압'이라는 제목 하에 두 장의 사진이 게재되었다. 방패에 손가락이 찢어졌다는 20대 여성의 사방으로 흩어진 머리카락과 피 흐르는 손이 클로즈업 된 사진 한 장, 또 저녁에 보았던 그 예의 무기와 그것을 지키려고 서 있는 대여섯 명의 경찰관이 나란히 서 있는 사진이었다. 경찰이 순수한 촛불 시위참여자에게 무차별한 폭력을 휘두르기 위한 무기라는 내용 설명이 있었다. 촛불 시위 참여자들이 갖다 논 무기들을 경찰이 폭력을 휘두르기 위해 갖다 놓았다는 것이다. 욕설을 퍼담은 댓글들은 새로 고침을 하는 족족 수십 개씩 내달리고 있었다. 아 솔직히 이건 좀 아닌데……

그래 이건 아니다. 휴게실에서 막 잠든 사진 기자를 깨웠다. 그리고 아까 찍은 사진을 몇 컷 뽑아달라고 했다. 쇠파이프, 낫, 로프들이 쌓여 있던 사진 한 장과 시위 참여자 장정들이 나르는 현장을 찍은 사진을 나란히 해, 기사를 다시 한편 더 만들었다. 전송을 누르기 직전 잠깐 동안, 기사에 달려질 댓글들이 눈앞에 떠올랐다. 앞서 보았던 기사보다 훨씬 더 많겠지. 이들은 악플일까 아니면 정의로운 판결문일까. 중요한 건 그게 아니지. 네티즌들에게 객관적인 정보를 전하는 것이 자신의 의무라는 생각이 들자 전송을 눌렀다. 그리고는 잠시 눈을 붙이기 위해 오피스텔로 갔다.

핸드폰 소리에 잠을 깬 것은 아침 10시경이었다. 신문사로부터의 전화였다. 정치부장이 빨리 신문사로 무조건 나오라는 것이다. 신문사에 도착해 팀장이 보라는 대로 신문사 게시판 사이트에 들어갔다. 자신이 마지막으로 보낸 기사가 올려져 있고, 거기에 네티즌이 올린 똑같은 사진이 나란히 게재되어 있었다. '거짓 기사, ○○일보 ○○○ 기자'라는 제하의 네티즌에 의하면, 경찰이 갖다 놓은 무기들을 이 기자는 시위 참여자들이 갖다 놓은 것으로 둔갑, 어용 기자라는 것이다. 아나나 다를까 거기에 댓글 또한 난리도 아니었다. '거짓 기사, 시민을 우롱하는 기자. 사기 치는 기자, 너 같은 놈이 기자야, 그런 사기 칠라고 서울대 들어갔냐?' '너두 용량이 2메가지? 언론이 부끄럽다.' '거짓의 몽타주, 너 같은 놈은 살 가치도 없다. 알바짓하려고 취직했냐.' 등등. 언제 인적 조회까지 마쳤는지……. 네티즌이 올린 게시물에 댓글이 더 많이 달렸다. 그 순간 심장이 쿵 소리를 내며 가슴이 짜릿해지기 시작했다.

생각을 정리할 틈도 없이 팀장이 어떻게 되었는지 사유를 설명하라고 했다. 그저 어제 저녁 먹으러 가면서 목격한 현장을 설명했다. 자신 말고도 동료 기자들도 함께 목격했다고 덧붙였다. 그것은 분명히 시위 참여자들이 한 짓이라고 기사화한 사진 외의 사진도 함께 팀장에게 보여줬다. 전화까지 난리였다. 알고 보니 사무실은 온통 전화 벨소리로 요란하다는 것을 깨닫지 못하고 있었다. 대화 소리는 들리지 않고 벨소리만 동시다발적이었다. 전화를 받는 데스크마다 나를 찾는지 모두 외근 중이라며 전화를 끊었다. 그러나 전화는 끊임없이 이어졌다. 다시 한 번 심장이 쿵하며 내려앉는 소리와 함께 강렬한 진통이 가슴을 눌렀다. 순간 아득해지면서 모니터의 댓글들이 튀어나와 몸을

42

칭칭 감아 매는 것 같다. 백 개쯤 되는 수화기들이 내 얼굴을 향해 무슨 말들인지 마구 퍼부어대고 있다. 다리가 후들거리기 시작했다.

팀장은 지금은 어느 쪽도 정상들이 아니니 잘잘못을 따지려고 한다면 더 문제만 확대된다. 마침 오늘 금요일이니, 2,3일 잠시 피신을 하는 것이 어떻겠냐고 했다. 고맙다고 해야 할지 고작 그게 해결책이냐고 따져야 할지 몰라 당황스러웠다. 당황해하는 동안 몸을 휘감았던 댓글들과 수화기들이 사라지고 이제 몸속에 개미들이 스멀스멀 기어다니는 것 같다. 그리곤 조금 전 심장의 고통에 마음이 갔다. 그래 몸이 많이 지쳐 있으므로 좀 쉴 수 있다는 건 긍정적으로 받아들여야겠다. 일단 집에 가서 쉬고 있으라며 직원들이 태워준 택시에 몸을 싣자 난데없이 그녀의 이메일이 머릿속으로 떠올랐다.

'오빠…… 기다리고 있을게. 오빠가 일 속에서 좀 여유를 찾을 때까지…… 그때까지 오빠가 꿈꾸던 여자가 되려고 노력해 볼게. 짧았지만 참 행복했어요. 홍콩에 가서도 오빠 때문에 행복할 수 있을 거라고 믿어.'

2년 동안, 그녀를 잊기 위한 작업을 계속해왔다. 처음엔 쉬울 줄 알았다. 기자라는 일에 몰두하다 보면 해결이 될 줄 알았고 솔직히 상당 부분 그래왔다. 하지만 하루하루 일에 파묻혀 다른 것에 대한 생각은 떠오르지 않다가도 우연히 그녀와 같이 갔던 식당, 데이트 장소, 카페, 와인 바를 스쳐 지나가게 되면 나도 모르게 걸음이 느려지거나 빠르게 테잎이 감기듯 돌아가던 생각의 속도가 슬그머니 멈추는 듯한 느낌을 지울 수가 없었다. 1년 정도가 지난 어느 날, 취재차 만났던 어느 정부 인사와의 인터뷰 장소가 공교롭게도 그녀와 마지막으로 만났던 삼청동 북까페였을 때, 정신없이 질문과 답변을 주고받다가 순간

저 자리에 앉아있던 그녀와 내가 보이고, 눈물에 살짝 젖은 그녀의 눈을 똑바로 쳐다보다가 힘없이 고개를 창밖으로 돌리던 내 모습이 그대로 보였다.

인터뷰에 대답하는 목소리가 내 귀를 비껴가면서 다음 질문이 뭐였는지, 아니 무슨 인터뷰 때문이었는지조차 모르고 앉아있는 멍한 자신을 발견했다. 그 이후로는 야멸차게 생각을 지우고, 기억을 부셔나갔다. 그녀가 떠올려질 만한 장소나 소재가 나타나면 고개를 돌리고, 재빠르게 기사 생각을 떠올렸다. 그게 잘 안 될 땐 무조건 동기 기자들이나 사무실 선배에게 전화를 걸어 아무 말이나 지껄였다. 그렇게 그녀에 대한 기억을 지워나가지 않으면 당장 홍콩으로 달려가야만 했다. 하지만 기자라는 직업을 꿈꾸며 달려온 게 몇 년이었나.

원하던 언론사에 입사 확정이 되던 날, 모든 게 이루어진 듯한 그 벅찬 설레임과 승리감은 이제 그렇다하더라도 당장에 내가 생존할 수 있는 유일한 수단이자 유일한 목표를 만들어주는 이 직업을 놓칠 수가 없었다. 막연한 동경심에 시작한 기자 생활이었지만, 하면 할수록 자신의 피를 끓게 하는 그 무언가 때문에 하루가 지나면 열정이 더 커졌다. 이런 마음은 그녀를 사랑하고 그녀와 함께 하는 것과는 차원이 다른 문제였다. 아니 차원이 다르다고 생각했지만, 바쁜 나를 만나지 못해 힘들어하던 그녀를 떠나보내면서도 일을 떠날 수 없었다. 내가 그녀를 사랑하는 마음은 변하지 않으면서도 그녀와 함께 해줄 수 없는 현실에 순응하는 것이 그녀를 떠나보내야 했던 이유였다면 그녀는 내 삶에서 뒤로 밀려나야 하는 존재인가. 2년 동안의 혼란이 지금 이 순간도 혼란스럽다.

갑자기 자신이 원망스러웠다. 무엇을 위해서, 누구를 위해서 그동안 휴가도 없이 밤낮으로 뛰었단 말인가. 왜곡 보도하지 말자던 자신의 신념은 타인에 의해서 짓밟혀지고 그녀를 떠나보낸 대가는 바라지도 않았건만 더 큰 상처로 되돌아올 뿐이라니. 조금 전 심장이 쿵하는 소리와 함께 또 통증이 다시 감지됐다. 이 통증은 무엇을 의미하나. 열정 하나로 버티고 있다고 믿었지만, 이렇게 쉽게 무너지는 거라면 그 열정은 대체 얼마짜리인가. 이 정도도 감당하지 못할 거면 기자정신 따위는 운운하지 말라면서 선배 형이 택시비를 쥐어줬지만 이 순간 그냥 화가 날 뿐이다.

여행사에 전화를 했다. 홍콩행 가장 빠른 비행기표를 구해 달라고. 그리고 그녀에게 전화를 했다. 전원이 꺼져 있다는 멘트가 흘러나왔다. 연거푸 세 번을 걸어보았지만 계속되는 부재 안내 멘트를 들으면서도 지금 당장 그녀를 만나야 한다는 생각이 강박적으로 번호를 누르게 했다. 그냥 다시 그녀를 만나야겠다. 그녀의 눈을 보면서 앉아 있고 싶다. 아무 얘기를 안 하더라도 그녀는 내 마음을 읽어주고 내 가슴을 쓰다듬어 줄 것 같다. 그냥 그녀에게 이 황당한 상황을 위로 받고 싶다.

홍콩행 타이 비행기를 탄 것은 다음 날 아침 10시 20분경이었다. 그녀의 핸드폰은 여전히 꺼져 있었다. 일말의 희망과 일말의 불안이 매 순간 교차했다. 매일 매일 촛불 시위 현장을 누비던 현실이 까마득히 멀어져 갔다. 처음으로 하게 될 홍콩 여행에 대한 기대와 설렘이 가슴속에 서서히 채워지기 시작했다. 그녀가 메일을 통해서 나와 함께 보고 싶었던 퍼시픽 카페에서의 홍콩 야경. 영화 '첨밀밀'의 배경이었고 가장 홍콩다운 구룡반도에 있는 침사츄이, 해변가에 스타들의 손지문을 양각해 놓은 스타의 거리, 그녀가 홍콩으로 발령 받자 때맞춰 시작되었다는 매일 저녁 30분 동안의 레이저 쇼를 바라볼 수 있는 문화센터에서의 홍콩 야경. 그때는 불가능하다고 여겼었기에 간단한 안부 답장으로 묵살해 버린 메일이, 또 그 동안의 그녀의 외로움이 그에게 아픔이 되어 가슴을 찔렀다.

그녀가 결정적으로 떠나기로 한 것은 일주일에 한 시간도 그녀를 위해 시간을 낼 수 없게 되면서였다. 겨우 수습이라는 단어를 뗀 초년생 사회부 기자에게 개인을 위한 시간은 없었다. 매일 경찰서에서 밤을 지새워야 했다. 더욱이 정치부 기자로 옮겨 오면서, 전쟁 같은 생활의 연속이었다. 그녀가 한국에서 나를 못 만나는 괴로운 시간보다 오히려 떨어져 있으면, 만나지 못하는 것으로 괴로워하지는 않을 곳, 그녀가 근무하는 은행의 홍콩 지사로 가겠다고 했을 때 차라리 안도의 숨을 쉬었다. 그때의 나로서는 아무 것도 해줄 수 있는 게 없었다.

홍콩에 도착했을 때는 소나기가 비행기 차창을 마치 난타 공연 소리처럼 따따다따 하며 요란스레 때렸다. 날씨가 마치 홍콩에서의 앞날을 예고하는 듯, 비행기에서의 즐거운 흥분은 어느덧 사라지고 우울한 기분이 들었다. 그녀가 나올 리 없다. 그런데도 출구에 늘어서 있는 환영객들을 꼼꼼히 둘러보았다. 막상 출구를 나오자 막막했다. 우선 다시 그녀에게 전화를 걸었다. 여전히 불통이었다. 갑작스런 깜짝쇼로 그녀를 놀래키기로 한 계획이 원맨쇼로 끝날 조짐에 불안해지기 시작했다.

안내원이 가르쳐 준 홍콩역까지는 네 정류장이었다. 대중 교통편이 이렇게 편리하게 공항과 연결되어 짧은 시간 내에 시내로 진입할 수 있다니, 놀라웠다. 급행 역시 쾌적했다. 잠시 잊고 있던 그녀에게 다시 전화를 걸었다. 여전히 부재 메시지만 들려왔다. 출장? 혹은 신상에 무슨 일이 생긴 것인가. 이렇게 애타게 그녀를 찾아보지도 않았지만, 언제나 손을 뻗으면 그녀는 내가 원하는 곳으로 달려올 수 있다고 생각했다. 이제 그녀는 나의 영역 밖에 있었다. 홍콩에만 오면 그녀와 쉽게 만날 수 있으리라는 생각은 이제 사라져 버렸다. 전화조차 안 되는 상황이라니. 그녀를 만나는 건 이쯤에서 포기해야 할지도 모르겠다.

홍콩역에서 내려 택시로 아일랜드 샹그릴라 호텔까지 왔다. 아일랜드 샹그릴라 호텔은 홍콩 섬의 가장 중심지에 자리 잡아 어디든 쉽게 이동할 수 있는 곳이었다. 체크인을 하고 42층 룸으로 향하는 엘리베이터를 타자 중국 최고의 벽화라는 그림이 전면에 펼쳐졌다. 호텔 창문 밖에는 여전히 소나기가 줄기차게 내리고 있었다. 대략 짐을 정리하고 우산을 챙겨 밖을 나왔다.

우선 쉬운 대로 그녀가 제일 먼저 가 봤다는 피크 트램을 타고 빅토리아 공원 정상으로 올라가는 수밖에 없었다. 홍콩 공원을 지나 피크 트램 타는 곳으로 올라갔다. 쏟아지는 소나기 속에서도 꽤 많은 관광객들이 줄을 서 있었다. 그녀가 홀로 외롭게 스쳐 갔던 시간들을 나 자신이 직접 체험하기 위해 온 여행 같았다. 피크 트램을 타면서 그녀가 첫날 보낸 메일이 떠올랐다. 그녀는 홍콩에 도착한 첫날 아무런 감동을 주지 않는 은행 동료들과 피크 트램을 탔다는 것이다. 피크 트램을 타고 올라가며 그 절경의 아름다움에 도취, 그것이 나의 부재를 더욱더 절감하게 했다고 그날 밤 메일을 보냈었다. 피크 트램이 중반 이상 오르자 몸이 꺼꾸러질 것 같은 급경사에서 고층 빌딩이 그 앞으로 쏟아지는 착각 때문에 순간적으로 깜짝깜짝 놀랐다.

제대한 이후 그녀와 같은 학과에서 2년 동안 학교를 다녔지만, 서로 공부와 관련된 정보 교환 외에는 별 다른 인연을 맺지 못했었다. 그러다 우연히 신문사 입사 시험을 같이 봤다. 정신없이 머릿속에 담아두었던 걸 쏟아 붓고 나오던 시험장 출구에서 그녀를 만나고는 안도감인지 반가움인지 모를 감정에 힐끗 미소를 지었던 게 그녀에게는 깊은 인상으로 다가왔다고 했다. 그리고 그녀의 시험 낙방으로, 위로 차 몇 번 만난 것이 인연으로 이어졌다. 입사 전까지의 한가한 시간을 그녀와 매일 붙어다녔다. 그녀의 은행 입사 시험 날에도 은행 앞에서 그녀를 하루 종일 기다렸다. 공부 외에는 아무 것도 할 줄 몰랐던 내가 신문사 시험 이후엔 다른 할 일이 없었다. 신문사 수습기자로 들어가면서 사정이 달라졌다. 수습이라는 것을 달고 있는 한 모든 것을 총망라해 뛰어야 했다. 발로 뛰는 것부터 손으로 쓰는 것까지 선배들이 원하는 것은 다 해주어야 했다. 술자리도 끝까지 따라다니며 선배들 뒤치다꺼리를 해주어야 했다.

그녀를 만나는 것은 주말에 잠깐 1~2시간이었다. 그녀가 짜증을 내기 시작한 것은 수습기자의 딱지를 떼고 정식기자가 된지 2년 째였다. 같이 하루 종일 시간을 보낸 것이 일 년에 한두 번, 얼굴을 잠깐 본 횟수는 그래도 꽤 되었지만 같이 있었던 시간을 합치면 1년내 24시간이 채 되지 않았던 그때, 나와의 관계에서 전망을 읽을 수 없음인지, 홍콩 지점 근무를 지원해 가겠다는 것이다. 초년생 행원에게는 올 수 없는 절호의 기회라는 것이다. 몇 개월 먼저 지점장으로 나간 같은 학교 출신의 본사 선배가 적극적으로 추천했기 때문에 가능한 일이라는 것이다. 그녀를 내 옆에 붙들어 두기 위해서는 신문사를 그만두든가, 결혼을 하든가 해야 했다. 지금껏 부모님의 도움을 바랄 수 없는 집안 처지에서 자란 나로서는 둘 다 불가능했다. 해줄 말도 없었다. 그리고 그녀는 떠났다.

피크 트램을 내려 3층으로 올라갔다. 오후 5시인데도 비행기 안에서 먹은 아침 겸 점심이 아직도 소화되지 않고 있었다. 그녀 말대로 커피와 케이크를 먹으면서 홍콩섬을 조망할 수 있다는 3층에 있는 퍼시픽 커피점으로 가기 위해 에스컬레이터를 탔다. 3층에 오르자 관광객이 줄을 서 있는 쪽을 서성이다 매표원에게 위에는 무엇이 있느냐고 물었다. 전망대가 있다는 것이다. 이왕이면 전망대를 먼저 보자는 생각으로 줄 뒤에 섰다. 익스프레스 전철을 타기 위해 샀던 교통 통합권으로 별도의 입장료 없이 입장할 수 있었다. 전망대에 오르자 비바람이 섞인 소나기가 이마를 쳤다. 우산도 소용없었다. 온몸이 비바람에 정신을 차릴 수가 없었다. 아래쪽으로 바라보이는 숲도 온통 비바람에 출렁이고 있었다. 숲 속의 빌딩 역시 소나기에 온몸으로 화답하듯 흔들거리고 있었다. 몸을 가눌 수 없는 비바람 속에서 더 이상 버틸 수 없었다. 문을 밀고 전망대 안쪽으로 들어왔다. 온통 비로 젖은 옷의 물기를 털었다. 몸이 으실으실해지기 시작했다. 뜨거운 한 잔의 커피가 그리웠다. 바로 커피숍으로 향했다.

커피숍에는 아무도 없었다. 창가에 자리를 잡아, 우선 전망을 살폈다. 전망 좋기로 소문난 빅토리안 피크의 산정상은 절벽에 숲과 빌딩이 적절히 어우러져 한편의 그림을 완성한다. 계속해서 비바람과 숲의 전쟁은 계속되고 있다. 절벽 아래 숲속의 깊이는 알 수가 없다. 이미 주위는 어둠 속에 잠기고 있다. 6시가 조금 지났는데도 날씨가 흐린 탓인지 어둠이 서서히 주위를 잠식하고 있다. 제일 아래 바다 쪽은 구름에 휩싸여서 하늘인지 바다인지 구분이 안 된다.

웨이터에게 커피와 그녀가 좋아했던 치즈 케이크를 시켰다. 이틀 전까지만 해도 촛불 시위 현장을 누비던 상황과 전혀 다른 실재가 실감되지 않는다. 이런 분위기 속에서는 언제나 그녀와 함께였었다. 그래서인지 마치 그녀가 옆에 있는 것 같다. 때마침 퀸의 'Love of My Life' 까지 흘러나온다. 시험장에서 그녀를 만나던 날, 그녀가 귀에 꽂고 있던 MP3에서 이 노래가 나오고 있었다. 흘끗 쳐다보며 무슨 노래를 듣냐고 물어본 나는 그녀가 당시 남학생들이 한번쯤 미쳐 듣던 영국 그룹 퀸의 광팬이라는 사실을 알고 놀랐었다. 고즈넉한 분위기에 안성맞춤의 음악이다. 그녀 얼굴이 더 또렷해지게 만드는 음악이다. 그녀가 음악을 들으며 눈을 지긋이 감은 모습이 보이는 듯 눈에 선하다. 센스 있는 커피숍의 디제이 덕분에 더욱 커피숍의 분위기가 마음에 든다. 커피가 먼저 나왔다. 우선 커피 맛을 본다. 비엔나향 커피다. 음…… 만족스럽게 입맛을 다시며 커피 잔을 들고서는 핸드폰을 눌렀다. 여전히 부재중 메시지다.

돌아가기 전까지 그녀를 만날 수 있을지, 초조감이 밀려온다. 몇 년 동안 그녀가 울부짖듯 메일을 보내며 기다렸던 인내와 한계를 내가 역체험한다고 생각하니 기분이 묘했다. 이번 홍콩 여행은 그녀와 전혀 상관없이 결정된 일이었으면서도 마치 그녀가 만들어 놓은 함정에 자신이 묘하게 빠진 기분이라는 생각이 들었다. 비엔나향의 커피와 가장 잘 어울린다는 치즈 케이크를 한 입 먹자 왜 그녀가 여기를 극찬했는지 이해가 간다. 전망과 분위기, 커피 향과 케이크, 완벽한 일체를 이루고 있다.

구룡반도를 둘러보기 위해서 다시 피크 트램을 탔다. 내려가는 피크 트램에는 7~8명뿐이었다. 절벽 속의 숲은 이미 어둠에 침식당했고, 희미한 형체만이 어슴푸레 보일 뿐이다. 빌딩 속의 불빛이 공중에

뜬 누각처럼 반짝인다. 마치 어둠 속의 촛불 행렬처럼 움직인다. 아직 의식은 촛불 시위 현장을 벗어나지 못했다. 한 달 이상의 소모전이었다. 머리 둔한 대통령과 머리 둔한 시민들과의 게임 속에 선량한 시민들이 희생당한 소모전. 내일이면 다시 그 현실로 돌아가야 한다. 가치관을 버리고 촛불 시위 참여자들을 위해 위로 춤을 출 것인가? 아님 당신들이 보는 게 전부가 아니라고 호통을 칠 것인가? 일부 네티즌들은 자신들이 보고 싶은 것만 보려고 한다. 오도된 선입견과 맹목적인 흑백논리로 인한 네티즌들의 원색적인 고함소리에 맞대응해야 하는 현실로 돌아가고 싶지 않다. 익명에 의한 폭력적 표현은 비겁한 행위라고, 복면을 쓰고 등 뒤에서 칼을 꽂는 행위라고 적어놨던 미니홈피는 이미 수없이 악플 폭격을 당하고 있으리라. 잠시 생각에 잠긴 동안 피크 트램은 종점에 도착했다.

여전히 비바람은 그치지 않았다. 명품 쇼핑센터를 거쳐서 지하철역으로 갔다. 호텔 근처 고즈넉한 분위기와는 다르게 역에는 가고 오는 사람들로 가득하다. 구룡반도로 가기 위해 사람 숲을 헤치며 겨우 어드미럴티 역을 찾아 지하철에 올랐다. 역과 마찬가지로 지하철은 갓 퇴근한 직장인들로 대만원이다. 겨우 문 가까이 발을 버티고 섰다. 작은 지갑 속에서 인터넷으로 출력해 온 지하철 지도를 꺼낸다. 침사츄이까지 몇 정거장인지 살폈다. 그녀가 보낸 것 중 가봐야 할 곳을 몇 군데 그대로 출력해 왔다. 신기한 것은 그녀가 마치 이런 사태를 대비한 것처럼 꼼꼼히 지하철편, 버스편 모든 교통편까지 명시되어 있어, 어떤 가이드 책보다 정확하다는 것이다. 내가 이렇게 무심코 들를 것이라고 예상이라도 했단 말인가. 더 신기한 것은 그녀가 보내오는 메일을 거의 피곤에 지쳐 건성으로 한 번 쓱 훑어보았을 뿐이었는데, 홍

51

홍콩 블루스

콩에 도착하자 마치 암송한 듯 뚜렷이 기억이 난다는 것이다.

이번에 내려야 할 침사츄이는 '첨밀밀甛蜜蜜'이라는 영화의 배경이 되는 곳이다. 여명과 장만옥 주연, 진사신 감독의 달콤하다는 뜻의 '첨밀밀'은 두 사람의 만남과 헤어짐이 아련한 아름다운 인연을 그린 영화다. 가수 등려군이 불렀다는 주제곡 역시 항상 누군가를 그리워하는 인간의 보편 심리를 잘 드러낸 노래이다. 침사츄이는 대륙 출신 이요 장만옥과 여소군 여명이 처음 정착했던 곳이다. 악착 같이 돈을 벌던 곳이다. 내가 머물 아일랜드 샹그릴라 호텔이 있는 홍콩섬의 도심지와는 전혀 분위기가 다르다. 홍콩섬은 훌륭한 금융가의 면모를 보여주는 갖기 다른 특색의 빌딩들이 우람한 자태를 자랑하고 있다. 빌딩 사이로 군데군데 만들어 놓은 녹색 공원 역시 홍콩섬을 우아하게 한다. 반면 구룡반도에는 1층에는 상점이 2층부터는 서민 아파트들이 줄줄이 서 있다. 아파트와 맞은 편 아파트를 잇는 빨래걸이에 매달린 빨래는 이색풍경이다. 소나기가 쏟아지고 있어서 거리마다 우산으로 가득하다. 사람들은 보이지 않고 우산들이 거리를 메우고 있다.

소나기로 젖은 축축한 옷으로 스타의 거리가 있다는 바닷가로 갈 것인지 그냥 호텔로 돌아갈 것인지를 고민했다. 마음 같아서는 호텔에 들어가 따뜻한 욕조에 몸을 담그고 싶다. 서울을 떠나기 전에 그녀와 통화를 해야 한다는 생각으로 밤새 잠을 설쳤다. 그래서인지 몸도 피곤하다. 그러나 1박 2일의 여행 속에서 당장 홍콩의 야경을 볼 수 있는 날은 오늘뿐이다. 200만 불짜리 홍콩의 야경을 놓칠 수는 없다. 택시를 잡을 수 있는 큰길로 인파를 헤치고 걸었다. 바짓가랑이는 짜면 물이 나올 정도로 축축하다. 택시를 잡아 '스타의 거리' 가까이 있는 페닌슐라 호텔로 가자고 했다. 오한이 나고 있는 몸부터 추스려야 할 것 같다. 택시에 내려 페닌슐라 호텔 근처에 있는 맥주 집으로 들어갔다. 거기도 만원이었다. 구석에 비어있는 자리를 찾아 일단 맥주를 두 병 시켰다. 안에는 에어컨 바람이 강하게 흘러 나와 실내가 서늘했다. 맥주가 배달되자 한 병을 컵에 부어 단숨에 들이켰다. 술의 힘으로라도 버텨야 했다. 서늘한 기운이 목줄을 타고 내려간다.

매일 날아오는 메일 편지에 답장을 못하자, 차츰 이틀에서 다시 일주일에 한번으로 소식을 보내왔다. 오히려 그것을 다행이라 생각하던 참인데, 결국 이런 변을 당하게 된 것이다. 편한 만큼 그녀의 일상 속에 자신이 스며들 여지가 좁다는 사실은 생각을 못했다. 그녀와의 불통이 그동안의 자신이 쌓아 놓은 거리감을 나타내는 성적표라는 생각이 든다.

바닷가로 나오자 비바람은 더 거세다. 더 이상 우산은 의미가 없다. 몸도 가누기 힘들 정도. 바닷가 둑 시멘트 바닥에 양각되어 있는 스타의 손바닥 지문을 따라 발걸음을 옮긴다. 대부분이 모르는 배우다. 그는 장만옥이나 장쯔이, 유덕화 등 자신이 아는 배우를 찾았지만, 유덕화 외에는 좀처럼 찾기 힘들다. 최근 동성연애자와의 갈등 끝에 자살한 장국영은 이름뿐, 손바닥 지문은 비어 있다. 다시 어딘가 내부로 이동해야겠다는 생각으로 이동하는 사이 10분 후 레이저 쇼가 있다는 안내 방송이 있었다. 현지인을 위한 광동어와 관광객을 위한 영어로 두 번 방송했다. 마침 기다릴 만한 시간이다. 화장실도 들러야 하고 비도 피할 겸 문화 센터 건물 안으로 들어갔다. 건물 안에는 이미 레이저 쇼를 구경하기 위해 몰려 든 사람들로 가득했다. 건물에서 바다 건너 있는 홍콩섬을 바라보았다. 건물에서 뿜어나오는 각양각색의 불빛이 마침 지나가는 여객선의 휘황찬란한 불빛과 어울려 대단원을 이룬다. 그러는 사이 사람들이 건물 밖으로 우르르 몰려 나갔다. 레이저 쇼가 시작되는 모양이다. 처음 홍콩섬에 있는 양쪽 빌딩에서 흘러나오는 레이저 초록색 빛이 바다 전체를 훑고 지나갔다. 다음으로 이어지는 다른 빌딩에서 흘러나오는 빨간 레이저 빛, 다음 노랑빛, 시간도 길게 혹은 짧게, 계속되는 레이저 쇼, 그 와중에 그는 다시 촛불 시위 현장의 아우성 소리를 듣는다. 무엇을 위한 아우성인지 모르는 아우성!

레이저 쇼를 보면서도 돌아갈 시간이 가까이 다가오자 머릿속은 어지럽다. 여전히 자신이 당한 부당함에 마음이 쏠리지만 그녀와 연락이 안 되는 지금 상황이 더 답답하다. 레이저 쇼가 끝나고 호텔로 향하는 차편을 택시로 택했다. 시원찮은 우산으로 더 이상 비바람에 시달리고 싶지 않았다. 페닌슐라 호텔 앞에서 진열해 있는 택시 중 한 대에 몸을 실었다. 택시에 몸을 싣자 피곤이 확 몰려온다.

호텔에 도착, 바로 욕조로 들어가 뜨거운 물에 몸을 담갔다. 몇 년 만에 받은 하루 동안의 휴가가 영원처럼 느껴진다. 억지로 그녀의 추억에 매달려 보려 했지만, 납득되지 않은 것은 내가 왜 여기에 있어야만 하는가였다. 급박하게 돌아가는 한국 현실을 떠나서, 내가 왜? 네티즌에 의한 부당한 추방! 지금껏 무시해 온 네티즌들이었다. 그런데 그들에 의해, 난, 외로운 섬이 되었다. 분을 풀지 못하고 도망치듯 쫓겨 온 자신에게 화가 났다. 더군다나 그녀까지 속을 썩이고……. 거기다 소나기까지. 개 같은 날이다. 손바닥으로 힘껏 욕조의 물을 친다. 물이 온 사방으로 튄다. 그녀도, 일도 모두 잊어버리자. 그리고 오늘만은 자자.

30분 정도 욕조에 몸을 담갔다. 따뜻한 물에 담그니 기분이 한결 나아졌다. 차츰 몸이 물속으로 스며드는 것 같다. 의식이 가물가물해진다. 어지러운 꿈이었다.

　잠시 졸았나보다. 이마에서 땀이 비 오듯 흘러내린다. 욕조 밖으로 나왔다. 이빨을 닦고 침대에 들려고 할 때였다. 다시 심장이 쿵하며 통증이 짜르르 온몸을 훑었다. 더운 열기가 얼굴에 확 솟았다. 냉장고를 뒤져 맥주를 한 캔 땄다. 시원한 맥주가 목을 타고 내려간다. 열기 때문에 실내등을 껐다. 순간 실내의 모든 가구들이 아래로 가라앉는다. 여전히 심장의 통증이 왔다. 창문으로 부서져 들어오는 각가지의 네온싸인 빛을 받으며 침대에 앉아 있으니, 자신이 놓여진 현 상황이 더욱 실감난다. 꿈속의 검은 복면은 무엇을 의미하는가. 나 속에 숨어 있는 나의 가면인가. 이어서 다시 한국으로 돌아가 인터넷을 열었을 때, 네티즌들의 폭언과 비방이 개미떼처럼 쏟아져 나올 것이 생각났다. 순간 꿈이 생각나면서 공포로 몸이 졸아들었다. 어떤 네티즌들은 스토커처럼 따라다니며 괴롭힐 것이다. 돌아간다는 것은 네티즌들로부터의 괴로움을 감수할 것을 각오해야 하는 것이다. 네티즌들은 내가 모르는 내 속의 가면을 알고 있다. 그러기에 그들은 사이버 테러를 감행할지도 모른다.

　이 반복되는 심장의 고통은 공포를 미리 감지한 것인가. 기자 생활을 시작하면서부터 자신 속에서 계속적으로 불안하던 어떤 심리적인 것이 이번 사건을 계기로 가슴에 통증을 유발하는지 모른다. 심장의 통증은 심리적 불안을 더욱 부추겼다. 심리적 불안이 육체적 불안을 동반하며 맥주 캔을 들고 있는 손이 심하게 흔들렸다. 이 심리적 불안은 자신의 존재의 뿌리, 그것의 흔들림에서 오는 것이다. 무엇보다 신문기자로서의 정체성이 문제다. 대학 4년 간 배운 짧은 지식으로 세상사를 읽기에는 역부족이었다. 이번 네티즌에 대한 어설픈 대응도 그것에 비롯되었는지도 모른다. 조그만 사건이라도 그냥 보고 느낀 것을 객관적으로 보고하는 수준이 아닌, 그 사건 이면에 놓여 있는 큰 그림을 찾아낼 수 있는 더 높은 철학이 자신 속에 없다는 자괴감이 신문기자 생활을 시작하면서 매 순간 자신을 불안하게 했다. 네티즌들의 대중 심리, 사이버와 대중, 한국 정치학의 현주소, 국제적인 문맥, 경제를 움직이는 힘, 세계의 발전 경로, 그 사회를 움직이는 역학적인 관계, 그런 것에 대한 확신 없이 매일매일 부딪치며 기사를 날렸다. 이 기회로 더 공부를 하기 위해 유학이라도 떠나야 한다는 확신과 함께 기자직을 임시 휴직해야겠다는 생각이 들었다. 가자, 가서 혁신적인 자유민주주의의 정치 철학의 밑그림을 그린 미국의 기자 출신 월터 리프만을 연구하자. 부분을 통해서 전체를 읽을 수 있는 안목을 키워야 한다. 이렇게 불안한 심리로는 계속할 수 없다. 좀 더 큰 안목을 기르자. 이런 결론을 짓고 나니 마음이 홀가분해졌다.

이런 저런 생각으로 뒤엉켜 밤을 꼬박 밝혔다. 새벽 6시였다. 룸에 준비된 커피를 한 잔 타서 창가를 향했다. 바깥은 시커먼 구름 속에서 소나기가 쏟아졌다. 또다시 어제처럼 비바람에 비행기를 타기 전까지 시달려야 한다고 생각하니 우울했다. 텔레비전을 켰다. 마침 날씨 예보가 흘러나왔다. 계속해서 블랙 레인이라는 말이 흘러나왔다. 블랙 레인 경보! 블랙 레인 경보! 무슨 말인지 모르겠다. 카운트에 전화를 걸었다. 안내원이 자세한 설명을 해주었다. 블랙 레인 경보에는 주말이 아닌 평일에도 모든 관공서와 학교 등이 다 휴무, 휴교 조치가 내려지며, 일체의 대중교통도 정지, 택시와 자가용도 움직일 수 없다는 것이다. 갑자기 머리가 삥해졌다. 그렇다면 비행기는 어떻게 되느냐고 물었다. 비행기도 블랙 레인 경보가 해제되어야 움직인다는 것이다.

한 시간당 비의 양에 따라 차례대로 블랙 레인, 레드 레인, 옐로우 레인 경보를 내린다고 했다. 그것이 시간마다 바뀐다는 것이다. 황당했다. 오전 중 짜 놓은 일정은 모두 포기해야 했다. 어제 소나기를 맞으면서도 포기하지 않고 몇 군데 다닌 것이 그나마 다행이라는 생각이 들었다. 그러다 잠이 들었다. 눈을 떠보니 이미 10시가 지나 있었다.

5층 이하의 명품 상가도 거의 문을 열지 않았다. 근처 호텔 관광객들인지 꽤 많은 사람들이 상가를 기웃거리고 있다. 차편 때문에 상가 주인들이 아직 출근들을 못한 모양이다. 새벽보다 빗줄기는 약하지만 계속적으로 소나기가 쏟아졌다. 호텔 카운터에서 큰 우산을 하나 빌렸다. 도로로 빠져 나와 홍콩 공원 쪽으로 방향을 잡았다. 홍콩 공원 쪽에 필리핀계 사람들이 삼삼오오 여기 저기 모여 있다. 비 때문에 대부분 건물 처마 밑에 옹기종기 모여 있다. 촛불 시위에 놀란 끝이라 남의 나라인데도 사람만 모여 있으면 가슴이 철렁한다. 홍콩 공원에서 큰 도로를 건너 빌딩을 따라 걸었다. 건물과 건물로 이어지는 다리 밑에는 틀림없이 필리핀계 여성들이 웅성거리며 모여 있다. 머리를 갸우뚱 거리며 이 사람들이 대체 무얼 하는 사람들인가 무척 궁금해졌다. 그녀는 이 필리핀계 사람들 이야기는 한 적이 없었다. 지금 그녀를 만날 수 없으니 나중에라도 물어보는 수밖에 없다. 그리고 이 사람들은 교통편이 모두 중지 되었다는데 어떻게 여기까지 올 수 있단 말인가.

큰 도로를 따라 걷다 HSBC의 은행 간판이 보이는 곳까지 왔을 때였다. 순간 그녀가 근무하는 은행이라는 생각이 들어 빌딩으로 향했다. 혹 수위에게라도 그녀의 행방을 알아 볼 수 있을까 하는 생각으로……. 그런데 웅얼웅얼 재잘재잘 시끌시끌…… 마치 큰 비닐하우스

양계장에 들어갔을 때 닭들의 시끄러운 소리처럼 소리가 일제히 쏟아져 나오는 쪽을 보았다. 건물 1층 로비에 필리핀계 여성들이 빽빽이 들어 서 있다. 입을 다물 수가 없었다. 우리나라 경비들은 아예 건물 안에 발도 들여 놓지 못하게 할 것이다. 비 때문에 현관문 없이 오픈된 1층으로 몰려 든 모양이다. 나는 순간 가슴이 뜨거워지며 환희가 일어났다. 바로 이거다. 이것을 제대로 취재해 보자는 생각이 들었다. 피식 웃음이 나왔다. 몇 시간 전까지만 해도 휴직을 하겠다는 결심을 하고서도, '기자 근성은 어쩔 수 없어' 혼자 중얼거리며 우선 사진기를 꺼내 몇 컷의 사진을 찍었다.

발 디딜 틈이 없는 필리핀계 여성들을 이리저리 헤치며 건물 안으로 들어갔다. 수위는 자신의 자리를 그대로 지키고 있었다. 우선 그녀의 이름을 한자로 써서 아느냐고 물었다. 모른다고 했다. 고개를 절레절레 흔든다. 난감했다.

포기할 수밖에 없다는 생각으로 가까이 있는 뚱뚱한 필리핀 계 여성에게 다가갔다. 영어로 한국에서 온 기자라고 했다. 그 중 알아듣는 여성에게로 다가갔다. 일제히 눈이 쏠린다. 순간 진땀이 나기 시작했다. 손수건을 꺼냈다. 그리고 땀을 닦았다. 여기저기서 수군거린다.

당신네들 일에 관심이 많다며 질문을 하기 시작했다.

"당신네들은 왜 이렇게 모여 있나?"

스무 살도 채 안 된 듯한 그 중 젊은 그룹의 여성들이 한꺼번에 까르르 웃으며 대답을 안 했다. 그러더니 그 중 나이가 가장 든 듯한 여자가 불쑥 뱉었다. 영어가 짧은 데다 필리핀식 영어라 알아듣기가 힘들었다. 알아들을 수 있는 말만 수첩을 꺼내 메모를 했다.

"우리는 휴가에 친구들을 만나고 있을 뿐이다."

한 여자가 말문을 열자 질세라 한 마디씩 뱉었다.

"일요일마다 휴가를 맞아 우리는 친구를 만나기도 하고, 소풍도 간다."

"그런데 왜 도심지에서?"

여자들은 질문을 할 때마다 중간 중간 깔깔거렸다.

"도심지는 차비도 안 들고, 또 딴 데 갈 곳이 없다."

"오늘 블랙 레인 데이라는데 어떻게 여기까지 왔나?"

"여기에서 걸어 올 수 있는 곳에 살고 있는 집의 가정부들이다. 집에서 여기까지 충분히 걸어 올 수 있다."

"매주 이렇게 나오나?"

"그렇다. 매주 일요일마다 휴가를 나온다. 그래서 친구들도 만나고 필요한 물건들도 사고 정보도 교환한다."

"어떤 정보?"

그 질문에 여자들은 깔깔거리며 답변을 안했다.

"하루 종일, 여기에서 지내나?"

"그렇다. 우리 주인들은 좁은 아파트에서 휴일을 우리와 함께 보내기를 원치 않는다."

"어느 정도 좁은가? 그럼 당신들은 거처하는 방이 따로 있나?"

"대체로 방이 한 개, 내지 두 개의 좁은 아파트다. 우리들 방은 물론 없다. 우리는 부엌에서 잔다."

"그러면 당신들의 주인들은 왜 그렇게 좁은 집에서 당신들과 함께 생활하면서 당신들을 부엌에서 재우나?"

"우리들의 주인들은 대부분 부부가 다 직장에 나간다. 그 대신 우리들은 그 집 살림을 해주기도 하고 자녀들도 기른다. 우리들은 그 집에서 받는 월급이 필요하다. 고향에서 가족들은 우리가 버는 돈으로 생활한다. 우리들 여자 형제들은 모두 홍콩에 와 있다. 그래서 일요일마다 고향 소식도 묻고 또 동생과 언니들을 만나 고향 회포도 푼다."

홍콩 사람들과 필리핀 가정부는 서로의 필요에 의해서 만들어진 상생하는 구조다. 인터뷰에 응한 여성들에게 고맙다고 인사를 하고, 사진을 좀 찍어도 되느냐고 물었다. 그녀들은 외국인 기자라는 것 때문인지 관대하게 포즈까지 취해 줬다. 또 자매가 모두 홍콩에 와 있다는 네 자매 사진도 함께 찍었다. 필리핀계 가정부에 대한 사전 지식 없이 단편적인 인터뷰만 하려니 답답했다. 이때 그녀가 있었으면 정보를 얻을 수 있었을텐데…… 정말 그녀가 아쉬웠다. 서둘러 호텔로 들어왔다. 비지니스 센터에서 인터넷으로 필리핀 가정부에 대한 정보를 검색했다.

다시 한 번 올바른 기자상을 위해 공부를 더해야겠다는 생각이 절실했다. 인터넷 검색으로 필리핀 가정부들의 월급, 왜 하필 필리핀계인가, 홍콩에 거주하는 필리핀 여성들의 인구수 등등을 조사, 기사를 작성, 사진과 함께 어쩌면 마지막 기사가 될 지도 모르는 원고를 한국으로 송고했다. 직업의식에 대한 뿌듯함과 함께 괜한 짓을 하지 않았나 하는 노파심이 일었다. 자기에게는 새로움이지만, 다른 사람에게는 상식적인 식상한 원고, 원고를 보낼 때마다 따라다니는 이 갈등, 이 갈등을 해결하는 길은 결국 다른 일반 대중들보다 높은 철학과 세계관을 가지고 있어야 한다. 다시 한 번 공부에 대한 열망이 일어났다.

서둘러서 근처 식당에서 점심을 먹고 도심지의 공항이라는 홍콩 스테이션으로 갔다. 거기서 간단한 수속을 밟고 익스프레스 전철을 탔다. 곧 익스프레스 전철이 출발했다. 출발하고 한 정류장 정도 지난 후였다. 드디어 그녀에게서 전화가 왔다. 어디냐는 것이다. 지금 공항으로 가는 익스프레스 전철 안이라고 했다. 몇 시 비행기냐고 했다. 3시 50분 비행기라고 했다. 어디에 갔었냐, 왜 연락이 안 되었냐, 물어볼 틈도 주지 않고 몇 시 비행기냐는 그녀의 질문에 답변을 끝으로 전화가 끊겼다. 홍콩 시내에서 굳이 공항으로 나오는 거라면 잠깐 중간에 내려서 기다리겠다고 다시 전화를 걸었으나 이번엔 받지를 않는다. 대체 뭘 하다가 이제 전화를 해서 다짜고짜 공항에서 보겠다니…… 아쉬움이 들었다. 점심이라도 함께 먹었으면……. 그나마 떠나기 전에 볼 수 있는 것으로 만족해야겠다.

공항에 도착, 15분가량 지나자 다시 전화가 왔다. 어디냐는 것이다. 탑승 수속하기 전 개찰구라고 했다. 비행기 탑승 수속하기에도 빠듯한 시간이다. 그녀가 지금 입구에 들어섰다는 것이다. 잠시 가던 길을 멈추고 그 자리에 멈추었다. 그리고 그녀가 올 방향을 향해 돌아섰다. 그 순간이었다. 공항의 불이 나갔다. 불이 꺼지는 순간, 촛불 시위 현장의 함성과 함께 명멸하는 촛불 대열이 자신을 향해 돌진하고 있었다. 쿵하는 소리와 함께 심장의 통증이 격렬하게 지나갔다. 눈을 감았다. 몇 초 동안 감았던 눈을 떴다. 멀리서부터 검은 날개 짓을 하며 새가 펄럭거렸다. 이틀 동안 잠을 못 잔 누적된 피로에서 오는 환영인가? 몇 번씩 눈을 비볐다. 그러자 바로 앞에서 검은 날개가 펄럭거렸다.

달려오는 그녀의 검은 원피스 소매 자락이 펼쳐져 마치 새의 날개처럼 펄럭거렸다. 이 낯선 상황 때문에 몽롱한 모습으로 그녀를 쳐다보았다. 땀인지 비인지 얼굴과 머리가 온통 젖어 있었다. 열기 오른 빨간 뺨과 축축이 젖은 눈에서 모락모락 안개가 피어올랐다. 방금 딴 사과 마냥 싱그러웠다. 더군다나 이 상황을 어떻게 해석할지 몰라 놀

란 그녀의 토끼눈은 두려운 듯 나를 쳐다보고 있었다. 순간 숨이 멎을
듯했다. 와락 그녀를 가슴으로 끌어들였다. 그녀 역시 흑하며 울음을
터뜨렸다. 우리 결혼하자. 그리고 더 높은 세계를 향해 떠나자. 그동
안 생각지도 않은 말이 불쑥 머릿속을 스쳤다. 그러나 밖으로 새어나
오지는 않았다. 영원히 헤어지지 않을 것처럼 우리는 포옹을 풀지 않
았다. 순간 불빛이 우리를 향해 쏟아졌다. 나는 그녀가 되고 그녀는
내가 되어 부웅 하늘로 치솟는 것 같았다. 나는 그녀를 놓치면 더 이
상 갈 곳이 없는 듯, 그녀를 놓지 않았다.

소나기 쏟아진 날

저녁부터 쏟아지기 시작한 소나기는, 아예 밤에는 바람까지 동반해 퍼붓듯 쏟아졌다. 뒷산의 숲 속에서는, 천둥소리와 함께 바람에 흔들리는 나뭇잎사귀 소리가 아스팔트 위로 질주하는 차 소리처럼 밀려왔다, 밀려갔다. 정희는 베란다 샷시 유리문이나 방의 창문을 닫았건만, 불안하여 다시 확인을 위해, 몇 번씩 일어섰다 앉았다한다. 그러다 부엌에서 꿀물을 타 안방으로 향한다. 안방에는 며칠째 의식을 잃은 시어머니가 링겔을 꽂은 채 누워 있다.

의식을 잃은 이후, 애타게 아들만을 기다리며, 허공을 향해 손을 허우적거린다. 저녁에도 미음을 숟갈로 떠서 먹였건만 다 게워내었다. 숟갈 끝으로 꿀물을 묻혀 입술을 적시듯 입가에 묻힌다. 입술을 달싹거린다. 잠시 손은 가슴 위로 떨어진다. 살아 있음을 확인하는, 아니 정희와의 대화의 유일한 수단이, 꿀물을 먹는 순간이다. 링겔을 꽂았기 때문에 따로 꿀물을 먹일 필요가 없지만, 시시각각 의식을 잃어가는 시어머니의 마음을 잡을 수 있는 길은 오직 꿀물뿐이다. 다치기 전에도 시어머니는 소식에다 입이 짧아 여름에는 거의 시원한 꿀물로 살았다. 시어머니가 정희를 받아들이는 것은 꿀물을 받아들일 때만이다.

지난 겨울, 잠시 정희가 시장을 간 사이 화장실에서 넘어져 엉덩이 뼈에 금이 간 이후, 꼼짝 못하고 누워 있은 지, 6개월. 최근 한 달 동안에는 이 세상 사람 같지 않았다. 정희에게 던지는 그 웃음, 처음 보는 낯선 사람에게 던지는 멋쩍은 듯한 그 웃음이 정희는 못내 가슴 아프다.

33평 아파트에서 아들, 딸에게 공부방을 주고, 시어머니께서 화장실 들락거리기 쉬운 안방을 주고 나면, 정희 부부는 언제나 거실에서 거처할 수밖에 없었다. 부부생활은커녕 낮잠 한 번 편하게 잘 공간이 없는 나날이었다. 공무원 박봉에 시어머니 병원비로 반 이상 지출, 아이들 과외는 생각조차 할 수 없었다. 다행히 아이들이 다 일류대학은 아니지만, 그럭저럭 4년제 대학에 입학해 준 것은 그나마 다행이었다. 시어머니는 워낙에 약골에, 신경질이 많아, 신경과민으로 시력을 잃어버린 지 10년. 병원 입원과 퇴원을 반복, 병원과 집을 번갈아 들락거렸다. 가족생활은 뒤죽박죽이었다. 남편은 언제나 새벽에 출근해서 자정이 지나서 들어왔다. 그러다보니 시어머니는 전적으로 정희의 몫이었다. 정희는 시어머니의 병간호에 세월을 지새웠다. 서울에서 두 시간 거리에 있는 친정 나들이는 물론, 친구들을 만나 수다 한 번 마음 놓고 떨어보지 못했다.

천둥 소리가 하늘을 울리더니, 번쩍하며 번갯불이 지나간다. 그러자 소나기가 더 세차게 내린다. 시어머니는 다시 손을 허우적거린다. 정희는 시어머니의 손을 잡는다. 시어머니는 정희의 손에서 당신의 손을 뺀다. 의식을 잃은 이후 다시 정희는 시어머니의 의식밖에 밀려

났다. 단지 꿀물을 먹을 때만이다. 오늘은 유독 더 많이 손을 허우적거린다. 남편을 기다리는 것이다. 남편은 아직도 몇 시간을 기다려야만 집에 올 것이다. 대학원을 다니는 아들도, 직장을 다니는 딸도, 바깥 볼일을 끝내기에는 아직 이른 시간이다. 정희는 꿀물 먹이기를 끝내고 부엌으로 가서 가제를 소독, 뜨거운 물에 적셔 다시 시어머니에게로 간다. 입안 소독을 해야 한다. 오늘은 소나기 때문인지 시어머니의 마음이 닫혀 있다. 완강히 입을 열지 않는다. 소나기 때문에 불안한 것인가. 불안할 때는 시어머니는 더 심하게 손을 허우적거린다. 그러나 남편은 시어머니 때문에 일찍 들어올 수 있는 형편이 아니다. 남편은 최근 잇따라 일어나고 있는 대통령 아들들과 관련된 게이트 사건으로 인한 민심수습을 위한 국무회의에 참석해야 한다. 끝나면 기자와의 인터뷰가 있다고 한다.

빗줄기는 더욱 굵어진다. 창문을 두들기는 빗방울 소리에, 시어머니의 몸은 파도치는 듯 요동친다. 시어머니가 처음 의식을 잃었던 날, 시누이 시동생 내외가 병원을 다녀갔다. 그리고는 그 후 매일 전화로만 안부를 묻고 있다. 그러면 그렇지, 우리 엄마가 어떤 엄마라고, 그렇게 금방 돌아가시겠어, 아직도 오빠에 대한 집념으로 불타는데. 의식을 잃고 사흘 동안 병원에 입원, 의사가 좀 시간이 걸릴 것 같으니 집으로 돌아갔다 다시 입원하라기에 집으로 돌아온 날, 시누이는 노골적으로 비아냥거렸다. 정희는 아무리 고령이라지만, 자신의 몸붙이인 친정엄마의 죽음을 앞에 두고, 그런 식으로 말하는 시누이가 철이 없다고 생각했다. 직장 때문이라는 핑계로 어머니를 내팽개치듯 정희에게만 맡긴 죄의식 때문인가.

정희는 다시 부엌으로 가 좀 더 큰 물수건을 미지근한 물에 담가,

시어머니에게 가져간다. 의식을 잃고 받아들이는, 또 하나는 물수건으로 몸을 닦아주는 행위다. 워낙이 깔끔한 분이다. 10년간 앞을 못 보면서, 시어머니가 몸을 움직이는 유일한 행위는 자신의 몸과 주위를 닦는 일이다. 여름에는 하루에도 몇 번씩 목욕탕으로 들어가면 나오질 않으셨다. 여름의 끈적끈적함을, 또 땀내를 견디지 못했다. 땀내나는 사람이 옆에만 가도 노골적으로 얼굴을 찡그렸다. 단 하나의 예외는 남편이었다. 남편은 유독 땀이 많은 사람이다. 여름 퇴근 후, 현관문을 따는 정희에게도 풍기는 시금털털한 땀 냄새를 모를 리 없건만 시어머니가 남편을 조금이라도 더 자신의 곁에 두려고 안달을 하는 것을 보며, 남편에 대한 절대적인 사랑을 절감하곤 했다

시어머니의 손을 우선 물수건으로 감싼다. 깨끗한 수건으로 먼저 얼굴을 닦아주는 것이 원칙이지만, 시어머니의 기분을 살피기 위해서는 손부터 시험적으로 닦아야 한다. 처음 병원에 입원했을 때였다. 간병인을 데리기 전, 정희가 물수건으로 얼굴을 닦아내려고 하자, 얼굴에 험악한 표정이 나타나고, 온몸이 뒤틀렸다. 그때 정희의 놀라움은. 그 다음부터는 물수건을 함부로 하지 않는다. 기분을 살핀 후 받아들인다 싶으면 시작한다. 시어머니의 얼굴이 실룩거린다. 오늘은 아무것도 받아들이지 않는다. 이런 때는 남편을 강력히 요구하고 있다는 표시다. 남편은 아직도 오지 않는다. 정희는 물수건을 옆에 놓고, 불안한 듯 창문 밖을 쳐다본다. 소나기 때문이야. 그래서 불안하신거야. 정희는 자신의 불안도 소나기 때문이라고 생각하며 스스로를 위로한다.

바람은 점점 거세어진다. 나뭇가지 부러지는 소리, 양철 지붕 뜯어지는 소리, 물 쏟아지는 소리, 창문 흔들리는 소리, 천지가 떠내려갈 듯 빗소리가 세차다. 정희는 시어머니의 잦은 헛손질이 영 불안하다.

시동생, 시누이라도 부를까. 아니야, 다들 출근하는 사람들. 아이들은 이 비 쏟아지는 밤에 어디를 헤매고 있는지, 10시가 넘은 이 시간까지 전화 한 통 없다. 정희는 또 목욕탕으로 간다. 시어머니를 떠날 수도, 헛손질을 보고 있기도 민망하다. 걸레를 들고 와 시어머니가 누운 자리를 빼고 걸레질을 한다. 뼈를 다친 후, 자리 보전을 하고부터는 몸은 바쁘지 않은 대신 극도의 긴장이 필요하다. 의식이 있을 때는 조금만 음식이 맞지 않으면 입을 벌리지 않든지 먹은 것을 다 토해내었다. 그러면 다시 또 다른 음식장만을 해야 한다. 보통 하루에 두세 번은 새로운 음식을 만들어 내어야 한다.

다른 사람들은 말한다. 남편이 크게 출세한 것도, 다 정희가 쌓은 음덕 때문이라고. 정희가 결혼할 때 장남에 홀어머니라고 왜 그렇게 힘든 결혼을 하느냐고 친구들이 말했다. 그러나 남편될 사람만 선택하고, 시어머니를 선택하지 않을 자유가 있는가. 남편될 사람을 선택한다는 것은 바로 남편의 모든 것을 받아들인다는 것을. 다른 친구들은 아이들이 대학만 들어가면 날개 돋힌 듯 끼리끼리 동창들이 모여 해외여행을 간다. 20년 동안 아이들의 교육 때문에 쌓은 스트레스를 푼단다. 우리나라 아이들, 교육시키는 게 보통 힘드니? 시시때때로 바뀌는 교육 정책, 쏟아지는 과외 정보, 산다는 게 투쟁이지, 이게 사는 거니? 천사표 그것 아무 소용없다. 너가 간병인이니? 꼭 그렇게 시어머니를 지켜야 하는 이유가 뭐니? 시동생도, 시누이도 있다며? 한 달씩 그쪽으로 보내, 이제 좀 뛰쳐나와 봐, 세상이 얼마나 달라졌는데. 요즈음 남편들 부인들 도망갈까 봐 쩔쩔매는 것 너 몰라? 고등학교 단짝인 친구는 한 번씩 전화를 해서 염장을 질렀다.

정희는 삼층장 위에 놓여진 대통령의 휘호가 그려진 도자기 먼지를 닦는다. 1년 전 장관으로 발령 받은 해, 대통령으로부터 새해 선물로 받은 것이다. 그때 시어머니는 보이지 않는 눈으로 어루만지며, 대통령한테 선물까지 받았다고 좋아하셨다. 그러자 남편은 저렇게 좋아하시니 어머니 방에 두라고 해, 삼층장 위에 두었었다.

시어머니는 더듬거리며 그것을 어떻게 내리는지, 하루에 열두 번 이상 그것을 닦고 또 닦았다. 워낙이 닦기를 좋아하지만, 특히 자신의 마음에 드는 물건에 대해서는 애착이 강하다. 당신의 방에도 당신이 좋아하는 물건, 일테면 삼층장이라든가, 문갑 등의 가구를 몇 십 년을 두고 정성을 들여 닦아, 그 반질거림 때문에 먼지가 미끌어질 정도다. 이사 온 지 5년 동안 얼마나 열심히 닦았는지 장판 역시 마찬가지다. 가끔 작은집 며느리나 조카며느리 혹은 먼 친척 손자, 손녀들이 방문해 미끄럽고 윤나는 장판에 미끄러진 것은 이루 말할 수없이 많다. 돌지난 조카며느리의 아이가 넘어져 그것도 쟁반에 둔 물컵을 깨뜨리고, 아이 머리에 혹이 생긴 후, 정희는 시어머니 방에 들어오는 아이들만 보면 아찔아찔하다. 그 이후 정희는 시어머니 방에는 아이들을 들어서지 못하게 한다. 시어머니는 다치기 전에는 잠자는 시간 외에는 당신의 방에 있는 물건, 혹은 방바닥, 아니면 자신의 몸을 닦고 있었다. 다친 이후, 정희가 시어머니 대신 시어머니의 방을, 그리고 가구들을 끊임없이 닦고 있어야 마음이 편했다. 시어머니의 말하지 않는 성화를 견뎌내기 위해서 스스로 선택한 길이었다.

잠시 그친 듯하던 바람이 다시 불며 창문에 소나기가 흩뿌린다. 언제까지 오려는지, 정희는 창문 문고리를 채우며, 창틀에 걸레질을 한다. 워워 시어머니가 헛손질을 하며 소리를 지른다. 정희는 걸레를 방바닥에 던지고 시어머니의 손을 잡는다. 시어머니는 다시 소리를 지르며 정희의 손을 뿌리친다. 30년 동안 모셨으면, 며느리도 자식 취급을 해야 하지 않는가. 갑자기 서러운 생각이 든다. 시어머니의 울음소리가 들린다.

결혼 한 지 4년 된 해에 남편의 박봉에 견딜 수 없어, 시어머니가 살림을 맡아서 하기로 하고, 차린 약국에 큰 손님은 아니라도, 박카스한 병, 소화제, 진통제 등 소소한 손님들이 끊이질 않았다. 소소한 손님이라고 미리 시간을 당겨 문을 닫을 수는 없었다. 언제나 12시였다. 겨우 아침에 아이들 밥 챙겨주는 정도로 가사일을 도울 수밖에 없었다. 1년 정도 약국이 안정되면 가정부를 들이기로 했지만, 그때까지 어린아이들 수발이 문제였다. 정희는 큰 아이와 작은 아이를 번갈아 약국에 데려나오기도 했지만, 손님이 밀릴 때는 아이들의 칭얼거림때문에, 혹여 실수를 할까 두려워 그것도 할 짓이 아니었다. 그러면서 우왕좌왕 하루하루 지나갔다.

그날따라 남편이 일찍 퇴근, 약국문을 함께 닫고 대문을 들어서자 시어머니의 통곡소리가 들려왔다. 두 사람은 황급히 현관을 열자, 세살 먹은 큰 아이와 함께 통곡을 하고 있었다. 남편이 시어머니를 껴안듯 안고 거실을 향하는 동안 정희는 아이를 끌고 안방으로 향했다. 작은 아이는 잠을 자고 있었다. 아이가 옆에서 더 큰 소리로 울며, 황망해 보지 못했던 뒤로 감추고 있던 손을 치켜들었다. 오른손 약지손가락에 붕대가 감겨 있었고, 아직도 피가 삐져 나오고 있었다. 정희가 붕대를 풀어보려고 하자, 아이가 다시 패악을 치며 울었다. 아이를 달래며 겨우 붕대를 풀었을 때는, 다시 손가락에서 피가 솟아나와 붕대를 적셨다. 정희는 문갑 속의 약상자를 꺼내 소독약을 찾았다. 소독약으로 소독을 하고, 상처에 바르는 연고를 바르고 다시 붕대를 감아 주었다. 그리고는 금방 괜찮아져, 무서워할 것 없다고 타일렀다. '한매가 짧았어, 칼로' 하며 또다시 울기 시작했다. 손가락에 칼자국인지 상처가 꽤 깊이 나 있다. 칼질하는데 아이가 장난하다 비었나 보다.

정희가 거실로 나왔을 때, 시어머니는 패악을 부리듯이 거실 바닥을 치며, 남편에게 넋두리를 하고 있었다. 이 나이까지 내가 어린애들 데리고 살림을 살아야 하느냐고. 정희는 다시 머리가 혼란스럽다. 남편과 정희가 겨우 시어머니를 달래 다시 생각해 보겠다며 진정시켜 방으로 모셨다. 정희는 거실바닥에 그대로 주저앉았다. 부엌으로 향해 가던 남편의 아악하는 고함소리가 들려왔다. 달려간 부엌 바닥에는 피로 뒤범벅이 된 칼과 무 조각들이 도마 위, 부엌 바닥에 뒹굴고 있었다. 다리가 아파 도마를 바닥에 내려놓고 무를 썰다 아이가 손을 집어넣었나 보다. 시어머니는 골다공증에 관절염이 심하다. 정희는 망연자실 어찌할 줄 몰라 아이를 안고 서 있었다. 남편에게 아이를 맡기고 부엌을 치우기 시작했다. 그 사건 이후로 약국문을 닫았다. 그리고 가난을 낙으로 살았다. 남편의 월급으로 시어머니 병원비, 생활비, 남편 용돈, 3분해서, 최대한대로 아끼고 살아야 했다. 아니 살아가는 것이 아니라 견디어내야 했다. 시누이가 선물하는 화장품 외엔 여태껏 화장품 한 번 제대로 사본 적이 없었다. 가끔 화장품 대리점을 하는 친구가 샘플을 갖다 주곤 했다.

따딱딱 하며 나무 부러지는 소리가 들린다. 정희는 창문을 향해 바깥을 보려고 하지만, 이미 어둠 속에 묻힌 바깥은 소나기 쏟아지는 소리만 들릴 뿐이다. 잠시 창문을 연다. 비는 금세 정희 얼굴을 향해 달려온다. 순간 가슴이 확 트여 온다. 아아, 저절로 환성이 흘러나온다.

건너편 아파트 공원 나무들이 춤을 추듯 온몸을 좌우, 전후로 흔들고 있다. 공원 뒤, 차도에는 한두 대의 차들이 질주하듯 달려간다. 얼굴 위에 쏟아지는 소나기. 언젠가, 만리포 바닷가의 소나기. 아아, 다시 환호성이 저절로 나온다.

몇몇 친구들과 만리포를 찾은 대학 3학년 여름방학이었다. 천지를 다 삼킬 듯한 폭염은 잠시도 바닷물 속을 떠나지 못하게 했다. 하루 종일 물장난으로 지친 친구들은, 민박집에서 저녁도 먹기 전에 모두 잠에 떨어졌다. 애들아 소나기다. 한 친구의 고함소리에 벌떡 일어나, 언제 잤느냐 하는 얼굴로 친구들은 눈이 반짝거렸다. 그중 한 친구가 바닷가로 달려나갔다. 다시 또 한 친구가 달려나갔다. 정희와 남은 한 친구도 함께 달렸다. 바닷물이 다 빠져나간 모래사장 위, 싸아싸아 하는 소나기 쏟아지는 소리만이 자욱했다. 친구들은 한꺼번에 이미 다 젖은 옷을 팽개치듯 벗고는 모래사장을 달리기 시작했다. 네 명 모두 달리기 시합하듯 달렸다. 비는 온몸을 강타했다. 친구들은 아아 아아 환호성을 지르며 양팔을 벌려, 비행기 날개짓을 해가며 달렸다. 지칠 때까지 몇 바퀴의 모래사장을 달렸다. 그리고는 지쳐, 모래사장에 펄썩 주저앉으며, 애, 넌, 이제 죽어야 해, 한 친구가 다른 친구를 보며 말했다. 너 소원 이루었으니까. 너 소나기 쏟아지는 날, 발가벗고 달리는 게 소원이라 그랬잖아, 그리고 콕 고꾸라져 죽고 싶다고. 자 콕 꼬꾸라져. 하며 한 친구의 머리를 모래사장에다 박았다. 야아, 친구는 그 한마디를 하며 다시 모래사장을 달렸다. 소나기의 따가운 세례를 맞으며 부옇게 떠오르는 새벽을 맞았다.

아아, 아아, 시어머니의 몸을 뒤트는 소리에 정희는 창문을 닫았다. 창틀로 새어 들어 온 비로 방바닥에 물이 흥건히 고여 있었다. 정희는 걸레로 물이 고인 방바닥을 대략 닦고 시어머니의 손을 잡았다.

"어머니, 이제 곧 희재 아빠가 들어올 거예요. 조금만 조금만 참으셔요."

정희는 시어머니의 몸을 마사지하기 시작한다. '어머니, 어머니, 곧 올 거예요. 조금만 참으셔요.' 허벅지를 맛사지하자, 얼굴의 근육이 씰룩거리며 완강히 싫은 내색을 한다. 헛손질은 몸의 출렁거림과 함께 갈수록 심해진다. 아무래도 불안하다. 희재를 부르고, 시동생도, 시누이도 불러야겠다. 정희는 허둥거려지는 마음을 다잡아야겠다고 생각하며, 찬물을 한 컵 따러 마신다. 아들과 딸, 그리고 시동생과 시누이 집에 차례대로 전화를 돌리고, 다시 시어머니 방을 향했다. 시어머니는 온몸에 공포에 저려 있듯 몸을 떨고 있다.

"어머니, 어머니, 정신 차리셔요."

정희는 몸을 흔든다. 그때, 몸에서 확 악취가 풍겼다. 허리를 들어 올리고 바지를 벗기려다 정희는 화장실로 달려간다. 와악와악 속이 뒤집힌다. 토악질로 침과 눈물이 범벅이 된 얼굴을 손으로 문지르며 부엌으로 가 물을 한 컵 마신다. 그리고는 크게 심호흡을 한다. 부엌 서랍에서 비닐장갑을 찾아 끼고 안방으로 들어간다. 바지까지 오물이 번져 나와 악취가 속을 뒤집는다. 와악 와악 정희는 토악질을 안으로 삼키며, 바지를 벗긴다. 시어머니는 다시 온몸을 비틀며 저항을 한다.

"애비가 언제 올 줄 몰라요, 어머니, 제발."

정희는 힘을 잔뜩 넣어 비틀고 있는 다리를 바로 내리고, 바지를 잡고 있는 손을 뜯으며 바지를 겨우 벗겼다. 하체는 몸과 옷, 기저귀 할 것 없이 똥으로 범벅이 되어 있다. 다리를 다친 이후, 먹는 양이 워낙이 적어 변보기가 어려워 거의 관장으로 해결했었다. 그런데 이렇게 많은 변을, 6개월 이후 처음이다. 정희는 우선 팬티와 기저귀를 벗겨 낸다. 손을 쓸 수 없을 정도로 몸과 옷에 범벅이 되어 있다. 목욕탕으로 가, 우선 욕조에 팬티와 기저귀를 두고, 세면대 아래에 있는 플라스틱 대야에 따뜻한 물을 받고, 타월에 비누칠을 해 방으로 들어갔다. 악취가 방안 가득하다. 계속 불안한 듯, 공포에 질린 괴성을 지르고 있다. 웃옷을 걷어올리고 타월로 하체를 닦기 시작했다. 변이 푸르덩덩하다. 무엇에 이리도 놀란 것인가.

정희는 시어머니의 공포에 질린 헛손질과 푸른 변, 아무래도 심상 찮다는 생각을 한다. 전화한 지 50분이나 지났건만 아직 아무도 도착하지 않는다. 그때 전화벨 소리가 울린다. 정희는 한쪽 장갑을 벗고, 문갑 위에 있는 전화기를 든다. 시누이다. 급한 일이 있어 떠나지 못했는데, 지금 어떠시냐는 것이다. 오고 싶지 않은 것이다. 강북에서, 분당까지 먼길이다. 돌아가시지 않으면 오고 싶지 않은 것이다. 벌써 올해만 해도 열 번째 해프닝이다.

정희는 다시 장갑을 끼고 바지를 벗기고, 하체 부위를 비누거품을 한 물수건으로 닦는다. 허리 부위에 물수건을 갖다대자 냄새가 일어나 심한 악취가 정희 얼굴로 쏟아진다. 정희가 한쪽 다리를 한쪽 손으로 움직이지 못하게 고정시키고, 한쪽 손으로는 사타구니 사이에 묻은 변을 닦기 시작한다. 아무리 조심을 해도 변은 장갑과 소매 끝에 묻는다. 자신도 모르게 "아이이⋯⋯." 하는 소리가 흘러나온다. 그때였다. 시어머니의 고정된 다리가 정희의 손을 뿌리치며 두 다리를 딱 붙이며 경련이 일어난 것은. 정희의 고였던 손이 갑자기 힘을 잃으면서 몸의 균형이 깨어져 정희의 몸이 시어머니 몸쪽으로 엎어졌다. 시어머니의 변 묻은 사타구니에 얼굴이 박혔다. 확 악취가 얼굴로 쏟아졌다. 놀란 정희도 시어머니의 몸을 확 떠밀며 벌떡 일어섰다.

그때였다. 시어머니의 공포에 찬 헛손질은 순간 뚝 거친다. 온몸이 비틀어지며 팔다리가 뻣뻣해진다. 정희는 얼굴에 묻은 변을 물수건질을 대략하고, 다리를 두서없이 문지른다. 정희는 온몸에 땀이 배어날 정도로 열심히 온몸을 주무른다. 아직 다 닦지 않은 하체는 정희가 움직일 때마다 냄새가 베어난다. 30여 분 지나도 경련은 풀리지 않는다. 단단히 화가 나신 모양이다. 두 다리는 더욱더 꼬여져 비틀린다. 정희는 주문 외우듯 '어머니, 잘못했어요. 어머니 잘못했어요'를 반복한다. 30년 넘게 시어머니의 고집은 계속되었다. 정희가 당신의 뜻에 맞지 않으면, 경련을 일으키거나, 식사를 받지 않으셨다. 언제나 정희는 '어머니, 잘못했어요. 어머니, 잘못했어요.' 꿈속에서조차 빌었다. 당신의 아들을 뺏은 죄. 그것 때문에 정희는 35년 넘게 시어머니와의 갈등을 지속해왔다.

옳고 그르고의 문제가 아니었다. 일찍 잃은 남편 대신 의지해 온 아들이었다. 남편을 독점하듯 아들을 그냥 독점하고 싶은 것뿐이었다. 처음 신혼생활 때 경험했던 충격적인 경험들은, 시간이 지날수록 이성적으로 해결할 수 없는 문제라는 것을 알았다. 그냥 시어머니를 자신의 한 부분으로 받아들이지 않으면 참을 수 없는 하루하루였다. 동생처럼, 딸처럼, 그냥 철없는 어른 돌본다는 심정으로 어머니를 받드는 수밖에 없었다. 그래도 남편의 늦은 귀가는 정희가 어찌 할 수 없는 부분이었다. 기다리다 기다리다 지쳐 경련이 일어나고. 결국 시력을 잃는 지경까지. 정희는 다시 '어머니 잘못했어요.'를 반복한다.

더 이상 버틸 수 없는 몸이 척 늘어진다. 기가 넘어 간 때문이다. 정희는 부엌에 가 미지근하게 물을 데워 와 숟갈로 입속으로 떠넣는다.

물이 입속으로 흘러들어간다. 그러나 혀는 전혀 움직이지 않는다. 물의 반 이상은 입 바깥으로 흐른다. 계속 입을 닦으며 숟갈로 천천히 천천히 흘러 들어가게 한다. 정희의 눈에서 주르르 눈물이 흘러내린다. '어머니, 어머니' 아득한 의식 밑바닥에서 부르는 소리다. 정희는 깜짝 놀란다. 마치 자신이 아닌 그 누군가의 목소리를 들은 듯하다. 어린 아이의 욕망처럼, 그 욕망을 숨길 수 없었던 어머니, 그래서 더 애처롭게 느껴졌던 어머니, 큰 아들 외에는 존재 의미가 없었던, 그래서 그 집착에서 벗어나기 위해 아들은 더 어머니를 멀리하고, 그러면 그럴수록 더 집착하고. 정희는 마치 통곡하듯 북받치는 울음을 참느라고 꺽꺽거리며 물을 떠 넣었다. 경련이 풀리기 시작한다.

정희는 다시 물수건을 잡아 하체를 닦기 시작한다. 두 다리 사이를 벌린다. 다시 몸을 비튼다. 시어머니는 아직 아니라는 생각을 한다. 의식이 없다고 생각하면, 아니고, 의식이 있다고 생각하면 또 그것도 아닌 것 같고, 혼란과 혼란의 거듭이다. 비누거품, 물수건, 다시 두 번의 물수건, 마른 수건질을 마치고, 빨아 놓은 이불로 바꾸고, 기저귀를 채우고 다시 옷을 입히는 것을 끝내자, 정희의 옷에는 큰 노동을 한 것처럼 온몸이 땀으로 젖어 있다. 시어머니도 심한 경련으로 탈진, 이제 잠으로 빠져드는 것 같다.

바람은 잦아들은 듯, 천둥 번개소리는 그치고 소나기 쏟아지는 소리만 난다.

요란하게 전화벨이 울린 것은 그때였다. 정희는 얼른 문갑 위에 있는 수화기를 들었다.

"여보, 놀라지 마, 여기 검찰청이야, 오늘 못 들어갈 것 같애. 이 이야기는 아직 아무한테도 하지 말고…… 너무 걱정하지 말고…… 내일 아침 신문이나 봐. 신문 기사 내용은 믿지 말고, 평상시의 나를 생각하고."

"여보세요, 여보세요……."

아주 가라앉은 톤으로 본인이 할 말만 하고 전화를 끊었다. 정희는 순간 세상이 무너지는 듯한 아득한 어둠 속으로 가라앉았다. 지금 시간이면 기자와 만나고 있어야 할 시간이다. 그런데 검찰청이라니. '말도 안 돼, 말도 안 돼.' 정희는 부엌으로 달려나와 물을 마셨다. 몸은 허둥대는데 의식은 붕 떠 자신의 행동이 마치 슬로우 모션처럼 머릿속에 재생되었다. 그리고는 재빨리 의식은 남편이 처음 장관으로 발령받은 지 얼마 안 되어 증권가에 돌던 루머를 떠올렸다. 기자로 있다는 친구 남편 얘기는, 남편이 어느 기업체 전무에게서 얼마를 받았고, 어느 기업체 사장에게 접대 골프를 받고, 그래서 검찰청에서 조사를 받고 있다는 루머가 인터넷으로 돌아다닌다는 이야기였다. 친구는 놀라, 남편이 어떻게 된 줄 알고 전화를 걸었지만, 놀란 것은 오히려 정희였다. 그날 밤 술에 만취해 들어 온 남편에게 정희는 도대체 그 이야기가 어떻게 된 거냐고 물었다. 남편의 답변은 간단했다. 자기 자리를 노린 자들이 퍼뜨린 루머일 뿐이라고. 그런데 어떻게 이런 일이, 말도 안 돼, 말도 안 돼.

정희는 가난하지만 그동안 긍지를 느꼈던 공무원 생활이 허무해졌다. 일 년 반전에 장관으로 발령 받던 날, 온종일 이어지던 각계에서 보낸 축하 화분의 행렬은 정희의 고난했던 세월을 다 보상해주는 것 같았다. 그리고 오직 남은 소원은 아무 사고 없이 명예롭게 물러나는 것이었다. 그래서 기도를 할 때마다 탈 없이 물러나기를 소원했었다. 어쩌면 그 하나의 소원을 위해서 공무원 생활이라는 세월을 살아왔는지 모른다. 명절 때마다 각 기업체에서 보내오는 선물을 받지 않기 위해 해온 숨바꼭질들, 자기도 모르게 눈물이 주르르 흘러내린다. 벨이 요란스럽게 울린다. 정희는 눈물을 훔치고 현관으로 달려나갔다. 시동생과 아들이 나란히 들어온다. 시동생은 정희의 안색을 살핀다.

"이제 좀 괜찮아지셨는데, 죄송해요······."

정희는 말끝을 맺지 못하고 자기 설움에 얼른 현관 옆의 화장실로 숨었다. 눈물이 그치지 않고 흘러내린다. 왠만하면 눈물을 잘 흘리지 않는 정희다. 정희는 자신이 당황스럽다. 단지 검찰청에 조사를 받을 뿐인데. 이렇게 호들갑을. 그러나 내용을 알 수 없는 것이 더 답답하다. 정희는 마음을 다스리고 안방으로 들어갔다.

시동생과 아들은 각기, 어머니, 할머니를 부르고 있었다. 소리가 날 때마다 눈자위가 파르르 떨린다. 아직 잠이 들지 않은 모양이다. 몇 시간의 공포에 질린 헛손질은 아들의 위험을 몸으로 느끼신 것인가. 시어머니에게 아들은 자신의 분신이다. 실명을 한 이후, 동물적인 감각으로 아들의 기분을 읽는다. 심지어 정희와의 잠자리를 같이 한 그 날은, 정희는 물론 온종일 아들에게 눈길 한 번 주지 않았다. 그래서 인지 정희는 일 년에 행사처럼 치르는 그 행위도 죄의식을 불러 일으켜 싫었다.

정희는 결혼 초 홀어머니이기 때문이라기보다, 시어머니의 아들에 대한 집착이 끔찍할 정도로 싫었다. 아들의 일거수 일투족을 따라다니는 어머니의 눈길이, 아들과 함께 있는 정희에게까지 따라다니는 것 같아 싫었다. 오히려 남편은 그런 일상에 익숙한 때문인지 무심했다. 시어머니가 실명을 하자, 실명 그 자체는 안됐지만, 한동안 시어머니의 시선에서 벗어날 수 있어 좋았다. 그러나 그게 아니었다. 일

년이 안 되어 동물적인 감각이 놀랄 정도로 발달했고, 시어머니가 골절로 누우시기 전까지는, 정희는 자신의 어딘가에 달라붙어 있는 시어머니의 존재를 의식하며 살아야 했다.

"엄마, 할머니 괜찮으신 거야?"

젖은 윗도리를 벗어 든 아들이 표정없이 물었다. 임종을 지키지 못했다는 불만이 정희에게 쏟아질까봐, 위급할 때마다 부르지만, 번번히 헛수고가 되어 시동생한테는 미안하다. 시누이는 두 번 부르면 한 번은 핑계를 대고 한 번은 마지못해 온다. 이유는 따로 있다. '우리 엄마가 어떤 엄마인데, 그렇게 쉽게 죽지 않아. 큰아들을 두고 어떻게 눈 감아.' 붙박이처럼 정희집을 떠나지 않으려는 자신의 친정어머니를 두고, 반복해서 하는 말이다.

연이어 벨소리가 울리더니, 딸이 들어섰다. 얇은 마 혼방 원피스가 비에 젖어 축 늘어져 몸에 달라 붙어 있다. 정희는 목욕탕에서 수건을 꺼내주었다.

"할머니, 괜찮으신 거야?"

정희는 고개를 끄떡거리고, '씻고 할머니 방으로 가서 인사해라' 고 이르고 다시 안방으로 돌아왔다. 시동생은 창문 바깥으로 향해 담배를 피고 있었다.

"오늘도 넘기실 것 같으니, 늦기 전에 가셔요. 또 위급하다 싶으면 연락드릴께요."

"참, 형수가 고생이 많습니다. 어떻게 도와드릴 수도 없고……."

"그런 말씀 마셔요. 서방님이 물심양면으로 얼마나 돕고 있는데요. 지난번 병원비도 다 내시고……."

정희는 시동생이 정말 든든했다. 더구나, 지금 남편이 어찌 될지 모르는 이 판국에 시동생의 넓은 어깨가 더욱더 든든하게 느껴졌다. 형제가 다 공무원 길에 들어서, 여러가지 어렵지만, 서로를 위로하고 의지하고 있었다. 시동생도, 시누이도 다행한 것이다. 그것이 시어머니에 대해 이래라 저래라 일체 간섭을 하지 않는다는 것이 그렇게 고마울 수가 없었다. 집안에 장남이라고 경제적으로 도움 하나 줄 수 없었는데도 형이고 형수라고 믿고 따르는 것이 고마웠다. 남편은 아직 누구에게도 발설하지 말라고 했지만, 혼자 불안을 감당하기는 너무 힘이든다. 정희는 시동생을 데리고 아들 방으로 들어가, 검찰청에서 전화가 왔다는 이야기를 했다. 시동생의 얼굴이 순간, 놀랄 정도로 창백해졌다. 시동생은 지금 바로 검찰청으로 가겠다며 서둘러 나갔다.

정희는 아이들의 세수가 끝나고, 각자 방에 들어가자, 안방 목욕탕으로 들어가 욕조에 둔 세탁물을 다용도실의 세탁기에 옮기고, 안방 시어머니 옆에 다시 앉았다. 그리고 조용히 기도 드리는 마음으로 남편의 문제를 생각했다. 검찰청이라면, 누구를 만나기 위해서 간 것은 분명히 아니다. 그리고 남편의 심상치 않은 목소리는 더군다나, 그리고 내일 아침 신문보고 놀라지 말라는 말은 이미, 남편과 관련된 일이 오랫동안 내사 중에 있었다는 것을 말한다. 그럼 오늘 기자를 만난다는 것도 그 일과 관련된 일이었단 말인가. 그 일이 증권가에 돌고 있는 루머와 관련된 일인가, 그렇지 않으면 또 다른 루머인가. 남편은 분명 신문의 내용에 놀라지 말고, 평상시의 자신을 믿으라고 했다. 남편은 바깥에서 일어나는 이야기를 대체로 정희에게 대부분 이야기하는 편이었다. 정희가 자신의 어머니 때문에 갇혀 산다는 생각을 하기 때문인지, 집에 있는 시간은 정희와 대화를 나누려고 하고 있다. 그나마 남편의 그런 배려마저 없었다면 정희는 아마 30년 이상 시어머니

지키는 일을 하기 힘들었을 것이다.

시어머니는 격동이 지나간 바다처럼, 잠이 들었는지 조용하다. 정희는 불을 끄고 시어머니의 옆에 잠시 눈을 감는다. 하루 동안의 긴장과 초조로 말짱한 의식과는 달리 눈꺼풀이 내리 앉는다. 다시 천둥과 번개를 동반한 소나기가 온 도시를 향해 내리치기 시작했다. 어두운 방안에 번쩍하며 번개불이 지나간다. 그때 정희의 뇌리 속에 번쩍하며 내리치는 한가닥 의식이 정희의 뇌리에 박혔다.

일주일 전이었다. 잘 아는 선배가 전화를 했다. 학벌 좋고 능력 있고, 현 대통령의 고향 사람인데도 자신의 남편이 이번 정부에서 밀린다고 투덜거렸다. 그리고는 정희 남편더러, 자기 남편의 1급(차관보)으로의 승진을 부탁한다고 했었다. 정희는 소위 엘리트라는 선배 남편의 인사청탁에 기가 막혀 아무 말을 할 수 없었다. 단지, 집에 있는 내가 뭘 알겠느냐, 직장의 메커니즘에 맡겨야지. 여자들이 이래라 저래라 할 수 있느냐고 했었다. 그때 선배는 정희 남편이 뇌물에 연루된 것을 모르느냐고 했었다. 그때도 정희는 증권가에 떠도는 소문을 보고 그러는 줄 알았다. 그래서 안다. 벌써 1,2년 전에 떠도는 소문이라고 말했다. 그리고 1,2년 전부터 떠도는 소문인데도 아직 무사하다면 무슨 뜻이겠느냐, 혐의가 없다는 것 아니냐고 했다. 그때 선배는 언제까지 잘 나가는 줄 봐라. 이번 승진에 밀리면 끝까지 우리도 수단과 방법을 가리지 않고 할 것이다, 하며 전화를 화가 난 듯 끊었다. 그리고 이틀 후 승진에서 선배 남편의 이름이 빠졌다고 들었다.

그 선배 남편은 KS 마크라는 그것 하나로 모든 능력을 인정받은 듯, 일보다는 인사청탁을 위해서 높은 사람과의 교제만 하고 다닐 뿐, 조직 안에서 무사안일로 유명한 사람이었다. 다른 직원들은 밤을 새며 일에 시달리는데 퇴근 시간만 되면 어디로 빠져나갔는지 사라져 버리고, 점심시간에도 골프 연습장에서 3시 이후에야 겨우 돌아오곤 한다는 것이다. 직원들은 성토하다시피 선배 남편을 싫어했고, 같은 국에 있는 것을 싫어한다고 했다. 그러나 그런 이야기를 선배에게 다 해줄 수는 없었다. 정희는 머리 속에 일어나는 의심을 잠재우며 '설마, 설마'를 계속 반복하며 아니기를 간절히 바랬다.

아무튼 빨리 아침이라도 되었으면 좋겠다. 잘못된 보도든 진실된 보도든 궁금증을 풀었으면 좋겠다. 정희는 부엌으로 가 포도주를 꺼내 한 잔 마신다. 이 생각 저 생각으로 머리가 빠개질 것 같다. 정희는 부엌 창문을 열어 쏟아지는 소나기를 본다. 쏟아라, 부어라, 마음껏 이 세상이 다 쓸어져 내려갈 때까지. 만리포의 바닷가로 달려가고 싶다. 그리고 마음껏 소나기를 맞고 싶다. 정희는 다시 한 잔 더 마신다. 아침이 오기 전까지 견디기가 힘이 들 것 같다. 마셔야 한다. 마셔야 한다. 두렵다. 아니다. 어짜피 견뎌야 할 세상이다. 다시 한 잔. 어머니, 당신의 사랑하는 아들이 지금 어떻게 될 줄 모른다고요. 정희는 순간 머리를 번쩍 들고 안방으로 들어간다.

무엇에 놀랐는지 그렇게 불안한 헛손질과 몸으로 밀어낸 그 많은 양의 변. 어머니는 이미 알고 계셨죠. 당신의 아들이 벌써 어떻게 되었다는 것을요. 어머니, 말씀 좀 해보세요. 정희는 시어머니의 몸을 흔든다. 그러나 시어머니는 깊은 잠속에 빠진 듯 조용하다. 정희는 흐느끼듯 운다. 어머니, 이렇게 되자고 죽도록 죽도록 고생하며 숨도 제대로 쉬지 않고 살았나요. 뭘 잘못했다고. 온 가족을 희생시킨 죄, 너무나 억울해요. 정희는 시어머니 몸에 엎어져 흐느낀다. 평생 참고 참았던 울음을 울고 또 울다 잠시 꿈을 꿨다.

상대방이 누군지 모르는 전화에서 남편이 교통사고로 죽었다고 했다. 정희는 전화 수화기를 끌어안고 기가 넘어갈 듯한 울음을 울고 있었다. 누군가의 음모라고 누가 말했다.

정희는 시어머니의 몸이 파동치듯 심한 흔들림에 잠이 깨었다. 심한 헛손질이 다시 시작되었다. 정희의 꿈을 시어머니 역시 꾸었나 보다. 누군가의 음모에 의해서 교통사고를 당했다고. 남편의 신상에 무슨 일이 있으면 신기하게도 시어머니는 정희가 꾼 꿈과 똑같은 꿈을 꾸었다. 정희는 시어머니의 양손을 움켜지며, 울음을 터뜨렸다. 어머니, 어머니, 이 일을 어떻게 해요. 남편은 분명 누군가의 음모에 의해서 구속되었다고요. 그때 전화벨 소리가 요란하게 울린다. 정희는 더듬 더듬 문갑 쪽으로 기어가 전화수화기를 받았다. 시동생이었다.

누군가의 투서에 의해서 뇌물을 먹은 것으로, 남편은 조사를 받는 중이고, 아직 구속은 되지 않았지만, 증거를 확보하면 곧 구속 수감될 것이라고 했다. 이미 검찰에서는 뇌물 준 기업체에서 증거를 확보했다고 한다. 곧 남편의 계좌 추적이 들어갈 것이라고 했다. 차라리 명백하게 계좌 추적을 해서 결백을 밝히는 것이 오히려 낫겠다고 정희는 말했다. 시동생은 아마 도청이 되고 있을 것이니, 아침 일찍 집으로 들리겠다며 전화를 끊었다.

말도 안 돼, 뇌물이라니, 아이들 등록금을 두 명 한꺼번에 내지 못해, 시누이한테 번번히 신세를 졌건만. 뇌물이라니. 그 흔한 명절 선물조차 받지 않으려고, 별별 숨바꼭질을 다하며 도망을 다녔건만, 이제 와서 뇌물이라니. 말도 안 돼. 정희는 눈물을 펑펑 쏟으며 시어머니 위에 엎어졌다. 뭐, 뇌물을 준 기업체에서 증거를 확보했다고, 말도 안 돼. 어떻게 이런 나라가 민주주의 나라고, 노벨평화상을 탄 대통령이 집권하는 나라야. 말도 안 돼.

정희는 갑자기 시어머니의 몸이 사시나무 떨리듯 떨리면서 위로 솟구치자 놀라 눈물을 그쳤다. 정희는 불을 켰다. 링겔을 꽂은 손에 주사바늘이 빠지고 시어머니의 온몸은 심하게 요동친다. 잠시 그치는가 하면 또 흔들리고, 정희는 무섭고 두렵다. 정희는 시어머니의 몸을 죽을 힘을 내어, 온몸으로 끌어안는다. 시어머니의 몸과 정희의 몸은 하나가 되어 흔들린다. 이런 날, 시어머니와 함께 한다는 것이 얼마나 위로가 되는지 모른다. 정희는 시어머니의 얼굴에 자신의 얼굴을 맞대고 비빈다. 시어머니의 눈에서 기적처럼 눈물이 주루룩 주르루룩 흘러내린다.

어머니, 아침이 오면, 서방님이 오고, 신문이 오고, 그리고 아무 일이 없었는 듯 희재 아빠가 돌아올 거예요. 그러면 어머님, 이 모든 공포가 사라질 것이에요. 조금만 참으셔요. 모든 것은 끝나고 희재 아빠를 만나게 될 것이에요. 아아 하나님, 그동안 지은 죄가 있다면, 용서하시고 아무 일 없었던 듯 남편을 돌려 주십시오.

새벽 4시, 이제 두 시간이면, 신문이 배달될 것이다. 그리고 시동생이 올 것이다. 그러면 이 공포가, 이 공포가 사라질 것이다. 소나기가 그쳤는 듯 바깥이 조용하다. 정희의 마음은 공포가 사라지고, 그래도 설마 구속은 아니겠지, 하는 새로운 희망이 솟구친다. 아아 몸서리나는 소나기 때문이야. 이제 서서히 하늘은 맑아질 것이고, 태양이 떠오를 것이다. 시어머니는 다시 기진한 듯, 온몸이 까부러져 얇은 숨소리를 내며 잠 속에 빠져든 듯하다. 정희는 부엌으로 나왔다. 아들과 딸이 먹을 반찬 준비를 위해 콩나물과 멸치를 꺼내어 다듬기 시작한다.

아무리 생각을 하지 말자고 마음을 다져도, 머리는 계속 돌아간다.

투서라면, 무기명일텐데 어떻게 그것을 근거로 혐의를 걸 수 있단 말인가. 정희는 콩나물을 다듬는 손에 기운이 빠져 콩나물을 하나하나 세듯 가린다. 정희의 머리로는 납득이 안 간다. 어떻게 법치주의에서 무기명 투서를 믿고 장관 자리에 있는 사람을 조사할 수 있단 말인가. 국회의원도 아닌데 정치적 거세라니, 정치적 거세가 아니라면, 장관 자리에 대한 욕심 때문이란 말인가. 6, 7개월만 장관한 사람이 수두룩한데, 일 년 이상 장관한 사람을 자리에서 물러나게 하는데, 그런 정치적 거세까지 필요하단 말인가. 아니면 정치적 희생이란 말인가. 그렇게 희재 아빠가 정치적 희생을 감수할 정도로 거물인가. 아무리 객관적으로 분석하려고 해도 납득할 만한 이유가 없다. 현재 조사 중이라고 해도 거의 구속을 전제로 하지 않으면, 현직 장관을 조사하지 않을 것이라는 시동생의 말이 옳을 것이다. 정희는 거기까지 결론을 내리자, 온몸에 기운이 싹 빠진다. 어제 초저녁부터 시작한 머리의 진통이 온몸을 짓누르는 듯, 진땀이 솟기 시작한다. 정희는 머리를 감싸 식탁 위에 머리를 박는다. 몸은 자지러진 듯 아래로 아래로 가라앉는다. 언제까지 잘 나가는 줄 봐라. 수단과 방법을 가리지 않고, 우리도 해 볼테야. 사천왕의 모습을 한 선배 언니가 검은 옷을 입고 도깨비 방망이를 흔들며 정희에게 달려들었다. 정희는 창고 구석으로 구석으로 밀려 들어갔다. 어둠이 입을 벌린 구멍 속으로 한없이 한없이 떨어져갔다. 아악악악악악······.

"엄마, 여기서 왜 이래? 밥하다, 꿈꾼 거야? 엄마, 오늘 나, 회의 준비 때문에 일찍 출근해야 돼. 그냥 우유하고 과일만 먹고 갈게. 그리고 들어가서 좀 편히 주무셔. 아빠는 오늘 안 들어오셨어?"

"으응? ······."

정희는 두통으로 짓이기는 머리를 겨우 든 채, 자신이 무슨 말을 들었는지, 의식 불명 상태에 있다 딸의 '아빠' 소리에 놀란다. 정희는 얼른 현관으로 달려나간다. 이미 신문이 현관 앞에 떨어져 있다. 신문을 펼치는 정희의 손이 너무 떨려, 몸 전체가 부들부들 떨렸다. 몸이 흔들리자, 글자가 함께 흔들려, 한 자 한 자 들어왔다. 큰 20호 이상의 고딕 글씨체로 '날' '세' '운' '검' '찰'이라는 제목이 앞 뒤로 흔들렸다. 정희는 부엌으로 들어와 물 한 컵을 마시고 숨을 고르고 다시 신문을 들었다.

1면 기사였다. '날 세운 검찰'이라는 제하의 내용은 현 총장 체제의 검찰이 권력형 비리 의혹 사건들을 향해 칼을 빼들었다. 주요 타깃은 정치권과 관료 사회가 될 것이며, 각종 비리에 연루된 인사들에 대해선 지위 고하를 막론하고 사법처리를 할 방침이다. 이는 검찰이 살기 위해선 이번이 마지막 기회라는 인식을 통해서 대대적인 수사를 할 방침이다.

이번 모부처의 장관인 A씨는 파문을 일으킬 것 같다. A씨에 관한 수사는 언론사 탈세 혐의 사건과 각종 게이트 수사로 미루어왔던 검찰이 내사 자료를 통해 검토, 조사가 진행 중 뇌물을 받은 확증을 포착, 곧 구속 수감으로 이어질 전망이다.

정희는 조그마한 희망마저 사라져 버리고 앞이 캄캄했다. 몸이 와르르 무너져 내렸다. 털썩 부엌 바닥에 주저앉았다. 그리고 앞이 보이지 않았다. 영원히 죽고 싶었다. 이런 사회에서 살고 싶지 않았다. 받지 않은 뇌물 확증을 포착했다고. 아무리 거짓말만 쓰는 신문이라도 설마, 전혀 근거없는 말을 만들어낼까. 말도 안 돼. 말도 안 돼. 검찰이라는 데가 한 사람을 죽이고 살리는 곳이란 말이야. 공정한 자료가 아닌 자신들의 의도에 의해서 사람을 죽이기도 하고, 살리기도 한다면, 그게 국가 기관인가. 조폭 단체이지. 정희는 영원히 어둠 속에 갇히고 싶었다.

"엄마, 다녀올게요. 엄마, 오늘 왜 이래요? 엄마, 오늘 좀 이상해. 부엌 바닥에 퍼져, 뭐해? 엄마, 엄마."

"날 좀 할머니 방에……."

정희는 더듬더듬 바닥을 기었다.

"엄마, 왜 그래? 눈이 안 보여?"

"아니야, 눈이 아파서 그래, 날 할머니 방으로……."

딸이 오른손으로 정희의 왼손을 잡고 거실을 거쳐 안방으로 갔다. 정희는 안방 시어머니의 몸에 기대며 딸을 빨리 가라고 손짓했다.

"엄마, 괜찮겠어? 나 그냥 출근해도 되겠어?"

"괜찮어, 걱정 말고 빨리 출근해. 이러다가 괜찮아져."

딸이 나가자, 정희는 시어머니의 손을 잡았다. 시어머니는 어제 그토록 몸살이 날 정도의 경련 때문인지 아주 곤하게 엷은 코까지 골며 주무신다.

"어머니, 이제 뭘 어떻게 해야 되지요?"

정희는 시어머니의 손을 어루만지며, 하염없이 눈물을 흘렸다. 뭘 어떻게 해야 하지, 뭘 어떻게 해야 하지, 하는 말만 반복해 나왔다. 잠시 후, 현관 벨이 울려, 정희가 더듬거리며 방을 나가려고 하자, 아들이 나갔는지 현관 열리는 소리가 함께 시동생의 목소리가 들렸다. 시동생이 방에 들어서자, 밤에 잠을 못자서 눈이 좀 아프다고 하고 계속 눈을 감은 채, 낮은 소리로 물었다.

"뇌물 확증을 잡았다고 하는데, 그것은 무슨 소리예요?"

"기업체에서 이름도 기재되지 않은, 형의 부처에 준 뇌물을 투서에 기록된 금액과 똑같다고 형이 받은 것이라 단정짓는 거죠. 검찰 개새 끼들. 못 말리는 놈들이야."

"그렇다면, 투서에 받았다고 한 그 금액과 똑같은 금액이 기업체 뇌물 장부에 기록되었다면, 누군가 형을 함정에 밀어 넣으려고 계획한 짓, 아니예요?"

"아무리 그래도, 형의 계좌 추적에서 나오지 않으면 그만이지, 뭐."

"나올 때까지, 가족, 형제, 친정 형제까지 계좌 추적, 나올 때까지 뒤진다면요?"

"아무리 뒤져 봐라 그래요, 돈이 나와야지. 1억이라는 돈이 나올 리가 없죠. 전부 마이너스 통장으로 살아가는 판에 1억을 어디서 찾아내, 검찰에서 오히려 동정할거요. 장관 중에, 이런 신도시의 30평 아파트에 사는 사람 있으면 나오라 해요. 괜히 뒷배경 없다고 잡아먹으려고 하는데, 그래도 법치주의 국가잖아요? 설마…… 참 더러워서……."

"그런데, 투서는 언제, 누가 그런 짓을?"

"모르죠, 뭐, 미친놈이 한두 명이어야지, 거짓 투서가 비일비재하다는 것도 알면서, 이번에 이놈 잡아야겠다 하면 투서에 기초해 함정수사를 하는 거죠, 열 받쳐…… 공무원 때려치워야지, 실컷 고생하고 막판에는 감옥형이니, 어떻게 해먹겠어요. 민주주의 투쟁을 평생했다고 노벨평화상을 탄 대통령 정부에서 이런 일이 일어나니, 더 이상 기대할 것 못되죠. 조사 받으려면 일주일 이상 걸린다는데, 아마 오늘 출근은 할 거예요. 함부로 구속시키지는 못할 거예요. 그래도 현직 장관인데…… 너무 염려 마세요. 전 또 출근을…… 참 어머님은 어떠세요?"

"서방님, 돌아간 다음, 무슨 직감이 있었는지, 온몸에 경련이 일어나고, 대단했어요. 한 시간 가량 그러더니, 곤하게 잠이 드시더라고요."

"이래 저래, 형수가 고생입니다. 형에 관한 일은 제가 계속 알아볼 테니까 너무 심려 마시고…… 그럼."

시동생이 나가자 눈을 떴다. 처음 전혀 보이지 않고 암흑 같은 어둠만이 보이던 눈이, 차츰 밝아져 오며 사물이 부옇게 보이기 시작했다. 순간적으로 시력을 잃었는데도, 전혀 당황스럽지 않은 것도 신기했다. 정희는 계속 눈을 떴다 감았다 하며, 사물의 상에 초점을 맞추었다. 분명 순간적인 실명을 한 거야. 어떻게 그렇게 깜쪽 같이 안 보일 수가. 정희는 더듬더듬 부엌으로 갔다. 아들에게 학교 수업시간을 묻는다. 산이라도 갔다와야지, 견딜 수 없다.

계속 달리거나, 걷지 않으면 참을 수 없을 것같다. 정희는 안경을 찾아 쓰고 등산복으로 갈아입고, 모자를 쓰고 운동화를 신고 나왔다. 밖을 나오자 시야가 확 트이니 살 것 같다. 눈은 차츰 더 선명해진다. 정희는 천천히 아파트를 빠져나와 10분쯤 걸어 불암산 쪽으로 오른다. 불암산 입구에는 평상시 진열해 있던 차들이 한 대도 없다. 어제 밤의 소나기 때문이리라. 산 입구에서부터 어제 밤의 몸살을 보여주듯, 아카시아 나뭇가지들과 옻나무, 소나무 가지들이 부러져 혹은 뿌리째 뽑혀 산책길을 덮고 있다. 산 전체가 상체기를 당한 몸처럼 여기저기 깊게 골이 패어져, 산책로마다 깊숙히 패여 있다. 군데군데 부러진 나뭇가지, 나뭇잎사귀, 뿌리채 넘어진 나무들이 길을 막고 있다. 산은 시어머니의 경련 후의 몸처럼 기를 다 빼앗긴 상처받은 가슴만 헤쳐 놓고 넋 잃고 누워 있다. 정희는 찡하며 가슴에 경련을 일으키며 산 중간에서 걸음을 옮겨 놓지 못하고 숲속으로 뒹굴었다. 숲속은 너무나 조용하다. 정희는 갑자기 큰 소리로 울고 싶어졌다. 정희는 좀 더 좀 더 깊이 숲속으로 내려가 땅에 바짝 엎드렸다. 그리고 땅을 끌어안 듯 흙을 움켜지고, 있는 힘을 다 내어 엄마 소리를 지르며 울기 시작했다. 어린아이처럼 땅바닥을 치며 울었다.

소나기 쏟아진 날

모래 바람

끝이 보이지 않은 사막이었다. 모래 속으로 발이 점점 깊이 빨려 들어갔다. 겨우 무거운 발을 끌어 올리면 다시 미끄러져 내려갔다. 준덕은 뻘뻘 땀을 흘렸다. 모래 속으로 빠져 들어가는 왼쪽, 오른쪽 발을 있는 힘을 다하여 차례로 떼어 놓았다. 그러면 그럴수록 모래 속으로 빠져 들어갔다. 준덕은 점차 빨려 들어가는 자신의 몸을 허우적거리며 소리 질렀다. 천지를 둘러 봐도 사막 외에는 아무 것도 보이지 않았다. 준덕은 '살려 주셔요! 살려 주셔요' 몇 번씩 목청껏 소리 질렀다. 그러나 소리마저 모래 속으로 빨려 들어갔다.

공은 파아란 가을 하늘에 빛으로 사라졌다. 일순간 관중석에서 와아하는 고함소리가 들렸다. 가을마다 열리는 회사 친목 야구대회였다. 경기는 어느 듯 9회 말 투아웃에 주자는 2·3루, 투수가 던진 공이 마지막 타자가 휘두른 배트에 맞아 안타가 되었다. 한 점차 승부를 결정짓는 적시타였다. 공격팀인 기획팀은 일제히 관중석에서 열광했고

수비팀인 전략팀은 야유를 보냈다. 쥬스병과 우유병, 응원 도구들을 운동장에 날렸다. 운동 경기 진행팀에서 관중석을 향해 자제를 부탁했다. 갈수록 열기가 더해갔다. 운동장에는 이틀 전에 내린 비로 떨어진 낙엽들이 바람에 휩쓸려 돌아다녔다. 순간 바람에 먼지와 함께 낙엽이 관중석으로 휘날렸다. 바람 따위는 아랑 곳 없이 관중석에서 일제히 우루루 일어났다. 이긴 팀 선수를 맞기 위해 우레 같은 박수와 환호가 여기저기서 터져 나왔다.

15분간의 간격을 두고 총무팀과 보험팀의 경기가 시작된다. 준덕은 다섯 살 난 아들 성융에게 풍선을 쥐어주었다. 옆에 앉아 있는 총무팀 여자 직원에게 성융을 부탁했다. 그리고는 경기에 출전하기 위해 경기장으로 내려갔다. 이미 총무팀과 보험팀 선수들이 거의 다 내려와 있었다. 몇몇 선수들은 다리를 풀기 위해 다리 근육 운동을 열심히 하고 있었다. 준덕도 팔과 목, 다리를 풀어야겠다는 생각으로 목 운동부터 시작해서 발목을 돌리고 있었다.

그때 '퍽' 하는 소리와 함께 야구방망이 떨어지는 소리, '아악' 하는 날카로운 괴성 소리, 무언가 툭하고 떨어지는 둔탁한 소리, 웅성거리는 소리가 한꺼번에 들려왔다. 그때 준덕의 머릿속에는 또 따른 환상이 지나갔다. 나무 꼬챙이가 휘하고 빛 속으로 날아가는 소리와 웅성거리는 소리, 날카로운 울음소리, 그리고 응급차 소리가 이어진 환상이었다. 준덕은 순간 억하고 숨을 멈출 것 같은 심장의 충격을 느꼈다. 이 환상은 꿈속에서, 가끔 현실 속에서도 떠오르는 환상이다. 그와 똑같은 상황이 반복되는 웅성거림이었다. 잠시 심호흡을 하고 소리 나는 곳으로 달렸다. 그 순간 누가 '성융이가' 하는 소리가 귀를 세차게 때렸다. 정신없이 계단을 뛰어올랐다. 성융이 웅성거리는 사람들 사이에 머리가 깨어진 채 피를 흘리며 누워 있었다. 누군가 노란색 응원 스카프로 융의 머리를 싸매고 있었다. 그 사이로 날카로운 울음소리가 흘러나왔다.

"과장님이 내려가실 때, 바로 따라 나가는 것을 잡으려고 하자 갑자기 야구방망이가……."

흑, 가쁜 숨소리가 말꼬리를 잘랐다. 준덕은 와락 아들의 머리를 가슴에 안았다. 단숨에 바로 계단을 내려갔다. 같은 팀 직원들도 같이 뛰었다.

"빨리 응급차를! 빨리 응급차를!"

직원들은 뛰면서 계속 주위 사람들에게 소리 질렀다. 준덕은 아무 것도 보이지도 들리지도 않았다. 단지 새까만 동굴 속을 끝없이 달려야만 할 것 같았다. 계단을 내려 출구로 빠져 나오자 눈부신 햇빛이 눈을 쏘았다. 잠시 아찔 넘어질 뻔했다. 옆의 직원이 준덕을 부축했다. 누군가 차를 대기시키고 있었다. 언제 올지 모르는 응급차를 마냥 기다릴 수 없었다. 준덕은 부축을 받아 차에 올랐다. 성융을 안고 있는 준덕의 옷이 찐득거릴 정도로 피가 배었다. 준덕은 운동복 상의를 벗어 성융이 머리를 감쌌다. 겨우 이제야 숨을 돌릴 수 있었다. 성융의 가슴에 귀를 대어 보았다. 심장의 맥박이 심하게 요동쳤다. 강하게 뛰다 다시 약해지기도 했다. 그러다 다시 정상으로 돌아오기를 반복했다.

준덕은 친목 체육대회에 성융을 데려온 것을 크게 후회했다. 그러나 어쩔 수 없었다. 아내는 지금 박사 논문집필 중이었고 부모님들은 멀리 있었다. 아내는 거의 매일, 밤을 새다시피 했다. 그러다 갑자기 왜 이런 일이 일어났는지 궁금했다. 준덕이 고개를 들었다. 그때까지 몰랐던 고개를 푹 숙이고 있는 홍 팀장이 눈에 들어왔다. 그리고 홍 팀장을 안다시피하고 있는 김 차장이 준덕에게 눈을 깜빡거렸다. 순간 팀장이 휘두른 야구 방망이에 성용이? 하는 생각이 번개처럼 준덕의 머리속을 지나갔다. 김 차장이 마치 준덕의 생각을 읽었다는 듯 고개를 주욱거렸다. 아니 어찌해서? 관중석에서는 연습이 금지되어 있었다. 무의식중에 야구 방망이를 흔든 게 준덕이를 따라 오던 성용이 맞은 것이다. 아무리 그렇다하더라도 거기에서 어찌. 마음 깊은 곳에서 분노가 일어났다.

신촌 세브란스 응급실은 언제나 만원이다. 준덕은 기다리는 동안 불안이 극도에 달했다. 세브란스 의사로 있는 친구에게 부탁하러 간 팀장조차 나타나지 않았다. 준덕은 아내에게 알려야 할지 아직도 망설이고 있었다. 요즘 들어와서 아내의 예민한 신경은 극도에 달해 있었다. 아내는 결혼하기 전에 이미 박사과정에 있었다. 신혼여행 중에 임신이 되자, 너무 빨리 임신된 것에 대해 목메인 목소리로 '논문 끝날 때까지는 안 돼' 하며 울부짖었다. 그러면서 조금의 낭만도 허용되지 않는 자신의 운명을 저주하고 싶다고 했다. 차마 신혼여행까지 와서 피임 운운하고 싶지 않아 첫날밤을 보낸 것이 임신이 된 것이라는 것이다.

아내는 성용이 태어나자 어머니 아버지와 함께 살기를 원했다. 그러나 아버지, 어머니는 입양한 아들 명석을 돌보아야 한다는 이유로 완강히 거절했다. 성용이 다쳤다는 연락을 아내에게 해야 할지 망설여졌다. 이제 조금만 참으면 논문이 끝날텐데……. 이러한 위기 상황 속에서도 준덕은 어쩔 수 없이 밀려드는 여러 가지 상념에 빠져들었다. 성용이 경기든 듯 경련을 일으킨다. 준덕은 응급실 침대에 누워 있는 성융의 몸을 흔들었다. 그러나 아직 성융의 의식은 돌아오지 않았다.
옆에 있는 간호원이 성융의 머리의 피를 가제로 딱아내며 말했다.

"애가 너무 놀랐나 봐요?"

"의사는 도대체 언제 나타나는 거요?"

"연락했는데도 워낙 급한 환자가 많아서……."

팀장과 팀장의 친구인 듯 의사 까운을 입은 남자가 헐레벌떡 뛰어
왔다.

"일단 이 아이, 머리 CT 촬영과 뇌파 검사부터 시작해, 그리고 내과
로 돌려."

순간적으로 급히 모든 일이 처리되었다. 모든 입원 수속은 팀장이
알아서 해결해 주었다. 머리 CT 촬영과 뇌파 검사를 하는 동안에도
몇 번의 경련을 일으키듯 아이의 몸이 비틀렸다. 준덕은 의사에게 왜
아이가 저렇게 경련을 일으키는지 물었다. 의사는 정확한 것을 검사
한 다음 이야기해 주겠다며 입을 함구했다. 준덕은 심상치 않은 현상
에 다시 불안해지기 시작했다. 준덕은 의사의 함구가 무언가를 숨기
는 것 같아 어떻게 마음을 다잡을 수가 없었다.

준덕은 어머니 아버지하고 무관하고 살고 있지만 이럴 때면 아버지
어머니가 야속하다. 준덕이 중학생이 되던 해, 서울로 유학 보내다시
피하고 명석을 입양했을 때 준덕은 마치 어머니 아버지에게 배반당한
것 같았다. 준덕이 그럴 수밖에 없는 것이 그 이후 어머니 아버지는
준덕을 멀리하기까지 했다.

중학교 입학 후 첫 번째 방학을 맞아 시골을 찾았을 때 어머니 아버
지는 명석이에게 쩔쩔매고 명석은 자신의 아버지를 불러오라고 행패
를 부리고 있었다. 손에 잡히는 물건은 다 마당으로 집어 던졌다. 명

석의 아버지는 1년 전에 자살했다. 그런 것을 알고 있음에도 명석은 자신이 불편하거나 무엇이 마음대로 되지 않으면 행패를 부렸다. 그럴 때마다 어머니 아버지는 쩔쩔맸다. 준덕은 그런 어머니 아버지 모습을 볼 때마다 화가 나 명석의 따귀를 때리고 발로 찼다. 그러면 어머니는 기절하듯 달려 와 준덕을 데리고 나갔다. 준덕이 건드렸다 하면 명석은 머리를 벽에 박고 동네가 떠나갈 듯 고래고래 고함을 질러댔다. 온 동네 사람들이 모여들고 어머니가 통곡을 하고 한바탕 소동이 나야 겨우 진정되었다.

아무리 명석이 시각 장애인이라지만 마치 세 살 어린이 같은 행패를 어머니 아버지가 받아줘야 하는지 이해가 안 되었다. 어머니 아버지를 빼앗긴 것도 억울한 데 그런 행패를 당하는 것을 보아야만 하는 것이 분하고 견딜 수 없었다. 그래서 방학에도 서울 이모 집에서 보낼 때가 많았다. 이모는 말끝마다 어머니 아버지를 이해하라고 하시는데 준덕은 왜 자신이 이해를 해야 하는지 납득이 안 되었다. 어디 천지에 친구 아들을 돌보기 위해 자신의 친자식을 개보듯 하는지 어머니 아버지를 용납할 수가 없었다.

아내는 성용을 임신했을 때 명석을 시설에 보내고 부모님과 같이 살자고 했다. 아내도 부모님을 이해할 수 없다고 했다. 그러나 준덕이 힘든 일이 있을 때마다 어머니 아버지를 찾는 것은 어쩔 수 없다.

아버지 어머니가 있는 시골에 전화를 했다.

전화를 받은 어머니는 '성용이 머리를 다쳤다' 는 준덕의 말이 끝나기도 전에 통곡했고 그 속에 새어 나오는 말은 과히 충격적이었다.

"부처님 흐흐, 이 무슨 흐흐 업고입니까? 흐흐흑 그 대가를 우리가 충분히…… 흐흐흑……."

준덕의 머리속에 '업고'라는 말이 그대로 화살이 되어 되돌아왔다. '무슨 업고? 무슨 업고……' 이해할 수 없는 말이었다. 어머니께서 통곡으로 말을 맺지 못하자 아버지가 전화를 낚아 곧 올라가겠다는 말로 전화를 끊었다. 준덕의 머리는 혼란스러웠다.

의사는 수술 후 외상이 큰 데 비해 뇌가 크게 손상은 되지 않았지만, 뇌가 정상으로 회복될지에 대해서는 자신할 수가 없다는 애매한 말을 했다. 아이는 절대 안정이 필요하다고 했다. 어머니 아버지가 도착했을 때는 성용이 수술을 끝내고 입원실에 입원한 이후였다. 어머니는 도착하자마자 다시 흐느끼기 시작했다. 준덕은 '절대안정'이라는 의사의 말을 되새기며 어머니를 밖으로 끌어내었다. 어머니를 보자 전화 통화 중 어머니의 흐느낌 속에 흘러나온 말이 되살아났다. 어머니의 흐느낌이 주위 사람의 시선을 끌 것 같아 준덕은 어머니를 모시고 병원 밖 잔디밭으로 왔다. 어머님의 흐느낌은 계속되었다.

"도대체 무슨 일이에요?"

준덕은 짜증이 났다. 어찌 될 줄 모르는 성용일로 마음이 불안한데 지금까지 냉정을 잃지 않던 어머니까지 이렇게 허물어지는 것을 보니 마음이 다시 헝클어지기 시작했다. 아버지 어머니는 어릴 때 그렇게 인자하던 모습과는 달리 준덕이 초등학교 6학년 때 명석을 입양하기로 했다는 그 이후 준덕과는 마치 인연을 끊은 듯 냉정하게 대했다. 준덕이 중·고등학교를 서울로 유학 한 후였지만, 방학 때 내려가 보면 자신보다 명석에게 매달려 쩔쩔매는 모습을 볼 때마다 견디지 못하고 도망질 하듯 서울로 돌아와 버리곤 했다.

그러나 결혼하면서 아내와 얽혀 새로운 부모 자식 간의 문제가 발생했다. 결혼 후 어머니 아버지는 자신들은 명석을 돌보아야 하기 때문에 어디까지나 너희들의 문제는 너희들이 해결하라고 냉정하게 말했다. 대신 어머니 아버지가 사 놓으신 아파트는 명의를 바꿔 결혼 후 살집을 마련해 주셨다. 아내는 어머니 아버지를 이해할 수 없다고 했다. 아니 준덕이와 동갑내기를, 그것도 시각장애인을 왜 입양하셨는지 이해가 안 된다고 했다. 준덕 역시 명석이의 입양 소식을 들었을 때 이해할 수 없는 것은 마찬가지였다. 어머니 아버지께서 그 부분의 이야기만 하면 딴청을 떨며 '자신들의 운명 때문에 어쩔 수 없다'고 했다. 준덕은 어릴 때 막연히 그 운명이 무엇인가 궁금했지만 부모님의 완강한 태도에 밀려 함구하고 살았다. 다행히 중·고등학교부터 시작된 유학은 일류대학까지 무난하게 마칠 수 있었다. 그리고 금융계에 취직한 후 지금까지 별 어려움 없이 살아왔었다.

　결혼 초 아내와 부모님과의 갈등은 있었지만 그런대로 잘 지나갔다. 부모님의 물질적 지원이 확실하게 이루어졌기 때문에 아내가 불만을 더 이상 토로할 수 없었던 것이다. 아내가 성융의 출산 후 부모님과 합가를 원했지만, 부모님은 합가 대신 붙박이 가정부를 둘 수 있는 돈을 매달 부쳐 주었다. 그러나 문제는 아내의 예민한 신경이었다. 가정부를 신뢰할 수 없다는 것 때문에 성융을 가정부에게 맡기지 못했다. 다른 아내들은 시부모가 올까봐 걱정한다는데 아내는 어찌 된 일인지 시부모를 보채었다.

　어머니, 아버지는 그동안 준덕에게 한 냉정은 어디 간 듯 손자 성융을 본 이후부터는 아내에게 쩔쩔 매었다. 그리고 어머니는 가끔 전화로 흐느끼었다. 성융이 한참 재롱을 피울 때는 가까이 두고 볼 수 없다는 것이 당신들도 안타까운 모양이었다. 준덕은 아무리 돌아가신 명석이 아버지가 친구라지만 그렇게까지 어머니 아버지가 전 생애를 바쳐 명석에게 희생을 해야 하는지 의문이 든다고 아버지 어머니께 말한 적이 있었다. 그러자 아버지는 우리의 인생에 더 이상 끼어들지 말라며 말막음을 했다. 평상시와는 달리 명석에 관한 아버지 어머니의 완강한 태도는 이해할 수 없었다.

어머님의 흐느낌은 통곡으로 이어졌다. 준덕은 주위를 살피며 어머니의 입을 막았다. 어머니는 준덕을 끌어 앉히고 흐느낌을 계속하였다. 그동안 참고 참았던 울음이 폭발하는 것 같았다. 전화로 흘러나온 말이 다시 생각났다.

"도대체 엄마, 아빠의 업고가 뭐예요?"

어머니는 그 말에 놀란 듯 몸을 움찔하더니 다시 흐느끼었다. 준덕은 답답했다. 언뜻 눈에 들어오는 가을의 파란 하늘과 노란 잔디가 지옥과 같은 지금의 상황과는 다른 한편의 그림 같다. 파아란 하늘 속에 한 줄기의 빛이 솔잎 사이로 들어왔다. 그 순간 준덕은 성용이 다치는 순간 자신에게 보였던 환상이 다시 떠올랐다.

"엄마, 아빠의 업고가 나하고 관련된 업고 맞아? 분명 엄마가 아까 전화로 업고, 대가, 어쩌고 저쩌고 한 말은 무슨 말이야, 응?"

준덕은 흐느끼는 어머니의 몸을 흔들었다. 어머니는 더 크게 흐느꼈다.

"준덕아, 이 무슨 업고니?"

"아니 업고라니? 말을 해야지 말을!!! 답답해, 빨리 성용이 깨어났는지 가 봐야지."

그제서야 어머니는 벌떡 일어났다. 그리고는 병원 건물을 향해 다리가 아픈 듯 절뚝거리며 걸어갔다. 준덕은 엘리베이터 앞으로 가서 5층을 눌렀다. 준덕은 자신의 집에 무언가 수수께끼 같은 사건이 분명히 있다는 확신을 가졌다. 그동안 전혀 의심을 가져 보지 않았었다. 그러고 보니 그것조차 이상하게 생각되었다. 명석을 입양한 이후 갑작스럽게 달라진 어머니, 아버지의 태도에 대해 섭섭했고 그로 인해 명석이 미웠다. 그러나 왜 부모님들이 자신과 정을 끊으려고 하는지 의심을 품어 본 적은 없었다. 준덕은 오늘 하루의 일이 자신과 상관없이 마치 꿈속에서 일어 난 듯 지루하고 낯설었다.

병실 문을 열자 아내가 와 있었다. 준덕은 움찔했다. 아내는 준덕을 외면했다. 저녁 시간이 되어도 귀가를 하지 않자 준덕의 핸드폰으로 전화했다가 전화를 받은 아버지의 말씀을 듣고 택시로 달려왔다는 것이다. 준덕이 핸드폰을 두고 나간 것이다. 잠시 밖에 있는 사이에도 상황은 달라진 것이 없었다. 아내를 비롯한 아버지, 홍 팀장, 차장 누구 할 것 없이 모두들 침통한 분위기 속에서 아이만 지켜보고 있었다. 아이는 언제 깨어날 줄 모른다고 한다. 우선 팀장과 차장을 보내어야 한다는 생각이 들었다. 팀장과 차장을 데리고 병실을 나왔다. 팀장의 기죽은 모습은 차마 볼 수 없었다.

"어쩌겠어요? 오늘의 운명인 것을…… 너무 걱정 마시고 들어가서요. 아이가 깨어나면 연락드릴게요."

"부모님께 미안해서…… 바늘방석에 앉은 것 같아서…… 나도 모르게 휘두른 방망이가 그렇게……."

팀장은 참기 힘들다는 듯 눈물까지 비쳤다. 팀장은 다혈질이라서 가끔 실수를 해도 아랫사람을 잘 챙기고 정의로운 사람이었다.

"괜찮을 거예요. 걱정 마셔요."

준덕은 팀장 앞에 웃음을 보이며 떠밀다시피 엘리베이터에 밀어 넣었다. 차장에게 잘 부탁한다는 뜻으로 윙크를 하며 준덕은 병실로 돌아왔다. 어머니와 아내는 각자의 신을 찾으며 기도를 하는지 눈을 감고 있었다. 아버지만이 불안한 듯 병실을 왔다 갔다 한다. 준덕은 아버지를 모시고 나가 자신이 궁금한 것을 묻고 싶었지만, 지금은 오직 아이가 깨어나기만을 기다려야 할 것 같아 조용히 아이 옆에 머무르기로 했다. 병실은 2인실이나 4인실이라도 괜찮다고 해도 팀장이 1인실로 잡아 주었다. 또 다른 병실은 없었다. 1인실만이 여유가 있었다. 아이의 절대 안정을 요구하는 의사의 말에 준덕도 1인실을 원했지만 자신보다 팀장의 형편을 생각했었다.

침상에 기댄 아내의 얼굴은 몰라보게 수척했다. 청바지와 색깔을 맞춘 듯 하늘색 티셔츠는 더욱 아내를 초췌해 보이게 했다. 아내는 몇 달간 논문 때문에 시달렸다. 눈을 감은 아내의 눈에 눈물이 흘러내리기 시작했다. 아내는 자신이 아이를 돌보지 못해 이런 일이 일어났다고 자책하고 있을 것이다. 아내는 언제나 자신이 일에 집중해야 할 때에 아이가 감기가 든다든지, 폐렴에 걸리곤 해서 엄마의 의무를 소홀히 하고 있음을 몸으로 질책한다고 했다. 정말 아이는 아내가 한참 무언가를 하려고 할 때 언제나 몸으로 아내를 다시 불러 들였다. 그럴 때마다 그전의 히스테리와 예민한 반응과는 달리 아내는 양순해지고 겸손해졌다. 준덕은 모성이 새삼 위대하게 생각되었다. 아이와 엄마는 한 몸이었다.

아버지가 괴로운 듯 병실을 빠져나갔다. 문 여는 소리에 눈을 잠시 뜨는 듯하다 어머니는 다시 기도에 들어갔다. 준덕도 아버지를 뒤이어 따라 나왔다. 아버지는 담배를 피우려는 듯 휴게실로 향하였다. 잠바를 입은 아버지의 오른쪽 어깨는 기형적으로 기울어 있었다. 지금까지 느끼지 못했던 쪼그라든 노인의 모습이었다. 준덕에게 언제나 당당하고 강직한 모습이었기 때문에 그 모습은 준덕에게 충격을 주었다. 언제나 친구 아들을 지극 정성으로 거두면서 '너 인생 알아서 살아라' 라는 냉정한 말에 대한 반발 때문에 아버지를 아버지라 부르고 싶지도 않았었다. 그동안의 미움 대신 울컥 연민의 정이 솟아났다. 꿈속에서조차 준덕은 아버지를 쫓아다니고 아버지는 언제나 어디로 사라져 버렸다. 사춘기 시절 아버지가 한참 그리울 때도 아버지는 '너 혼자 버텨 나가야 한다' 는 말로 더 이상 말을 못 붙이게 했다. 사업을 정리하고 명석을 데리고 시골로 내려갔을 때도 준덕을 시골로 못 오게 했다. 서울에서 워낙 길이 먼 거제도라 자주 갈 수 없기에 준덕은 방학 밖에 갈 수 없었다.

준덕의 부모님은 거제도의 바닷가에 자리를 잡고 조그마한 텃밭을 가꾸며 살고 있었다. 그 마을에서는 명석을 친아들로 알고 있다. 처음 준덕이 그 마을을 방문했을 때 동네 사람들이 몰려 와 '이 청년은 누구냐' 는 질문에 어머니는 '서울에 있는 아들' 이라는 짧은 말로 사람들의 호기심을 끊었다. 동네에서 가장 나이가 많은 할머니는 몇 개 남지 않은 이빨 사이로 말이 새어 나가 알아들을 수 없는 말로 안됐다는 듯 혀를 끌끌 찼다. '쯧쯧, 이래 ㅎ 조흔 ㅎ 아들이 ㅎㅎ 있는데 쯧쯧, 와 이케 ㅎ 고 고생하노 ㅎ 쯧쯧' 하며 혀를 몇 번씩 찼다. 아버지 어머니는 마을 사람들에게 준덕 이야기는 하지 않은 모양이었다. 준덕은 그때 충격으로 오히려 자신이 입양한 아들이 아닐까 하는 의심을 했다. 아버지 어머니는 준덕의 입학식, 혹은 졸업식에 잠깐 다녀갔을 뿐이었다.

언젠가 어머니한테 대들었다.

"도대체 명석이 아버지한테 어떤 빚을 졌길래 나보다 명석이 먼저야!"

하고 물었었다.

"명석을 시각장애인들 돌보는 시설에 데려 놓으면 되잖아."

하고 떼를 쓰기도 했었다.

그러나 어머니는 언제나 그 이상한 업고니, 운명론을 내세우며 막무가내로 묵묵부답이었다. 어머니 아버지 사랑을 뺏은 명석에 대한 미움 때문에 명석이 있는 거제도는 더욱 싫었다. 아버지는 휴게실에서 벗어나 밖으로 나가려는지 엘리베이터로 향하였다. 준덕은 아무 말 없이 묵묵히 아버지를 따랐다. 엘리베이터에서 마주치자 아버지는 멈칫 알 수 없는 표정을 지었다. 엘리베이터에서 나와 병원 건물을 벗어날 때까지 준덕은 아무 말을 하지 않았다. 준덕은 묵묵히 아버지를 따랐다. 아버지는 병원뜰 잔디밭을 지나 오솔길로 들어섰다. 한참을 걷다 잠시 숨이 가픈 듯 길가 옆 의자에 앉았다.

"아버지!"

벌써 아버지는 준덕의 생각을 읽은 것 같다. 준덕을 애처롭게 쳐다봤다.

"그래 이제 너도 알아야 할 것 같다. 이제 너도 그럴 나이도 되었고, 나나 너 어머니나 언제까지 산다는 보장도 없고……."

"예. 아버지, 이제 저도…… 말씀해 주십시오."

"너가 다섯 살 때 일이다. 친구들 네 가족이 함께 모여 해운대 해수욕장을 갔었다. 거기서 수영을 하다 점심을 먹고 돌아가려는 참이었다. 너가 어디서 주웠는지 나무 꼬챙이를 주워 휘어 소리를 내며 공중에 던졌었단다. 그때 가까이 있던 창수, 지금은 명석이지, 눈에 꼬챙이가 박혀 한 쪽 눈을 실명했지. 일 년이 지나자 다른 한 쪽마저 실명이 되더구나. 당뇨가 있던 창수 엄마는 그 충격으로 심장병을 얻어 얼마 못 살다 죽었단다. 그리고 창수 아빠는 창수 눈을 고치겠다고 이 병원 저 병원 데리고 다니다 창수의 두 눈이 실명되자 견디지 못하고 자살을 했단다. 엄마와 아버지는 병원비용과 생활비까지 다 대어 주면서 후원을 아끼지 않았지만 창수 아빠까지 자살하자 난감했다. 그때가 바로 너가 중학교 들어갈 때였단다. 그래서 너를 서울로 보내기로 하고 창수를 우리가 맡기로 했다. 그리고 너가 혹시 이 일을 눈치챌까 봐 너를 멀리 할 수밖에 없었고, 창수 이름까지 명석이로 바꾸었단다. 성융이 이런 일을 당하고 보니, 아무리 우리가 널 위해서 업고를 갚는다고 해도 업고는 갚아지지 않는 모양이야. 운명으로 견뎌내야 하는가 보다."

준덕의 온몸에 소름이 끼치기 시작했다. 아무리 어릴 때 일이라지만, 같이 놀았었다는 창수를 기억조차 못하고 하물며 자신이 한 일을 어쩌면 그렇게 까맣게 모르고 있었단 말인가. 또 내가 저지른 일을 왜 내가 아닌 아버지 어머니가 업고를 치러야 하고 자식이 당해야 한단 말인가. 이런 저런 상황을 생각만 해도 머리가 지끈거리고 현기증이 난다. 도대체 업고니 뭐니 하는 것이 부당하게만 생각이 되었다. 몇 십 년간 비밀을 지켜 온 아버지 어머니도 끔찍했다.

'창수, 창수' 아무리 기억하려도 기억할 수가 없다. 아, 가끔 환상 속에서 본 '그 빛 속으로 사라진 꼬쟁이'. 아무리 생각해도 부당하다. 기억할 수 없는 것까지 책임을 져야 한다는 말인가. '창수' 아니 '명석' 이 넌 나에게 뭐란 말인가. 명석의 인생은? 아버지, 어머니의 인생은? 난 뭐란 말인가, 아들의 인생까지 엉망진창으로 만들어 놓은 난 뭐란 말인가? 준덕은 미쳐 버릴 것 같다. '업고는 업고로 견뎌내어야 한다.' 아버지의 마지막 말씀은 더욱더 준덕을 비참하게 했다. 아버지는 준덕의 비참할 정도로 일그러진 얼굴을 보고 가까이 와서 껴안았다.

"이렇게 운명에게 당해야하는 것이라면 널 외롭게나 말걸."

아버지의 눈에서는 하염없이 눈물이 흘러내렸다. 준덕은 아버지를 부둥켜 안고 울었다.

"아버지, 아버지, 이제 전 어떡해요?"

"그래 우리 운명과 정면으로 싸워 보자. 이제 너의 편이 되마. 피해서 안 되는 일이라면 정면으로 대결해야지. 이제 내가 널 도우마. 성융이가 깨어났는지 그만 일어나자."

지금까지의 40년의 세월은 억지로 아버지 어머니가 만들어 놓은 요람 속의 생활이었다. 준덕은 온몸에 소름이 끼쳤다. 어머니 아버지는 온몸으로 자식을 지키려고 했다. 그러나 운명은 어머니 아버지의 힘으로도 당할 수 없었다. 준덕은 보이지 않는 그 운명이라는 것에 사로잡힌 듯 꼼짝할 수가 없었다. 준덕은 오히려 아버지의 부축을 받으며 겨우 발걸음을 떼었다.

병실에는 아내와 어머니 모두 지친 듯 말없이 성융이를 지켜보고 있었다. 준덕은 아내를 쳐다볼 수 없었다. 병실을 떠나기 전의 자신과 지금은 너무나 다른 존재인 것 같았다. 성융의 의식은 아직도 돌아오지 않았다. 이미 저녁을 먹을 시간이 지나고 있다. 어머니와 아내에게 이제 자신이 지키고 있을테니 아버지를 모시고 저녁을 먹고 오라고 했다. 준덕은 혼란스런 의식을 추스르기 위해서는 혼자 있는 것이 필요하다는 생각이 들었다. 아니, 모든 것이 귀찮았다. 어느 구멍 속에 혼자 숨어 버리고 싶다. 그동안 자신이 아닌 다른 허위 속에서 산 느낌이 들었다. 나 아닌 다른 존재, 아무리 생각해도 기가 막히다. 명석, 도대체 자신과 관련 없는 존재라고 생각해 왔다. 오히려 어머니 아버지의 사랑을 빼앗아 갔다고 증오까지 했었다.

저녁을 먹고 싶지 않다는 어머니 아버지를 억지로 모시고 가라고 아내의 등을 밀어 넣고 성융의 침대 옆에서 여전히 상념에 빠져 있다 성융이 눈에 들어왔다. 성융은 몇 번 간질 증세를 보이다 깊숙이 잠이 들었는지 조용하다. 준덕은 성융의 손을 잡았다. 세상을 헤쳐가기에는 손이 너무 작았다. 준덕은 성융의 손을 뺨에 갖다 대어 보았다. 부드러운 손이 준덕의 뺨의 열기에 녹아내릴 것 같다. 준덕의 뺨에 눈물이 주루루 흘렀다. 준덕은 아버지 어머니가 한 것처럼 성융의 불행을 온몸으로 막아야 한다는 생각이 들었다. 준덕은 성융이 자신의 분신 같았다. 성융에게 온몸을 기울여 입을 맞추었다. 그 순간 성융이 예의 경련이 일어나 눈을 까뒤집으며 몸까지 비틀었다. 준덕은 두려움으로 어찌할 줄 몰라 응급 부저를 눌렀다. 간호원에 이어 의사가 쫓아왔다. 의사와 간호원이 도착했을 때 또 한 번의 경련이 일어났다.

"뇌를 다친 아이들에게 이런 현상이 자주 일어나요. 뇌를 다침으로써 뇌중추 신경 중 억제성 신경전달물질이 비정상으로 증가, 경련을 일으켜 이런 증상이 나타납니다. 그렇게 걱정은 안 하셔도 돼요. 차츰 나아질 거예요."

준덕은 겁에 질려 아무 말도 할 수 없었다. 의사는 주사를 놓고 나가면서 추후에라도 이런 일이 계속 일어난다면 간질약을 평생 복용해야 할 것이라고 말했다.

"어린이들이 뇌를 다치면 무서운 게 바로 간질 때문이죠."

준덕은 아무렇지 않게 뱉어 놓는 의사를 바라보며 또 한 번의 자신의 운명을 저주하고 싶었다.

"의식이 돌아올 때까지 몇 번 이런 일이 일어날 거예요. 놀라지는 마셔요."

아내가 아닌 자신이 있을 때 경련을 일으킬 것은 얼마나 다행이었나 하는 생각이 들었다. 의사와 간호원이 나가고 준덕은 성용에게 다시 입을 맞추었다. 그리고 아이의 귀에 대고 속삭였다.

"걱정 마, 할아버지가 그랬던 것처럼 나도 온몸으로 너를 지켜줄게."

준덕은 그제서야 아들을 지켜주기 위해 당신들의 삶을 포기했던 아버지 어머니의 삶이 떠올랐다. 아버지는 사업을 주도할 때는 골프에 취미를 붙여 주말마다 골프 때문에 얼굴 보기가 힘이 들 정도였다. 어머니는 입버릇처럼 말했었다.

'골프채를 마, 확 때려 부숴야지.'

그러나 어느 날 골프채까지 친구에게 주고는 명석을 입양한다고 했을 때 준덕은 친구와의 돈독한 우정 때문이라 생각했었다. 명석은 또 무어란 말인가. 아! 기억도 못하는 자신의 행위 때문에. 준덕은 생각하면 할수록 운명이라고 하는 도깨비 장난 같은 것이 못마땅하다. 운명은 도깨비 장난 아닌가. 팀장은 왜 운동장에서 휘두르기로 되어 있는 방망이를 관중석 무대에서 휘둘렀고, 왜 성용은 그 자리에 있었는가. 아아 아무리 생각해도 해답은 없다. 그 알 수 없는 해답 때문에 우리는 운명이라는 말로 체념할 수밖에 없다. 이렇게 갑자기 당하는 횡액에는 더 이상의 방법이 없지 않겠는가. 아내는 또다시 자신의 아들에 대한 무성의가 아들을 이렇게 만들었다고 자책하며 평생을 보낼것이다. 잘 나간다고만 생각했던 자신의 인생행로가 갑자기 막힌 미로처럼 길이 보이지 않는다. 성경에서 나오는 욥처럼 하나님과 대결이라도 하란 말인가.

아내와 부모님은 제대로 저녁도 먹지 못했는지 기운 없이 병실로 들어왔다. 시간은 한 시간 두 시간 지났지만 성용은 깨어날 기미가 보이지 않았다. 성용이 의식이 돌아오기만을 바라는 눈동자들은 이제 지쳐 축 쳐져 있었다. 준덕은 끝없이 일어나는 상념에 몸을 맡긴 채, 파죽음이 되어 침대에 기대어 눈을 감고 있었다.

다시 사막이었다. 모래 바람이 준덕의 걸음을 가로막고 있었다. 준덕은 사막을 벗어나야 한다는 생각만으로 힘겹게 발걸음을 옮기고 있었다. 그러나 모래 더미에 파묻힌 발걸음은 천근만근이었다. 발걸음뿐 아니라 몸까지 모래 바람으로 뒤로 나자빠졌다. 준덕은 모래 위에 누운 채 하늘을 바라보았다. 차라리 이 무거운 발걸음을 옮기는 것보다 이 자리에서 죽고 싶다는 생각이 들었다. 그때 또 쏴아하고 모래 바람이 준덕을 덮쳤다. 순간 준덕은 모래더미가 되었다. 캑캑캑…….

"준덕씨? 준덕씨?"

"얼마나 피곤했으면 이 상황에서…… 세상에…… 쯧쯧."

어머니와 아내의 뒤섞인 목소리가 들려왔다. 아내가 준덕의 몸을 흔들고 있었다. 또 악몽이었구나. 준덕은 침대에서 머리를 들었다. 막 의료진들이 들이닥쳤다. 의료진들은 고개를 갸웃거리며 성용의 뇌파 검사를 다시 해야 하니 검사실로 가야 한다고 했다. 그 순간 아내나 어머니 아버지의 얼굴은 어두운 그늘에 휩싸였다. 어머니는 의사들의 뒤꽁무니를 따라가며 "무슨 일이 생긴 거라요? 마, 말 좀 해주소. 불안한 마음을 어찌 견디겠소?"

"아닙니다. 다시 검사 좀 하려고요."

젊은 의사가 귀찮은 듯 얼굴을 찡그리며 말했다. 그래도 어머니는 의사들의 뒷꽁무니를 졸졸졸 따라가고 있었다.

"할머니, 검사가 끝나면 다시 올 테니까 입원실에서 기다리셔요."

좀 나이가 든 듯한 의사가 어머니를 제지하며 말했다.

준덕은 어머니를 따라가 팔을 낚아 몸을 돌려 세웠다.

"야가 와 카노?"

"가 봐도, 어머니는 들어가지도 못해요."

준덕은 불길한 꿈이 다시 떠올랐다. 준덕은 무의식 중에 악몽에 시달리고 있는 자신을 발견했다. 꿈일 뿐이야, 바람은 언제나 불 수 있는 것이다. 모래 더미 속에 자신이 갇혔다고 해도 다시 바람이 불면 모래 더미 속을 빠져 나올 수 있는 것이다. 모래 가루들이 목에 들어가 캑캑거렸던 감각이 현실처럼 되살아난다.

성융이 간질 증세를 보이면서 뇌파가 심하게 요동친다고 한다. 의사들도 현재 성융의 상황을 잘 모르는 것 같았다. 검사실에 다녀와서도 좀 기다려야 한다고만 했다. 준덕도 불안하고 지루했다. 그 강하던 아내마저 무너지기 시작했다. 어머니에 이어 아내까지 질끔질끔 눈물을 보이기 시작했다. 아버지는 말 한마디 없이 침울한 얼굴로 성융의 침대 옆에 앉아 있었다. 준덕은 자신이 정신을 차라지 않으면 안 된다는 생각이 들었다.

"너무 속단하지 말고 기다려 보자구요."

그 방법밖에 없었다. 성융이 무척 놀라서 그런다는 말은 이해가 가지만, 이미 병원에 온 지 5시간이나 지났는데도 여전히 의식이 돌아오지 않는다는 것은 이해할 수가 없다. 도무지 불안하고 초조하다. 의사들은 뇌를 다친 사람 중에는 며칠씩 돌아오지 않다 금방 돌아오기도 한다고 했다. 그래 그 말을 믿을 수밖에 없다. 준덕은 자신 속에 스며드는 갖가지 상념을 차단하기로 했다. 명석과 자신, 팀장과 성용의 얽힘도 모두 우연일 뿐이야. 그러나 그 우연 때문에 전 생애를 통해 업을 갚는데 일생을 보내온 어머니 아버지를 생각하면 가슴이 쓰린다. 그것도 자신들의 업이 아닌 아들의 업으로. 좀 마음을 느긋하게 가지자고 했다. 준덕은 짐짓 웃음을 보이며

"깨어날 거예요. 그럼요 누구 아들인데, 성용인데, 우뚝 일어날 거예요."

밤이 깊어질수록 성용의 간질 증세가 심해졌다. 온몸에 땀이 흥건이 고이다가 몸에 경련을 일으켰다. 그리고 몸이 뻣뻣해졌다. 아내는 계속 흐느끼며 무섭다고 했다. 성용이는 이미 성용이가 아니었다. 무서운 악령 영화에 나오는 아이처럼 눈이 뒤집혀지기도 했다. 아예 어머니 아버지는 집으로 모시려고 했지만, 불안 속에서 집에 있는 것보다 여기서 함께 있는 것이 낫다며 떠나려고 하지를 않으셨다.

계속 팀장은 핸드폰으로 문자 메시지로 동정을 물었지만 아직 알려줄 형편이 아니었다. 1인실 밖에 없었기 때문에 1인실에 입원한 것이 얼마나 다행인지 모른다. 간이 침대는 다행히 하나를 더 구했지만 아무도 잘 것 같지 않다. 준덕은 어머니 아버지에게 연락한 것을 후회했다. 처음 무서운 마음에 연락한 것이 지금은 얼마나 피곤할까 하는 생각이 들었다. 성용은 시간이 갈수록 자주 간질 증세를 보였다. 처음에는 팔과 다리가 뻣뻣해졌다. 그리고는 몸을 부들부들 떨었다. 그럴 때마다 의사를 불렀지만, 의사가 왔을 때는 이미 그쳐 있었다. 의사는 아이 옆에 아무 것도 두지 말고 팬티도 입히지 말고 헐렁한 환자복만 입히라고 했다.

어머니는 또다시 의사에게 매달렸다.

"평생 이 애가 이레 살아야 합니꺼?"

의사는 일시적인 뇌 충격으로 오는 것이니까 그 충격이 사라지면 그 현상은 사라질 것이라고 말했다. 그러나 만에 하나 평생 아이가 간질 환자로 살아갈 수도 있다고 말했다. 어머니의 흐느낌 소리가 입원실 밖으로까지 흘러 나갔다. 준덕은 어머니의 어깨를 잡았다.

"어머니, 99%를 믿어야지, 왜 만에 하나를 가지고 걱정을 하나요. 어머니 때문에 더 불안하니, 집에 가서 계셔요."

준덕은 정말 어머니를 집으로 모시고 가야겠다는 생각을 했다. 그러자 어머니의 흐느낌이 잦아들었다. 그리고는 밖으로 나갔다. 차마 집으로 모시겠다는 말은 할 수 없었다. 혼자서 지옥을 겪게 할 수는 없다는 생각이 들었다. 좀 피곤하더라도 여기서 견디자 하고 속으로 되뇌었다. 의사가 주고 간 진정제 주사 때문인지 한동안 아이는 잠잠했다.

아내는 아이가 진정될 기미를 보이자, 침대에 머리를 기대었다. 준덕은 아내의 얼굴을 쳐다보았다. 1년 이상 논문에 시달려 제대로 밥도 못 먹고 잠도 제대로 못 잤다. 워낙이 예민해 살이 없는 몸체가 짜부라져 마치 논에 서 있는 허수아비 같다. 유리창을 응시하고 있는 아내는 눈만 살아있다.

준덕은 그동안 참 열심히 살았다는 생각을 했다. 아내도 자신도, 매일 야근에다, 아내가 늦게 온다는 날은 일 보따리를 싸들고 와서 성용이를 돌보았다. 다시 아내와 함께 새벽 1, 2시까지 일을 마무리 했었다. 아내가 논문 쓰는 동안에는 휴직까지 하고 아내를 도우려고 했었다. 그러나 회사에서 허락을 해주지 않았다. 결국 성용이 때문에 야근

없이 일 보따리를 매일 싸들고 성융이를 재운 후 맡은 일을 다해 갔다. 그래서 이번 겨울 아내의 논문이 끝나기만을 기다리고 있었다. 그런데 성융에게 일이 터진 것이다. 아내는 지금 무슨 생각을 하고 있을까. 준덕은 다시 아내를 쳐다보았다. 아내는 자신의 분신 같았다. 모든 생각이 같았다. 그래서 아내를 볼 때면 자기 연민 같은 것이 생긴다. 준덕은 전생에 아내와 자신이 쌍둥이가 아니었을까라는 생각을 가끔 한다. 실지 준덕도 학업을 계속하려고 했었다. 그런데 학장의 추천으로 회사에 들어왔을 때 이런 정도의 분위기라면 계속 직장 생활을 할 수 있겠다는 생각이 들었다. 그리고는 이 회사의 맨이 되었다. 회장, 사장 모두 준덕을 가족처럼 아꼈다. 또 준덕에게 모든 혜택을 제공하려고 했다. 준덕의 회사 생활은 준덕의 이상이 되었고 새로운 꿈을 실현하는 곳이었다. 아내는 2년 후배로 대학원 때 스터디 그룹 맴버였었다. 공부하는 모습이 너무나 자신과 비슷해 같이 이야기를 하다 생각까지 닮았다는 것을 알고 둘이서 만나기 시작했다.

어머니 아버지를 간이침대에 눕게 하고 아내와 준덕이 침대에 기대어 아이가 깨어나기를 비몽사몽간에 기다리다, 아버지의 기침 소리에 놀라 깨었다. 깨어나자마자 그동안 아이가 간질 증세를 일으키지 않았구나 하는 생각으로 준덕은 좀 위로가 되었다. 준덕은 아이의 심장에 귀를 대어 보았다. 아내도 아이의 심장에 귀를 대었다. 널뛰기 하던 심장 맥박도 이제 많이 진정되는 것 같다. 그러나 의식은 아직 돌아오지 않고 있다. 아버지가 물을 찾았다. 준덕은 냉장고를 열어 컵에 물을 따라 주었다. 어머니는 헝클어진 머리를 쓰다듬으며 화장실로 향하였다. 허리가 불편한 지 엉거주춤한 자세로 걷는다. 참 오래간만에 어머니와 아버지를 가까이서 본다.

어머니 아버지는 명석을 입양한 이후, 준덕에게까지 관심을 쏟을 여유가 없는 것 같았다. 명석을 시각장애인이 다니는 특수학교에 넣었지만, 명석의 행패는 다른 아이들 교육까지 방해한다며 집에서 교육을 시키라고 집으로 다시 되돌려 보냈다. 부모님들은 시각장애인을 가르칠 선생을 백방으로 수소문했다. 그러나 시골까지 와 줄 사람도 없었지만, 겨우 찾았다 하면 명석의 행패에 견디지 못해 곧 달아났다. 그래서 한때 도시에 나가 살기도 했었다. 그러나 선생들의 인내심이란 한계가 있어 견디지 못했다. 결국 아버지가 명석을 맡아 교육을 시킬 수밖에 없었다. 준덕은 아버지를 볼 때마다 이마, 아니면, 뺨에 그려진 상처 자국을 보고 이상하게 생각했다. 그런데 볼 때마다 상처투성이였다.

준덕은 고3 때 생각한 대로 수시 성적이 나오지 않아 자신이 가려고 했던 S대를 포기해야 할 때 부모님이 원망스러웠다. 아버지나 어머니는 준덕의 성적 같은 것은 관심이 없는 것 같았다. 그래서 전화로 한바탕 자신은 대학 같은 것은 가지 않겠다며 부모님께 억지를 부리고 집을 나가 친구들과 술을 마셨다. 그리고 친구 집에서 자고 하숙집에 가지 않았다. 그러자 그 다음날 아버지께서 올라오셨다. 그때도 아버지는 손에 붕대를 감고 있었다. 아버지는 손을 잘못 짚어 그런 것이라고 했지만, 명석과 함께 산 이후 아버지는 언제나 어디엔가 상처가 나 있었다는 생각이 미쳐서 그날 준덕은 아버지에게 명석이에게 무슨 빚을 그렇게 졌냐고 따진 적이 있었다. 그날도 아버지를 하숙에 내버려둔 채 친구와 밤새 술을 퍼 마셨다.

그리고 그 다음부터 의도적으로 준덕은 어머니 아버지에게 냉정하게 대했었다. 그리고 대부분의 일을 혼자 처리했었다. 어머니 아버지가 안부를 물어 올 때마다, 준덕은 명석이나 신경 쓰시라고 하며 자신은 혼자서 잘 살고 있다고 했었다. 아버지가 사업을 접은 것도 명석의 아버지가 화공약품 창고에 불을 질렀기 때문이라고 했다. 그리고는 자살했다고.

어둠 속에 잠겨 있던 병실은 유리창으로 찾아드는 햇빛과 함께 일어났다. 아침의 기침 소리들이 부산하게 들렸다. 화장실 물 내리는 소리, 수돗물 트는 소리, 복도에 슬리퍼 끄는 소리, 아이 우는 소리, 환자의 신음 소리, 가래 뱉는 소리, 준덕은 새삼스럽게 그 소리들이 반가웠다. 8시가 되자 의사들이 회진을 시작했다. 의사들은 성용의 심장에 진찰기를 대어 보고 많이 진정되었다고 했다. 의사는 왜 아직도 의식이 돌아오지 않느냐는 아버지의 물음에 '그것은 자신들도 모른다, 다만 기다리라는 말만 할 수 있다'고 말했다. 아버지는 의사들이 돌아가자,

"그 말은 나도 할 수 있겠다. 체, 도대체 의사라는 것들이 할 수 있는 것이 뭐야, 체."

하며 가래침을 끌어 올렸다. 준덕은 놀라웠다. 아버지의 그런 모습을 처음 봤기 때문이다. 언제나 남의 편에서 이해하고 관용하는 태도였다. 자신이 모르는 사이 아버지가 많이 강퍅해졌다는 생각을 했다. 준덕은 명석에게 생각이 돌아갔다. 명석의 예민한 성격은 아버지 어머니를 괴롭히는 데 온통 모아져 있는 것 같았다. 명석에 대한 미움은 아버지 어머니에 대한 미움으로 항상 이어졌다.

준덕이 명석이 생각을 하고 있던 중에 성용의 발작이 다시 시작되었다. 이번에는 꽤 길게 몸이 뻣뻣해졌다. 그리고 환자복에 땀이 흠뻑 젖었다. 아내가 성용의 환자복 단추를 열었다. 준덕은 아내에게 환자

복을 다시 가져오라고 시키고 물수건으로 닦아 주었다. 전날 발작 때보다 1분 이상 더 시간을 경과해 경련이 서서히 풀렸다. 옷을 갈아 입혔다. 그리고 준덕이 목이 말라 물을 마시려고 냉장고의 문을 열려는 순간 아내가 고함을 질렀다.

"성 융……. 눈 떠."

아내는 말을 더듬거렸다. 준덕이 냉장고 문을 도로 닫고 달려왔다. 준덕은 조금 전의 간질로 인한 법석 때문인지 눈을 뜨기 시작한 성융이 비현실적으로 느껴졌다. 아버지도 어머니도 침대 곁으로 다가왔다. 성융이 한참 눈을 뜨고 가만히 있었다. 아내가 못 참겠다는 듯이 아이를 흔들었다. 준덕은 깜짝 놀라 아내의 손을 잡았다. 간질 이후 아이는 안정이 필요하다고 의사는 말했다. 성융은 눈을 그대로 뜨고 있었다. 준덕은 간호원 실에 호출 전화를 걸었다. 모든 게 이상 현상으로만 보였다. 의식이 돌아온 것인지도 확신이 안 섰다. 무반응이었다. 준덕은 아직 의식은 돌아온 것 같지 않다는 생각이 들었다. 갑자기 식물인간? 하는 생각이 준덕의 머리를 스쳐갔다. 그러다 강하게 머리를 흔들었다.

의사와 간호원이 달려왔다. 의사가 진단도 채 끝내기 전에 아내, 아버지, 어머니가 의사에게 달려들었다.

"의식이 돌아온 거예요?"

준덕은 아내의 말은 짐작으로 때려잡은 것이지만, 말이 총알처럼 튀었다. 오직 '의' 와 '온' 소리만이 들릴 뿐이었다. 준덕은 아내에게 기다리라는 듯으로 손사례를 쳤다. 매사에 너무 냉정해 그것으로 마음이 가끔 상했던 준덕은 허둥대는 모습의 아내가 새삼스럽게 느껴졌다. 의사의 대답은 지극히 간단했다.

"아직요……."

의사의 너무나 간단한 대답에 어머니도 아버지도 황당한 얼굴이 되었다.

"그럼, 언제쯤이라야…… 예?"

어머니가 참지 못하겠다는 듯이 성융의 눈꺼풀을 제끼고 눈동자의 움직임을 보고 있던 의사에게 달려들었다. 눈꺼풀을 잡은 손을 떼면서 마치 목이 긴장된 듯 의사는 목을 좌우로 돌리면서 아직도 글쎄요 하는 표정을 지었다. 준덕은 긴박함 속에서 초조하게 아이의 무사함을 확인받고자 하는 가족들과 자신들과는 상관없는 일이라는 듯 여유 속에서 딴청을 떠는 의사는 묘한 대조를 이룬다고 생각했다. 준덕 역시 자신에게 한꺼번에 몰아닥친 일련의 일들이 전혀 실감나지 않았다. 단지 회사 사람들의 문자 메시지 도착 신호만이 자신의 긴박함을 알리고 있을 뿐. 준덕은 성융에게 눈길을 돌렸다. 성융의 눈은 다시 감겨 있었다. 준덕은 무의식 속에서도 눈을 뜰 수도 있겠구나 하는 생각이 들었다. 가족이 바라는대로 '의식이 돌아왔다'라는 확신있는 대답을 주지 못하고 의료진은 '더 기다리라'라는 말만 남기고 떠났다. 의사의 저 여유로움은 어쩌면 그렇게 심각하지 않다는 상황 판단에서 오는 것일지도 모른다. 준덕은 성융이 첫 도착했을 때와 다른 의사의 태도에 한편으로는 불안과 한편으로는 아이가 무사할 것이라는 마음이 순간순간 교차했다.

준덕은 오히려 어머니나 아내의 태도로 인해 생긴 묘한 입원실 분위기가 싫었다. 어머니는 성융의 무사함을 절실히 바라고 있지만, 준덕이 보기에는 어머니는 이번 사태를 정확히 35년 전에 준덕이 저질렀던 불행한 사태에 대한 처벌로 보고 있는 것이다. 그래서 준덕은 어머니가 의사에게 성융의 무사함을 확인받으려는 것보다 오히려 당신의 신념이 맞았다는 것을 확인하려는 것처럼 보였다. 준덕은 입원실에서 풍기는 묘한 기운, 이 불행한 사태가 자기로 인한 것임을 강압하지만 자신은 전혀 실감이 나지 않았다. 아버지의 친구라지만 몇 번 본적이 없었고, 명석이 유년 시절 갑작스레 시각장애인이 되었다는 것역시 이야기만 들었었다. 그 일은 35년 동안 자기와 무관한 일이었다. 그런데 성융의 불행한 사태를 전후 해 꿈조차 달라지기 시작했다. 그꿈은 이미 자신의 새로운 운명을 예고하는 것인가. 아니면 어지러운현 상황을 선몽한 것인가.

어지러운 꿈과는 다르게 또 성융이 의식이 아직 돌아오지 않음에도, 준덕은 성융이 건강한 모습으로 돌아올 것이라는 아무 근거 없는확신이 들었다. 아니다. 의사들의 처음 다급해하던 모습에서 차츰 여유를 부리는 것 때문이다. 의사들이 그냥 기다리라는 것은 나름대로의 근거를 가지고 있기 때문이라는 생각이 들었다. 어머니나 아내가지금 현재 성융의 발작과 의식이 되돌아오지 않음으로 인해 갖게 되는 온갖 상상으로 인한 불안과 초조 때문에 스스로를 괴롭히는 대신기다리라면 기다리면 되는 것이다. 이것은 35년 전의 사건과는 무관한 우연한 사건일 뿐이다.

준덕은 이런 결론을 내리고 나자 한결 마음이 편안해졌다. 마음의여유를 가지자 아버지의 초췌한 모습이 들어왔다. 아버지는 입원실에들어온 이후 말을 아끼고 있었다. 얇은 쥐색 잠바는 검게 탄 얼굴을더욱더 피로해 보이게 했다. 오른쪽 어깨는 심하게 기울어져 앉아 있던 작은 간이 의자가 오른쪽으로 넘어 갈 것 같았다. 준덕은 그동안부모님을 원망했던 세월을 생각했다. 미움과 분노는 결혼하기 전까지

116

인 페이지의

부모님을 찾아뵙지 않는 것으로 삭이고 삭였다.

그렇기 때문에 아내와 데이트를 시작하면서부터 아내와 빨리 결혼하고 싶었다. 아내와 함께 있으면 절대 어머니 아버지를 안 봐도 될 것 같았다. 그러나 아내는 생각이 달랐다. 태어날 아이들에게 할머니 할아버지가 얼마나 소중한 존재인가를 가르쳐야 한다고 했다. 남을 존중해야 한다는 것을 가족을 통해서 가르쳐야 한다고 했다. 그 가족 중에 할아버지, 할머니가 꼭 들어가야 한다는 것이다. 준덕은 아내의 가족학에 별 동의는 하지 않았다.

아버지의 축 쳐진 어깨와 얼굴 여기저기에 박힌 저승꽃은 죽음을 바로 앞둔 노인 같았다. 성융의 일을 안타까워하며 일일이 끼어드는 어머니와는 달리 아버지는 시종 일관 무거운 침묵 속에 침잠해 있었다. 아버지의 그 모습은 준덕에게 성융이의 의식이 되돌아와야 한다는 강박감과 함께 또 다른 무거움으로 가슴을 눌렀다. 성융이 얼굴에 명석의 얼굴이 자꾸 겹쳐졌다. 그에게 각인된 중학 2학년 첫 대면 때 어머니와 아버지에게 행패 부리던 모습. 아버지 어머니가 명석이 다닐 때마다 잡고 다닐 수 있게 설치해 놓은 굵은 철사줄, 화장실, 부엌, 안방, 마당 집 어디를 가도 볼 수 있는 철사줄, 그런 것들, 아니 명석과 관련된 무엇을 보아도 준덕은 토악질이 나왔다. 그래서 집에 가지를 못했다. 준덕은 최근에는 꿈을 자주 꾸지만 그 전에는 좀체 꿈을 꾸지 않았다. 그러나 꿈을 꾸었다 하면 어린 아이 모습을 한 명석이 자신을 따라다녔다. 준덕에게 명석은 진절머리 나도록 싫은 존재였다. 그 명석의 얼굴에 자꾸 성융의 얼굴이 겹쳐보였다. 준덕은 영상을 지워 버리듯 고개를 흔들었다.

그때 아내의 놀람의 소리가 흘러나왔다. 준덕은 상념에서 벗어나

고개를 들었다.

성융이 눈을 뜨고 있었다. 아내가 성융에게 자신을 가리키며

"나 누구냐? 나 누구야?"

하며 반복적으로 물었다. 그러자 성융은 묻는 말에는 아랑 곳 없이 물을 찾았다. 성융이 '물' 하는 입술 위에 또다시 명석의 영상이 겹쳐졌다. 준덕은 머리를 세차게 흔들었다. 어머니가 얼른 냉장고에서 물병을 찾아 컵에 따라 가져왔다. 그리고는 한마디 하셨다.

"이제 마, 물소리 하는 것 보니 마, 정신이 돌아왔구나. 이제 됐다."

그때 촬영장의 순간적인 라이트 불빛처럼 창문으로 들어온 환하고 밝은 빛이 성융의 얼굴에 부딪쳐 부서졌다. 그러나 그 영상은 다시 명석의 영상으로 바뀌었다. 준덕은 눈을 비볐다. 옆에 서 있는 어머니와 아내의 얼굴이 빛에 반사되어 환하게 빛났다. 아버지께서 비틀거리며 침대 옆으로 다가와 성융의 얼굴을 가슴에 묻었다. 명석의 얼굴에 겹쳐진 성융의 얼굴이 아버지의 눈물로 얼룩졌다. 성융이 그대로 명석을 빼어 닮은 것 같다. 준덕은 다시 눈을 비볐다. 준덕은 혼란스럽다. 아직은 명석을 받아들일 준비가 되지 않았다. 준덕은 입속으로 수없이 명석을 되뇌어본다. 언제나 꿈속에서 지겹도록 자기를 따라다닌 명석, 방구석에 쭈그리고 앉아 자신을 지켜보던 명석, 넌 도대체 누구란 말인가. 준덕의 마음 깊은 속에서 뜨거운 것이 올라왔다. 눈물이 왈칵 쏟아질 것 같았다. 준덕은 자신도 알 수 없는 이 상황이 당황스러워 밖으로 뛰쳐나왔다. 몸이 뜨거워지며 울음이 복받쳐 올라왔다. 뜨거운 눈물 속으로 싸아하며 모래 바람이 지나갔다. 모래 바람은 회오리치며 나타났다 사라지고 또다시 나타났다 사라져갔다.

붉은 악마

여순이 한강 고수부지로 나왔을 때는 점심시간이 훌쩍 지나 있었다. 아직 꽃샘추위로 한강을 산책하기에는 이른 봄이었다. 봄은 황사현상과 함께 왔다. 어제만 해도 도시를 뿌옇게 뒤덮은 황사는 봄을 기다리는 여순을 절망케 했다. 다행히 아침 비를 머금은 습기 때문인지, 도시는 안개 속에 묻혔다. 황사는 씻은 듯 사라졌다. 아침 안개는 오후까지 떠나지 않고 도시 안에서 서성거렸다. 옅은 안개가 작은 빗방울 뿌리듯 얼굴에 부딪쳤다.

겨울 내내 여순은 집안에서 뱅뱅 돌았다. 감기약으로 인한 혼몽한 의식 속에 눈을 떠 있어도 눈에 붉은 실오라기가 떠돌아다녔다. 그럴 때마다 여순은 밭은 기침을 뱉어내며 스프링 튕기듯 침대에서 벌떡 일어났다. 얼굴에서 식은땀이 후두둑 목으로 떨어지는 것과 동시에, 몸으로 찬 기운이 확 퍼졌다. 그러면 다시 몸이 오싹하면서 다리가 후들거렸다. 이런 일이 낮에도, 밤에도, 하루에 몇 번씩 반복되었다. 그래서인지 감기는 차도를 보이다가 다시 심해지고, 겨울 내내 약 올리는 개구쟁이 아이처럼 여순을 놓아주질 않았다. 여순은 창문을 활짝 열고 따뜻한 햇볕을 왼 종일 쬐고 싶었다. 봄의 따뜻함이 그리웠다. 여순은 겨울 내내 따라다니는 붉은 실오라기 때문에 눈을 감기가 무서웠다. 여순은 붉게 충혈된, 눈곱이 낀 자신의 구질구질함과 함께 겨울을 빨리 떨쳐내고 싶었다.

몇몇 초등학생들이 벌써 학교를 파했는지 축구공을 차고 있다. 아이들과 공은 안개 속에 묻혔다가 다시 나타났다를 반복한다. 여순이 걸음을 빨리하면 안개는 빠른 속도로 여순을 스쳐 지나간다. 한남대교를 가로질러 반포대교까지, 여순의 산책로다. 석 달 만이다. 바깥 바람을 오랜만에 쐬니 눈이 따갑다. 무의식 결에 눈을 감는다. 또다시 붉은 실오라기가 눈동자의 움직임에 따라 움직인다. 여순은 급히 눈을 다시 뜬다. 적어도, 3년 전 이산가족상봉 프로그램을 보기 전까지는 이런 일이 없었다. 몇 십 년 동안 말짱했던 분열증이 도진 것은 분명 그 장면 때문이었다. 아니다, 월드컵 때의 붉은 악마들 때문이다.

3년 전이었다. 이산가족상봉 프로그램을 보고, 그로 인한 충격으로 혼란 속에서 헤매고 있을 때, 사회는 온통 월드컵으로 들떠 있었다. 남편이나 아들 역시 마찬가지였다. 매일 밤마다, 심지어 새벽까지 축구 중계를 보느라고 잠도 자지 않았다. 예선 게임부터 본선 진출까지 한 게임도 놓치지 않고 보고 있었다. 여순은 남편으로부터, 아들로부터, 어느 게임에서 누가 골인을 하고 누가 실수를 했는지 자세히 듣고 있었다. 골인했던 선수 이야기를 할 때는 흥분으로, 몇 번씩이나 '엄마가 꼭 그 장면을 봤어야 했는데…… 엄마는 우리나라 사람도 아닌가봐, 축구 때문에 친구들은 나라를 사랑한다는 것이 무엇인지 알게 되었다는데…….' '엄마, 매년 월드컵만 했으면 좋겠어.' 아들은 중간

고사, 학기말 고사에도 아랑곳없이 축구에 미쳐 있었다. 남편도 앉았다하면 축구 이야기뿐이었다. 여순은 남편이나 아들에게 '제발 축구 이야기는 그만' 하고 귀를 막고 싶었지만, 차마 그러지 못하고 이야기를 다 들어주다보니, 거의 미칠 지경이었다. 텔레비전에서도 틀었다하면 축구 이야기였다. 여순은 거의 미칠 지경이었다.

'국가를 위한 일'이라고. 니편 내편 속에 대한민국이 내편이었을 뿐, 그 내편이 이기고 승리하길 바라는 마음일 뿐, 국가니, 애국 등은 상관없는 일이야. 축구 게임을 통해 운동정신과 게임을 객관적으로 즐기는 법을 익힌다면, 그렇게 니편 내편에 사로잡혀, 온 나라 전체가 붉은 악마가 되어 열광하지 않았을 거야. 그 니편, 내편을 나누는 붉은 악마들 때문에 얼마나 많은 사람이 상처를 받았는지, 그것 때문에 몇 십 년을 고생하며 살아왔는지. 축구장에서 열광하는 붉은 악마들 때문에 그동안 잠잠하던 지난 세월이 여순의 머리 속에서 다시 뒤끓기 시작했다.

여순은 안방까지 들려오는 텔레비전에서의 응원 함성이 마치 자기를 향해 달려오듯, 군중의 함성에 지레 질려 텔레비전에서 될 수 있으면 먼 곳으로 피신해 있었다. 여순에게는 대인 공포증이 있었다. 더군다나, 응원석에 앉은 그 많은 군중들은 공포 그 자체였다. 텔레비전에서 삐져나와 들려오는 함성 소리만 들어도 여순의 두통은 점점 더 심해졌다.

해방 직후 고향인 고성 양지마을에서였다. 일본 천황의 항복 소식을 듣자 어디서 그렇게 몰려나왔는지 길거리로 몰려나온 군중들이, 일본인 집을 급습해서 불로 태우고 그 가족들을 창으로 낫으로 찌르고 죽였다. 친일 반동집이나 지주 집으로 달려가 지주 가족을 찾아서 고함 고함지르며 협박하던 모습이 관중 속에서 내지르던 고함과 겹쳐져 여순은 몸이 오싹오싹해졌다. 여순은 하나의 목적을 정하면 무차별적으로 공격하는 군중의 폭발적인 파괴력을 그때 알았다. 무서웠다. 그런 군중의 폭발적인 힘은 우리나라 축구를 4강으로까지 끌어올렸다. 군중의 무서운 힘을 월드컵에서 또 한 번 확인한 셈이다.

그렇게 조용하기만 하던 남편조차 바이어와의 약속도, 물건 선적할 일도 뒤로 제쳐놓고 오직 텔레비전 앞에서 축구에 열광하는 일만이 최고의 애국하는 일처럼 석 달을 계속 축구에만 열광하고 있었다. 아들과 아침이면 신문의 스포츠난을 오리고 줄을 그어가면서 어느 나라와 어느 나라의 게임이 있는지 확인하며 남편은 즐거움에 들떠 있었다.

8강에 진출하는 이탈리아와의 게임이 있는 날이었다. 학교 수업이 없다며 집에 하루 종일 재방영 축구 프로그램을 보고 있던 아들과 일찍 퇴근한 남편은 우리나라 축구팀이 과연 8강 진출의 꿈을 이룰 수 있을 것인가를 점치고 있었다. 경기 초반전부터 안정환이 페널티킥을 놓쳐 안타까워하며, 냉장고에서 캔맥주를 가져오느라 두 사람은 차례대로 들락거렸다.

여순은 안방에서 책을 보려고 해도, 두통에 텔레비전 소리까지 왁자지껄, 온 동네 사람들이 자기를 향해 달려오는 환영에 사로잡혀 몸에 소름이 돋았다. 아들 성철은 초반전 안정환의 페널티킥 실수 때문에 흥분, '안정환이 이번에 성공했으면, 4강 진출의 꿈은 이룰 수 있었는데'를 몇 번이나 반복하며 거실과 부엌을 오락가락했다. 그 아들에게 그러지 말라고 고함을 치고 싶지만, 참고 있으려니 머리가 터지는 것 같았다. 성철은 안방 문을 벌컥 열며, 이 게임을 보지 않는다면 엄마가 평생 후회할 거라며 여순을 질질 끌다시피 텔레비전 앞으로 데리고 갔다. 일대 일로 비겨 연장전을 하고 있었다. 여순이 텔레비전 앞에 앉자마자 안정환이 헤딩으로 골든 골을 터뜨렸다. 응원석의 붉은 악마가 여순에게 일제히 달려드는 환영 때문에 여순은 그 자리에서 쓰러졌다. 안장환이 골을 터뜨리는 것과 여순의 기절이 동시에 일어났다. 남편과 아들은 월드컵 8강 진출의 기쁨도 누리지 못한 채 여순을 구급차에 실어 병원으로 수송해야 했다. 50년 만의 붉은색 콤플렉스는 그렇게 다시 시작되었다.

최근 근 50년 동안 의식 밖의 저 너머에 꽁꽁 묶어두었던 의식이 들쑥 날쑥 여순의 의식의 수면으로 떠올랐다. 여순은 어머니나 할머니가 돌아가시기 전에 고향집이 자주 보인다는 말을 하시는 것을 들었다. 여순의 꿈속에는 언제나 여순과 행랑살이하던 집 딸 언년이와 함께 있었다. 둘은 언제나 언년이 오빠 칠성이를 피해 도망질하고 있었다. 언년이 오빠는 어떤 때는 붉은 뿔을 쓴 도깨비 모습으로, 어떤 때는 달걀 모습으로 굴러굴러 그들을 따라다녔다. 여순네가 떠나 오기 전날, 칠성이 몽둥이를 든 동네 장정 몇 명을 여순네 안방으로 데리고 와 안방 화장대, 장롱, 삼층장을 무지막지하게 때려 부수었다. 그때 두려웠던 기억이 다시금 생생하게 떠올라 치가 떨렸다. 칠성이가 있는 고향은 갈 수 없는 고향이었다. 그런데도 지금 새삼스럽게 고향 생각을 하다니. 아버지가 명절에 사주었던 색동 고무신을 강에 빠뜨려 질질 울며 강을 따라 내려가는 꿈도 꾸었다. 여순은 아버지 꿈을 꾸고 나면 언제나 아버지 생각이 났다.

제국주의를 강권하는 일본 제국주자들은 밉지만, 조선에 거주하는 일본인이 다 제국주의자는 아니다. 공산당원이라고 해도 모두 공산주의자는 아니다. 니편 내편을 가르지 마라. 그러다보면 다치는 사람이 많다. 지금 공산당원이라고 날뛰는 칠성이가 누구냐, 바로 어제까지도 우리의 다정한 이웃이 아니었느냐. 해방이 되어 미친 듯이 날뛰는 공산당원과 함께 맞대응해 싸우자는 동네 면장 아저씨와 몰려온 동네 사람들의 말을 가로막으며 참는 것이 이기는 것이라고 참기를 누누이 강조하던 아버지였다. 그런 아버지는 결국 공산당원에게 목숨을 잃었다. 아버지가 말씀하시던 진리는 어디에도 없었다.

남하하기 전 엄마, 아버지, 할머니, 남동생, 모든 가족이 전혀 결핍 없이 살았던 그 고향은 이제 돌아갈 수 없는 곳이었다. 남하한 이후 가족을 제외한 모든 사람은 다 무서웠다. 언제 어느 때고 우리들을 빨갱이라고 밀고할 것 같았다. 그래서 북한으로 돌려보낼 것 같았다.그런 공포는 매일 반복되었다. 6 · 25 전쟁 이후, 이북 사람이라는 이유 하나만으로 빨갱이로 밀고 당해 죽음에 처하는 장면을 여순은 수도 없이 목도했다.

유일하게 믿을 수 있는 것은 가족이었다. 언제 어느 때고 지금의 행복이 깨어질 수 있다는 생각은 시시각각 여순을 불안하게 했다. 남편과 그리고 친 아들은 아니지만 남편의 아들 성철과의 단란한 행복이 지금 현재 자신의 삶이라고 스스로에게 몇 번씩 주문처럼 외우지만, 꿈속에서 칠성이 쫓아다녔다. 그동안 여순의 긴장을 잡아주던 끈들이 여순을 놓아 버린 것인가. 여순의 의식은 이제 통제할 수 없는 불능의 상태에서 제멋대로다.

해방된 그 다음 해였다. 그날도 안개가 자욱해 앞을 분간할 수 없을 정도였다. 안개 낀 날, 여순의 가족이 떠나기 안성맞춤이라고 서둘러 짐을 챙겨 떠난 것은 새벽 2시가 지나서였다. 강아지 짓는 소리에 동네 사람을 깨울까 봐 쉬쉬하며 강아지에 이불을 뒤집어 씌워 안방 다

락으로 끌고 간 것은 어쩔 수 없었다. 여순이 워낙 예뻐해서 여순이 동생이라며 이름을 순이라고 지은 강아지는 이제 겨우 일 년 된 진도산 강아지였다. 사람이 살아야 하니까. 아버지 말에 거역할 사람이 없었다. 아버지가 강아지 입을 수건으로 동여매는 동안 순이는 내내 낑낑거렸다. 그때 여순은 아버지 옆에서 순이를 데려가자고 징징 울며 순이를 아버지로부터 **빼앗으려** 했다. 순이는 아버지의 수상한 짓이 겁이 나는지 아버지가 이불을 뒤집어씌우고 보따리로 동여매는 동안 내내 미친 듯이 발버둥쳤다.

간단히 몸에 지닐 수 있는 만큼만 챙기라는 아버지의 지시에 따라 남동생과 여순, 그리고 지방 관청의 관리였던 아버지의 친구 아들인 영민, 그리고 어머니와 할머니가 미리 챙겨 놓은 보따리를 하나씩 등허리에 메고 안개를 헤치며 넓은 마당을 가로질러 나왔을 때는 이미 2시가 지난 시각이었다. 하인들은 다 도망가고, 반동으로 찍힌 집이라 아무도 타작하려고 하지 않았다. 패대기 쳐 놓은 볏짐과 추수 못한 수수, 조 등이 이리저리 어지럽게 어질러진 마당을 가로지르는 동안에도 엄마, 할머니의 통곡과 흐느낌은 계속되었다.

결국 아버지는 짜증을 내었고, 총으로 맞아죽고 싶으냐며 끌어내다시피 엄마와 할머니를 마당에서 끌어내었다. 그리고는 아버지는 혼자서 성큼성큼 앞질렀다. 아버지의 걸음을 따라잡기 위해 동생은 뛰다시피 아버지의 뒤를 따랐고, 엄마는 흐느낌을 추스르며 할머니를 부축했다. 여순은 또 엄마 치마꼬리를 잡고 종종걸음을 걸었다. 겨울을 겨우 벗어난 찬 공기가 안개와 함께 얼굴에 부딪쳤다. 해방이 되자마자 흉흉하게 떠도는 소문은 만 석 이상의 농사를 짓는 대지주, 그것도 친일 경력을 가진 여순의 아버지가 첫 번째 숙청 대상이라는 것이었다. 친일 경력이란 것이 기껏해야, 어쩔 수 없는 일본 관리들과의 교유 정도에 지나지 않았지만, 해방이 되자마자 제일 먼저 여순의 집을 숙청 대상으로 뽑았다. 여순의 아버지는 세상을 두 번 잘못 만났다며 어쩔 수 없다고 체념했다. 그래도 개죽음은 피해야 한다며 아버지는 해방이 되자마자 뒷 사랑채에 있는 마루를 벗겨내고 짚 웅덩이를 만들어 숨어 지냈다. 아버지 친구인 일제 시절 관공서에서 근무했다는 아저씨도 마찬가지였다. 그러나 관리 아저씨는 석 달 남짓 지나자 다시 복귀하라는 명령을 받았다고 했다. 그러나 흔적도 없이 사라져 버렸다. 그 이후 아버지는 공포로 밥도 먹지 못했고, 잠도 자지 못했다. 아버지 친구 부인이 어느 날 아들을 데리고 와서 부디 남한으로 데려가 달라고 부탁하고 떠났다.

아버지의 친구 아들 영민이는 그때부터 여순이 집에서 지냈다. 영민 역시 여순이와 같이 초등학교를 졸업할 나이였다. 여순이 식사를 위해 부르러 갈 때마다 그는 책을 보고 있었다. 이제 고아가 될 그 아이의 평온한 모습은 여순에게 충격을 주었다. 자신의 슬픔에도, 자신의 운명에도 무관한 듯 평상시처럼 책을 읽고 있는 그 아이는 같은 또래라기보다는 자신이 넘볼 수 없는 대단한 존재처럼 생각되었다. 여순에게 가끔 책을 빌려 주기도 했다. 책은 일제 시대 때의 일본잡지, 조선잡지도 있었고, 일본어로 번역된 세계명작 등도 있었다. 그리고 그는 매일 무언가를 쓰고 있었다. 한 달 반 정도 그가 여순네 집에 머무르다 여순네 가족과 함께 남하한 것은 해방 이듬해 4월 초였다.

여순의 머릿속에 세 사람의 죽음은 나란히 나타나기도 하고, 어느 때는 영민이의 비참한 얼굴 위에 겹쳐져 나타나기도 했다. 그들의 떠남은 여순에게는 자신을 버티고 있던 존재 기반의 상실이었다. 어머니, 할머니 또한 마찬가지였다. 사랑의 씨앗을 심어 주고 간 영민의 죽음 역시 여순에게 커다란 상처였다. 남하하고 몇 년 동안 혼란의 와 중에서도, 어머니는 여순을 임시 야학에 다니게 했다. 그리고 이제 '너 밖에 없다' 라는 말을 반복했다. 그럴 때마다 여순은 현기증을 느 꼈다. 매달 빨갛게 터져 나오는 아랫도리의 경험은 영민에 대한 죄의 식을 더해 주었고, 붉은색만 보면 현기증이 일었다. 그것이 심해진 것 은 정식 고등학교로 입학한 부산의 임시 가교 학교에서의 미술 수업 시간부터였다.

6 · 25 전쟁을 겪은 임시 피난처에서의 수업이라는 것은 시간 때우 기에 지나지 않았다. 유독 미술 선생은 꼬박꼬박 현실에 맞지 않는 수 채화나 유화를 자주 그리게 했다. 어떻게 구해 왔는지, 미군부대의 양 키 물건인 듯한 물감을 내놓으며 반 전체(반 전체라는 것이 겨우 열명 남짓밖에 되지 않았지만)가 한 물감으로 수채화나 유화를 그리게 했 다. 어느 날 선생은 '상기하자! 6 · 25!' 를 소재로 한 포스터를 그리라 며, 그동안 너희들이 닦은 실력을 이번 기회에 발휘할 수 있게 되었다 고 흥분하였다. 아마 공공기관에서 포스터를 의뢰받은 듯 하였다. 꽤 열을 올리며, 잘 그리면 그림도구 일체를 부상으로 받게 된다고 학생 들을 독려했다. 다른 때와는 달리 부산스레 교실을 오락가락 했다. 보 통 때는 수업 중에도 자신의 그림 그리기에 몰두하느라고 거의 학생 들의 그림에는 관심이 없었다. 여순이 밑그림을 그리고 붓에 물감을 찍기 위해 뒷자리로 머리를 돌렸을 때, 온통 붉은 칠로 채색되어 있는 뒷자리 아이의 그림에서 붉은 뱀이 뒤얽혀 있는 것을 보았다. 그 자리 에서 여순은 실신했다.

뒷자리 아이는 여순보다 나이가 한 살 어린 서울에서 피난 온 깍쟁이로, 특히 공산당이라면 치를 떨었다. 그 아이는 우리나라 전체가 공산주의화 되는 것을 두려워한 나머지, 우리나라 지도를 모두 빨갛게 칠하고 '상기하자! 6 · 25!' 라는 글씨를 도화지 제일 위에 그것도 검은 글씨로 써 놓았다. 그것은 검은 혀를 날름거리는 뱀이 되어 여순에게 달려들었다. 여순은 달려드는 뱀으로부터 도망을 가려고 열심히 뛰었지만, 자신의 의식은 이미 잃은 후였다.

여순은 그 이후 매달 한 번씩 치르는 몸의 행사에도 여지없이 발광하듯 온몸이 떨리고, 처참한 영민의 시체가 자기를 따라다니는 것을 보았다. 결국에는 정신을 놓아 버리곤 하였다. 꿈속에서는 또 영민이 죽기 전날, 함께 대학을 가자고 맹세했던 다정한 모습으로 나타나기도 했다. 여순이의 손을 어루만지기도 하고, 머리를 쓰다듬기도 했다. 그리고 부끄러운 듯 여순에게 살짝 키스도 했다.

매달 반복되는 고통에 어머니나 할머니는 속수무책으로 점쟁이를 찾아다니며, 얻은 결론은 김영민과 영혼결혼식을 시켜야 한다는 것이다. 처녀는 처년데 귀신에게 사로잡힌 처녀라는 것이다. 그래서 그것을 풀어주지 않으면 병이 낫지 않는다는 것이다. 방도는 영혼결혼식을 올려야 한다는 것이다. 여순은 그때 자신의 혼자만의 비밀이 점쟁이의 입을 통해 드러난 것이 한편 두렵고 한편 놀라웠다. 엄마와 할머니는 절대 안 된다고 펄쩍 뛰었고, 그 이후로 얼마간은 점쟁이 집에 발길을 끊었다. 그러나 여순이 갈수록 기절 횟수가 더해지고, 그렇게 안 해주면 결국 여순이 목숨을 잃는다는 말에 할머니 어머니의 마음이 약해져 점쟁이가 하자는 대로 했다.

그런데 이상하게도 영혼결혼식을 올리고 두 달 만에 자궁이 닫혀 버렸다. 점쟁이들이 '아기집이 막힐 것이다' 라고 해도 설마 했는데,

그 다음 달부터 매달 나오는 것이, 더 이상 반복되지 않았다. 엄마와 할머니는 또다시 통곡하기 시작했다. 그 영민이를 우리 집에 들이지 말았어야 하는 것인데, 아버지가 그렇게 된 것도 영민이 집 때문이야, 우리가 일본의 녹을 받아먹었나, 도대체 영민이 아버지 청에 마지못해 일본 관리를 청해 식사 몇 번 했다고 친일이라니, 영민이 아버지는 조선 사람을 얼마나 잡아 가뒀는데. 우리가 영민이 집 때문에 멸문지화를 당하는구나 하며 할머니는 통곡했다. 다행히 그 후에는 꿈속에 영민의 혼은 더 이상 나타나지 않았다. 여순은 그때부터 자신은 죽은 사람이라 생각했다.

여순에게 북쪽에서의 생활은 더 이상 말해지면 안 되는 하나의 상처로 남아 현재의 생활을 지배하고 여순을 우울하게 한다. 이웃 여자들은 여순을 넋 잃은 사람이라고 한다. 마치 몽롱한 꿈을 꾸고 있는 사람이라고. 그것은 여순은 북쪽의 생활과 북쪽에서의 가족은 잊고 싶고 현재의 생활에 만족하려고 하나, 꿈속에서는 언제나 북쪽 고향 집에서 생존했던 아버지, 어머니, 그리고 남동생과 영민씨와 함께 밥을 먹고, 남동생과 영민씨가 재기차는 모습, 구슬 따먹기 하는 모습이 마치 현실인 듯 생생한 모습으로 현현되기 때문이다. 그런 꿈을 꿀 때마다 여순은 우울해진다. 그리고 지금의 남편에게도 죄를 짓는 것 같다. 그래서 언제나 두통에 시달린다. 그래서 이웃집 사람들과의 만남도 귀찮기만 하다. 이웃집 여자들이 말을 붙여도 건성으로 대답한다. 그래서 여자들은 여순을 넋 잃은 여자라고 한다.

이산가족상봉 프로그램은 여순에게는 외면하고 싶은 장면이었다. 그나마, 헤어진 가족이 북쪽에 생존해 있는 그들은 행복해 보였다. 처참한 죽음을 목격한 여순에게 북한은 고향이 아니라, 영원히 가고 싶지 않는 곳이었다. 할머니와 어머니를 여읜 이후는 더 그랬다. 영원히 기억에서 지워 버리고 싶은 세계였다. 그래서 텔레비전에서 이산가족 상봉 장면을 방영할 때마다 다른 방송으로 돌려버리곤 했다. 그날 남편이 일찍 들어와 텔레비전을 틀었을 때도 다른 채널로 돌리고 싶은 걸 참으며 옆에서 보는 둥 마는 둥 하고 있었다.

온정각에서의 남북이산가족 식사가 끝나고, 남북 양쪽의 대표자들이 인사하는 시간이었다. 북한 적십자사 대표라는 70대 후반으로 보이는 그 남자는 자신도 이산가족이라며 눈물을 흘렸다. 여순은 낯익은 얼굴이라 생각했다. 그를 보는 동안 잃어버린 누군가를 찾는 아스라한 그리움이 살아났다. 6·25 전쟁 때 자신의 아들이 행방불명되었고 남한으로 내려갔다는 소식을 들었다고 했다. 그리고 아들의 이름은 김영민이라고. 그 남자는 분명 그때 행방불명되었던 그의 아버지였다. 순간 여순의 머리 속은 하얘졌다.

그동안 지우려고 고생했던 핏빛은 다시 그녀를 흔들었다. 그리고 의식을 잃기 시작했다. 피투성이의 남자 셋이 엉켜 죽어 있었다. 엄마와 할머니는 셋을 끌어안고 기절, 여순도 기절한 엄마의 치마꼬리를 잡고 무서워서 큰 소리로 울었다. 산 속에는 이미 어둠이 내리기 시작했고, 멀리서 가끔 짐승 우는 소리가 들렸다. 여순은 엄마의 품속으로 몸을 숨기며 울고 또 울었다. 그리고 할머니와 어머니를 번갈아 흔들었다. 엄마는 깨어나 다시 통곡을 이어갔고, 할머니는 기력을 회복하지 못하고 결국 엄마에게 업혀서 숲 속에가 누웠다. 그리고 엄마는 나무등치를 잘라 흙을 파내기 시작했다. 분명 열혈 공산당이 자신들을 추적했었다고. 도대체 무슨 원수가 졌길래, 지들한테 양식 나눠주고, 장례식이다, 아이 출산일이다, 모두 우리 집에서 사람을 보내어 치렀

건만, 은혜를 원수로 갚는다고. 공산당이라는 게 순전히 살인강도들이여, 엄마는 계속 흐느끼면서도 중얼거렸다. 여순은 이빨이 덜덜 떨리고, 온 사지가 다 떨려 그 자리에 서 있는 것조차 불가능했다. 엄마는 여순을 질질 끌고 할머니 옆으로 던지듯 여순을 팽개쳤다. 여순은 할머니의 온기를 느끼며 할머니가 덮고 있는 담요를 끌어당겼다. 그 옆에서 땀과 흙범벅이 되어 나무둥치로 땅을 파고 있는 엄마를 지켜볼 수밖에 없었다.

여순네 가족이 마을을 벗어나 그들을 안내한 안내자를 돌려보내고 이제는 남의 이목도 두렵지 않다며 남자들을 산속에 숨겨두고, 물과 양식을 보충한다며 인근 마을로 내려간 사이에 벌어진 일이었다. 세 남자가 피투성이가 되어 얽혀 있었다. 채 한 시간도 안 된 시간이었다. 여순은 그 이후 붉은 계통의 색만 보면 의식을 잃었다.

아버지와 남동생 그리고 영민이의 피투성이의 죽음은 다음해 처음 겪는 여성으로의 경험, 피투성이의 아랫도리를 통해서 다시 한 번 여순의 머리 속에 각인되었다. 혼란 틈에 여성으로서의 몸가짐에 대해 일러줄 겨를이 없었던 여순이 벌건 아랫도리를 내놓고 실신한 채, 쓰러져 있는 모습을 보고 엄마 역시 세 사람의 죽음 현장을 떠올렸다는 것을 보면 여순이 유별난 것은 아니다. 붉은색 콤플렉스는 여순이 결혼하기 전까지 반복되었다.

이산가족상봉 텔레비전 방송을 본 이후 여순의 머리 속은 뒤죽박죽이었다. 현재 일과 몇 십 년 전의 사건들이 뒤얽혀서 순간순간 제멋대로 튀어나왔다. 할머니와 엄마의 이야기로는 영민의 아버지는 일제 당시 지방 관청의 고위직 관리 출신이었다고 했다. 그랬기 때문에 공산당에 끌려가 돌아오지 못한다고 했다. 그래서 10살 된 영민을 여순네 집에 맡긴 것이라고 했다. 그런데 번연히 살아서 북한 적십자 대표로 나타났다. 여순 가족이 남하한 것은 해방된 이듬해였다. 그런데 영민이 아버지는 자기 아들이 남하한 것은 6 · 25 전쟁 때라고 했다. 자신의 명분을 세우기 위하여 영민이 아버지는 거짓말을 한 것이다. 아들을 고의로 남한으로 빼돌린 것이 아니라 혼란 통에 아들을 잃었다는 것이다. 영민이 아버지는 역시 변신의 귀재였다. 친일파에서 고위직 공산당원으로 다시 태어난 것이다. 해방직후의 남하와 전쟁 혼란 속의 남하는 분명 의미가 다른 것이다. 자발적이냐, 어쩔 수 없는 상황에서 밀려온 것이냐는 다른 것이다. 그렇게 영민이 아버지는 살아났고 아버지는 열혈 공산당에게 죽음을 당한 것이다.

　이미 안개는 자취 없이 사라졌다. 해가 구름 사이로 화살처럼 빛을 뿜어내기 시작했다. 언제 모여들었는지 한남대교 아래 강 쪽의 잔디밭에는 한 떼의 사람들이 웅성웅성하며 둥글게 모여 있었다. 성수대교 쪽에서는 사이렌을 울리며 경찰 오토바이가 달려오고 있었다. 여순이 아파트를 나설 때, 한 달 전 새로 산 빨간 오토바이를 끌고 나가던 아들 생각이 불현듯 떠올랐다. 그리고 여순의 눈에 빨간 보자기를 씌운 듯 모든 것이 빨간색으로 보이기 시작했다. 한 대의 빨간 오토바이가 한남대교에서 공중 비행하듯 강으로 날아들었다. 여순은 불길한 예감으로 온몸이 뜨거운 열기 속에 휩싸이는 것을 느꼈다. 여순은 얼른 손지갑에서 핸드폰을 꺼내 아들의 번호를 눌렀다. 몇 번의 신호에도 받지 않는다. 여순은 강 쪽을 향해 달린다. 또 대교 너머에서 빨간 유니폼의 아들이 강으로 떨어진다.

　아들이 아르바이트를 해서 모은 돈으로 오토바이를 산다고 했을 때, 말릴 수도 없었다. 아들이 연휴를 즐기겠다고 빨간색 오토바이를 가져왔을 때, 가슴이 철렁하고 내려앉았다. 남편이, 엄마는 빨간색을 싫어한다고 바꾸어 오라고 했건만, 아들은 막무가내였다. 빨간색 오토바이와 빨간색 유니폼이 오토바이족의 상징 마크라며 다른 때와는 달리 아들은 쉽게 고집을 꺾지 않았다. 여순 역시 오랜 소망 끝에 이룬 아들의 오토바이를 포기하길 원치 않았다. 아들은 자신 스스로가 용돈을 모아 살 수 있었다는 게 스스로도 대견하다고 생각하고 있었다.

여순은 오토바이를 사겠다는 일념으로 열심히 살아가는 아들을 보는 것만으로도 즐거웠다. 빨간 오토바이를 사왔을 때도, 아들이 원하는 최고의 것을 가지게 하고 싶었기 때문에, 남편이 아들에게 다른 색으로 바꿔오라는 말을 했을 때, 남편의 의견을 존중한다는 뜻에서 가만히 있었지만, 그대로 두고 싶었다.

강 쪽에는 여전히 사람들이 웅성거리고 있다. 그 발밑으로 빨간 오토바이와 빨간 유니폼을 입은 아들이 잔디밭에 누워 있다. 그 너머 바라보이는 강물이 혀를 넘실대며 빨리 빨리, 하며 여순에게 손짓한다. 여순은 지금 현실이 아닌 환상 속에 있는 것 같다. 아버지의 죽음 앞에서도 그랬다. 그것은 현실이 아니고, 누군가 장난을 쳤고, 금방 다정한 웃음을 짓고 일어날 것이라고. 그리고 영민과 둘이서 약속했던 대학 진학의 꿈도 이룰 수 있을 것이라고. 그는 바로 그 전날 한 약속을 어기고, 하루 만에 피투성이가 된 것이다. 눈도 코도, 얼굴이 온통 짓이겨진 채, 입속에는 붉은 피가 잔뜩 고인 채 입을 헤벌리고 죽어 있었다.

여순은 점점 두려운 생각에 꼼짝할 수가 없었다. 누군가 자신의 운명을 조정하고 장난치고 있다는 생각에. 더 이상 지금 자리에서 꼼짝할 수가 없었다. '성철아, 성철아…… 지금 어디 있니?……' 한 발짝도 움직일 수 없었다. 사춘기 때, 친어머니가 아니라는 사실을 알고 가출까지 했던 아들에게 엄마로서 해줄 수 있는 일은 거의 없었다. 그냥 아들이 원하는 대로 따를 수밖에 없었다. 최고의 즐거움에는 언제나 쓴 미소가 숨겨져 있다는 것을 경험한 여순이지만 아들을 말릴 수 없었다. 자신이 원하는 일을 했을 때, 내면의 에너지는 말할 수 없는 생명력을 준다는 것 또한 알기 때문이다. 자신의 아이를 낳을 수 없는 여자를 데리고 사는 남편에게도 헌신하는 것으로 죄사함을 받고 싶었고, 아들에게 역시 기쁨을 선사하는 것으로 엄마의 역할을 하고 싶었다. 누가 뭐래도 여순은 아들이 행복해하는 모습을 확인해보고 싶었다.

여순은 엄마에게도 할머니에게도 죄를 짓고 사는 것은 마찬가지였다. 할머니가 아버지의 죽음을 애석해하는 것과 같이, 어머니 또한 남동생의 죽음을 가장 가슴 아프게 생각했고, 두 사람의 슬픔은 아버지와 남동생을 함께 혹은 따로 애석해하지만 결국 두 사람의 죽음을 동시에 고통스러워한 것이었다. 하지만, 여순은 매일 밤마다 반복되는 악몽 속에 김영민의 처참했던 시체가 반복되어 나타나고, 세 사람 중 자신은 마치 김영민의 죽음만이 가슴 속에 고통으로 남아있는 것 같았다. 어머니나 할머니가 살아있는 동안 얼굴을 바로 쳐다볼 수가 없었다.

할머니의 의식이 깨어난 이후에도 무서워 길을 나서지 못하고 산속에서 몇날 며칠을 미숫가루로 연명하다, 여순의 고향보다는 좀 더 북쪽에 위치한 곳에 고향이 있다는 한 가족을 만난 것은 그나마 천운 중에 천운이었다. 그 가족은 큰집, 작은집해서 남자들이 거의 열 명이나 되었다. 그중 당차게 생긴 청년은 여순네 이야기를 듣고, '동네 가까이로 가면 공산당의 습격을 언제 당할지 모른다, 깊은 산 능선을 따라 가야 하고, 나침판으로 방향을 잡아 길을 찾아가야만 했었는데' 하며 여순네가 당한 횡액을 안타까워했다. 그중 고구마 장사처럼 뚜꺼운 몸빼 바지를 입은 큰집 부인이라는 여자는 '좀 더 일찍 만났더라면 그런 불행한 일도 없었을 턴데' 하며 발을 동동 구르기도 했다. 그 가족 덕분에 속초까지 무사히 왔었다.

남하한 이후 속초에서의 생활은 거지 생활이었다. 겨우 남의 문간방에 방은 얻었지만 당장 먹고 살길이 막연했다. 어머니, 할머니가 가지고 있던 유똥 치마나 두꺼운 털스웨터 같은 가져 온 물건 중 값이 좀 나간다는 것은 다 팔고도, 세 여자 끼니 때우기도 힘들었다. 겨울에는 고구마를 구워서 팔고, 여름에는 옥수수를 삶아 팔았다. 많이 먹지 않는 세 여자 입인데도 양식은 얼마나 빨리 떨어지는지, 쌀을 산지 얼마 안 됐다 하고 보면 쌀통은 비어 있었다. 아직 세 식구 발 벗고 누울 방을 장만하기도 전에 전쟁이 일어났다. 여순네가 남쪽으로 남쪽으로 인파를 따라온 곳이 부산이었다.

여순은 혼란 속에서 학교를 다니는 둥 마는 둥 하면서도 여학교는 졸업했다. 피난처에서 열린 임시 개교 대학에 적만 걸어 놓고 여순은 아예 생계를 위해 발 벗고 나서지 않으면 안 되었다. 할머니는 신장염으로 인한 부기로 바깥 출입을 못하셨다. 어머니 역시 피난 중에 얻은 관절염으로 인한 무릎 통증 때문에 고생하고 있었다. 할머니와 어머니를 봉양해야 한다는 심리적 부담감은 겹치기 아르바이트로 이어졌다. 결국 제대로 먹지 못한 영양결핍과 과로는 대학을 중퇴하게 했다. 미군부대의 식당일 같은 몸으로 때우는 일 말고는 정규직 취직은 불가능했다. 아르바이트만의 행진으로 여순의 자존심은 여지없이 구겨졌다. 집에 오면 어머니와 할머니와의 싸움으로 이어졌다. 여순이 다시는 결혼을 할 수 없다는 것과 경제적 불안정은 세 사람을 거의 발광 상태로 몰고 갔다. 여순 역시 운동부족에 의한 관절염으로 절룩거리며 집에 들어왔을 때 어머니, 할머니는 각각 방 양쪽 끝자락에 등을 맞대고 누워 있었다. 여순의 몸 체중은 날이 갈수록 빠졌고, 자신의 생명을 부지하는 날까지라도 살 수 있을까 하는 불안감은 날로 더해갔다.

그러던 중 운동화를 만드는 제조업체를 경영하는 젊은 사장이 아이를 키울 수 있는 유모 겸 재혼 상대자를 고른다는 소문을 엄마가 시장 터에서 듣고 왔다. 어차피 넌, 정식 결혼은 할 수 없으니 재취자리로 가는 것이 어떠냐고 엄마가 은근히 여순의 의향을 물었다. 여순은 어차피 자신은 죽은 몸이라고 생각했다. 그 당시 여순에게는 할머니, 어머니를 봉양해야 한다는 것만이 최고의 선이었다. 그 사람이 받아들여 주기만 한다면 가고 싶었다. 그 대신 모든 이야기를 다 털어놓고 시작하고 싶었다. 할머니가 펄쩍 뛰었다. 속여야 한다는 것이다. 영혼 결혼식을 누가 알겠느냐는 것이다. 여순은 영혼이 알지 않느냐고 했다. 어머니와 할머니가 100일 기도를 드리고, 이제 떠나달라고 사정을 하겠다는 것이다. 여순은 말이 안 된다고 우겼다. 그러나 결국 어머니와 할머니의 고집대로 했다.

아이를 낳다 부인이 죽었다는 홀아비는 아이를 낳을 수 없는 여순에게 안성맞춤의 배우자였다. 처음 한동안은 여순은 아이 기르는 데만 집중, 남편과의 잠자리도 피했다. 남편도 상처한 지 얼마 되지 않아, 부인을 잊기까지는 시간이 필요하다고 생각해서인지 몇 년간 잠자리를 같이 하지 않았다. 여순은 남편의 그런 점이 맘에 들었다.

핸드폰 소리에 정신이 들었다.

여보 지금 어디에 있어? 성철이가…… 성철이가…… 성철이가 어

떻게 되었다고? 한강에…… 오…… 토…… 바…… 이…… 사고로, 아
니 무슨 소리야 정신 차려…… 성철이 오토바이 가지고 나갔어? 제가
산책 나올 때 나가는 것 봤어요. 연락해 봤어? 핸드폰도 안 받아요. 여
보, 진정하고…… 여보, 요즈음 신경이 예민해서 그러니…… 조금 기
다려 내가 확인하러 그쪽으로 갈께, 거기가 어디야? 한남대교 아래쪽
강가 산책로. 여보 진정하고 조금만 기다려.

핸드폰으로 들리는 소리는 잡음 소리가 더 많았다. 남편 쪽에서도
안 들리는 모양인지 목소리를 높여서 고함을 질렀다.

성철은 고등학교 2학년이 될 때까지 여순을 친 엄마로 알고 있었다.
할머니조차 누구 하나 표나게 성철이를 대하지 않았다. 미국에 살다
다니러 온 성철이 생모와 동창이라는 성철이 고모가 눈물을 질질 흘
리며, 너희 엄마만 죽지 않았어도, 어휴 불쌍한 놈…… 하며 무심결에
던진 한마디가 온 집안을 들쑤셔 놓았다. 성적이 상위권은 아니더라
도, 성실하게 학교에 다녔고, 착실히 학교 공부를 하던 아이가, 안방
경대 유리창을 다 깨고 뛰쳐나가 6개월간 소식이 없었다. 겨우 찾아
집에 데려 놓아도 학교만 다닐 뿐, 그 외 시간에는 집에 들어오지 않
고 밖에서만 뱅뱅 돌았다. 입시에서 제일 중요한 시기인 고2, 고3을
그렇게 보냈다. 여순은 아무 말을 할 수 없었다. 성철이 마음을 다스
리고 여순에게 말붙이기를 하지 않는 이상 억지로 마을을 돌리고 싶
지 않았다. 기다리는 수밖에 없었다. 군대 입대하기까지 마음을 열지
않았다. 여순은 오직 이전과 똑같이 성철이를 대할 수밖에 없었다. 아
이가 섭섭하지도 않았다. 한 번은 겪어야 할 일이었다. 이열치열이라
든가. 결국 군대에서 힘든 훈련 중에 깨어졌다. 성철은 눈물로 얼룩진
편지로 여순에게 자신을 용서해 달라는 내용의 글을 장장 네 장 가득

히 채워서 보냈다. 여순은 그때 5년간의 인고의 세월이 그렇게 소중하게 느껴질 수가 없었다.

여순은 성철이를 자신이 낳지 않았다고 자신의 아들이 아니라고 생각한 적이 없었다. 자신은 성철이를 통해 남편에게 죄사함을 받은, 성철이는 곧 자신의 십자가였다. 성철이에게 지극 정성으로 대하지 않으면, 자신은 금방 그 자리에서 소금 기둥이 될 것 같았다. 제대 이후는 모든 것이 제자리로 돌아왔고, 평온한 나날들이 계속되었다. 그런데 어느 날 일찍 들어 온 남편이 텔레비전을 틀자 이산가족상봉 프로그램이 방영되고 있었다. 그 이전에도 가끔 이산가족상봉 프로그램을 본적이 있었다. 그러나 이미 어머니도 할머니도 돌아가신 후라, 고향에 대한 회한도, 추억도 이제는 바랜 사진 마냥 희미해져 여순에게는 혈육에 대한 안타까운 시선보다 이데올로기에 속아서 산 몇 십 년 세월이 안타깝고 분하다는 생각이 더 많았다.

성철이 엄마, 오래간만이에요. 하두 안 보여서 이사 간 줄 알았네, 성철이네 아랫집, 수지로 이사 간 것 알죠. 집 팔리고 강남 집값이 천정부지로 오르자, 얼마나 속상해 했는 줄 알아요. 102동 종현이 엄마네도 강북으로 이사 갔고. 다들 아이들 대학 들어갔다고 넓게 살자고 옮겨 간 것이 큰 손해를 봤지 뭐예요. 가끔 우리 집에 차 마시러 와요. 우리 아들은 MIT로 대학원 입학허가 나와서 이번 9월에 떠나요. 성철이는 기업체에 취직했다죠. 성철이는 그래도 유학 안가고 효도하네. 내가 나올 때 성철이가 오토바이를 엘리베이터에 싣던데, 오늘 토요일이라 쉬는 모양이죠.

여순은 성철이라는 말에 언뜻 정신이 든다. 여순은 그 때야 다시 현실로 돌아왔다.

그게 언제에요? 조금 전에요. 내가 산책 나올 때, 들어가던데요.

여순은 기가 막혔다. 아? 예…… 여순은 쑥스러운 미소를 짓는다. 옆에 뒹굴고 있는 강아지를 쓰다듬어 준다. 강아지를 데리고 산책 나왔는지 말을 건넨 이웃집 아들 친구 엄마의 말 걸기가 없었으면, 언제까지고 그러고 있었을 것이다. 끔찍하다. 강아지는 잔디밭 위를 뒹굴다 풀을 뜯는다. 또 지나가는 강아지를 향해 으르렁거리기도 한다. 갇혀있다 나온 즐거움으로 어쩔 줄 모른다. 처음 산책 나왔을 때 몇 명밖에 없던 잔디밭이 산책객들로 어지럽다. 여순은 조금 전에 자신이 봤던 강가에 동그랗게 모여 있던 한 떼의 사람들을 찾는다. 그들은 흔적도 없이 사라져버렸다. 여순은 자신의 눈을 비벼보기도 하고, 머리를 흔들어본다. 착시현상인가. 분명 경찰 오토바이도 보았는데. 또 빨간 오토바이와 빨간 잠바의 아이도 보았는데. 여순은 시계를 본다. 이미 세 시간이 지났다. 여순은 세 시간 동안 다른 세상에 갔다 온 것 같다. 여순은 결혼 전의 악몽을 떠올리고 몸이 오싹해졌다.

여순은 자리를 툭툭 털고 다시 돌아 집 방향으로 걷는다. 과연 성철이가 집에 들어와 있을까, 남편은 온다더니 어떻게 되었나, 그리고 조금 전에 보았던 오토바이 사고는……생각과 생각의 꼬리들을 잡고 퍼즐처럼 맞추어본다. 머리가 어지럽다. 에이 모르겠다. 확인해 보는 수밖에.

아직 잎들이 확 피어나지 않은 철쭉 혹은 진달래, 개나리 나뭇가지에는 연두색 새싹들이 얼굴을 내밀고 부끄러운 미소를 짓고 있다. 새싹들이 얼굴을 내밀기 시작하는 잔디 위의 지푸라기들이 어지럽다. 여순은 미심쩍은 듯 다시 뒤를 돌아본다. 구름 아래로 퍼져나오는 햇살이 서쪽 하늘을 붉게 물들이고 있을 뿐, 모여 있던 군중은 간데 온

데 없다.

영민이 아버지가 사라진 것은 숙청이 아니었던가. 남편은 그렇게 말했다. 혼란한 정국에서 숙청하기 위해 끌려갔다 해도 상황은 언제든지 변할 수 있는 것이기 때문에, 한쪽의 말, 그것도 뜬소문으로 들려온 말을 어떻게 믿을 수 있냐는 것이다. 그렇다면, 아버지도, 아니 우리 가족도, 영민이도 남한으로 도망치지 않았다면, 온전히 살아남을 수 있었을까? 그동안의 세월이, 그 고통이 너무 억울했다. 여순은 영민이 아버지가 살아있다는 것이 도저히 믿기지 않았다. 남편은 모든 것을 이성적으로 판단하려 하지 말라고 했다. 그럴수록 혼란만 가중될 뿐이라고. 그러면 무엇을 믿을 것인가. 당장 성철이부터 확인해야 마음을 놓을 수 있을 것 같다. 여순은 걸음을 좀 더 빠르게 했다.

성철은 천지사방 창문을 열어 놓고 샤워를 하고 있었다. 여순이 아파트에 들어서자 남편도 거의 동시에 들어섰다.

한강을 거의 훑었는데도, 빨강 오토바이는커녕 당신조차 찾을 수 없더니, 성철이는 어디에서 만난거야.

아랫집 성철이 친구 엄마가 성철이가 들어가는 것을 봤다 길래. 부리나케 집으로 들어오는 길이에요.

당신, 친구들하고 여행이라도 다녀와야겠어. 너무 신경이 예민해져 있는 것 같애. 그 영민이 아버지가 살아있다는 것이 당신에게 왜 그렇게 충격이 되는지 이해할 수가 없네…….

여순은 남편에게 무어라고 대답해야 할지 몰랐다. 몇 십 년 동안, 친일 가족이라는 것으로, 아버지를 잃은 슬픔으로 이 땅에 뿌리내릴 수 없었던 자신과 죽은 어머니와 할머니의 한을 남한 사람인 남편이 어떻게 이해할 수 있겠는가.

할머니와 어머니는 죽는 날까지 그랬다. 죽으려니 그런지 조상들이 이제 꿈에 자주 나타난다고. 한 명의 혈육도 남기지 못하고 저승에서 조상을 무슨 낯으로 대하겠느냐고. 아버지와 남동생의 시신을 그렇게 팽개치듯 산속에 버려 두었으니 죽어서도 조상을 피해 도망다녀야 할 판이라고. 엄마는 임종시에도 여순에게 부탁했다. '내가 죽고라도 혹 해방이 되면 그 산으로 찾아가 아버지 시신을 찾아 편안히 모셔야 한다'고. 여순은 눈물이 앞을 가려 앉아있을 수가 없었다. 저도 모르게 터져 나오는 흐느낌을 삼키며 안방 화장실로 달려갔다.

그동안 남편을 속이고 산 세월들, 지금도 남편에게 떳떳할 수 없는 자신을 생각하면 할수록 서럽다. 아직도 남편은 자신이 성철이를 위해서 자신의 아이를 가지지 않는 것으로 알고 있다. 지금도 여순은 성철이 하나만으로 만족한다. 남편이 어머니 할머니를 거둬 주었기 때문에, 자신의 인생살이가 훨씬 쉽고 편안했다는 것, 그러나 그럴수록 남편에 대한 심리적 부담은 점점 커져갔다. 여순은 그래서 남편과 성철에게 자신이 할 수 있는 모든 것을 최선의 힘을 기울여 해주었다. 그래서 남편도 성철이도 여순이라면 믿어주고 자신들도 정성을 기울인다.

여보, 우리 오늘 밖에 나가서 맛있는 것이라도 먹을까?

남편의 목소리가 바깥에서 들려온다. 여순은 얼굴을 훔치며 밖으로 나갔다.

성철은 머리를 수건으로 닦고 나오며, 냉장고로 가서 맥주를 한 캔 들고 환한 웃음을 지었다. 여자친구와 오토바이를 타고 올림픽대로로 해서 분당 수서간 고속도로를 탔다는 것이다. 아니 여자친구까지 태우고. 여순은 다시 몸이 오싹거렸다. 여순은 다시 머리 속이 하얘졌다.

그리고 성철이를 향해 허우적거렸다. 이젠 오토바이는 안 돼.

여순의 머리는 빙글빙글 오토바이를 따라 돈다. 오토바이가 빠르면 머리 또한 심하게 흔들린다. 오토바이의 빨간색이 온천지를 빨갛게 물들인다. 온 세상이 빨갛다. 피투성이의 그가, 김영민이 손에 피투성이의 그녀의 도려낸 자궁을 들고, 그녀를 향해 달린다. 그녀 역시 죽어라 달린다. 오토바이가, 영민이가, 여순을 향해 달려온다. 아아악, 아아악. 안 돼. 여순 속의 모든 것이 빨간 색으로 분열되고 있다. 몇 십 년 전의 분열이, 다시 여순 속에서 폭발하고 있다.

여순은 비틀거리다 주저앉는다. 다시 빙글빙글 머리속이 하얘진다. 도깨비 형상을 한 붉은 악마가 여순을 향하여 달려온다. 그 도깨비는 칠성이의 모습으로, 다시 아버지의 모습으로, 영민의 모습으로, 지금 남편의 모습으로, 다시 아들 성철의 모습으로 시시각각 다른 모습으로 변하며 여순에게 다가온다. 여순은 악하며 쓰러진다.

노교수와 조교

 중앙도서관 앞 언덕의 흐드러진 벚꽃이 바람에 흩날렸다. 언덕 앞
에서 담배를 피던 남방 차림의 남학생의 눈이 벚꽃을 따라 허공을 맴
돈다. 언더우드 동상 앞 긴 걸상 앞에 앉아 있던 정은 눈부신 햇살이
부담스러운 듯 눈을 비비며 일어선다. 정은 언더우드 동상을 지나 양
옆 건물 사이 언덕에 이제 막 피어나기 시작하는 철쭉을 관찰하듯 천
천히 발걸음을 옮긴다. 청송대에서 내려왔는지 청솔매가 소나무 가지
를 타고 쪼르르 내려와 길을 내지른다. 청솔매를 눈으로 쫓던 정은 무
슨 생각이 났는지 발걸음을 서두른다.

 오늘 교수님 수업이 첫 시간부터 있는 날이다. 그 생각을 못하고 긴
걸상에 넋 없이 앉아 있었으니……. 문과대 1층에 도착, 정은 연구실
문을 열기 위해 백을 뒤진다. 그러나 백의 내부를 뒤집듯 훑었으나 열
쇠는 없다. 백을 바꾸면서 백 안쪽 주머니에 넣어 둔 열쇠를 옮기지

않았나 보다. 몸에 진땀이 났다. 이제 곧 교수님이 도착할 시간이다. 정은 문과대 현관 앞에 있는 수위실로 달려간다. 수위실 창문과 교수 연구실 창문으로 연결된 턱을 이용, 문을 여는 방법밖에 없다. 창문 열쇠고리가 고장 나, 창문 열쇠를 채우지 않고 다닌다. 수위실 옆이라 도둑 들 염려는 없었다. 마침 수위 아저씨가 전화를 받고 있었다. 수위 아저씨가 전화를 받고 있는 몇 초의 순간이 지옥 같았다. 관리과로부터 무슨 지시를 받는 듯 사뭇 수위 아저씨의 표정이 심각하다. 정은 발을 굴렀다. 다시 진땀이 났다. 수위실 바깥으로 혹 교수님이 오지 않을까 계속 흘끔거리면서 아저씨가 전화 끊기를 기다렸다.

"무슨 일이야?"

아저씨는 마음이 급한 듯 벌떡 일어서며 고함지르듯 큰 소리를 냈다. 정은 아저씨의 고함 소리에 놀라 순간 자신이 무엇 때문에 왔는지 잊어버렸다.

"저……."

"나 빨리 본부로 가 봐야 해."

아저씨는 당장이라도 나갈 듯 문 입구로 향했다. 그때야 정은 창문 가로 다가가면서,

"아저씨 죄송하지만, 이 창문으로 해서 연구실 창문으로 가면 안 돼요? 열쇠를 안 가져왔거든요."

정은 아저씨를 놓치면 안 된다는 절박감 때문에 단숨에 말을 뱉어냈다.

"뭐?"

수위아저씨는 상황 판단이 안 된다는 듯 정을 물끄러미 쳐다보았다.

"아저씨, 교수님이 오기 전에 문을 열어야 하거든요."

정은 당장이라도 창문에 뛰어오를 듯이 오른쪽 발을 치켜들었다.
창문턱이 높아 정의 키로는 역부족이었다. 의자 위로 올라가든, 누군
가의 도움을 받아야 했다.

"아저씨, 이 의자 사용해도 돼요?"

아저씨는 계속 어리둥절한 표정으로 정의 행동만 주시하고 있었다.
정은 아저씨의 동의도 받지 않은 채, 의자를 창문가로 옮겼다. 정은
얼른 의자 위로 올라가 무거운 창문을 낑낑거리며 열었다. 그리고 창
틀 위로 한쪽 발을 살그머니 올리고 다음 발을 함께 나란히 했다. 창
틀은 30cm 가량의 폭이었지만, 경사를 이루고 있어 자칫 발을 잘못 놓
았을 경우, 아래로 떨어지게 되어 있었다. 정은 조심조심 연구실까지
발을 천천히 옮겼다. 아저씨가 자신의 일은 잊은 채, 창문으로 목을
길게 뽑아 긴장된 표정으로 정을 쳐다보고 있었다. 겨우 연구실 창문
까지 도착, 무거운 창문을 올리려고 낑낑거리는 순간, "누구야" 하는
소리와 함께 안쪽에서 누군가가 창문을 왈칵 들어올렸다. 정은 너무
깜짝 놀라 몸의 균형을 잡으려다 그만 아래로 떨어졌다. 창문으로 교
수님이 목을 길게 뽑고 아래로 내려다보았다. 교수님은 기가 막힌 듯,
정을 물끄러미 쳐다보더니, 잡히는 데가 있는 듯 노교수답지 않게 낄
낄거렸다.

"또 열쇠 안 가져왔구나. 하여튼…… 다친 데는 없어?"

정은 오른쪽 발목을 약간 곱쳤으나 크게 다치지 않았다. 정은 속으
로 '조금만 교수님이 늦게 오셨어도……' 하는 애통한 생각을 하며
누운 채로 하늘을 올려다보았다. 너무 화창한 날씨였다.

"넌 내가 모시러 와야 일어날 참이야?"

언제 나오셨는지 교수님이 잔디밭의 정 앞에 서 있었다.

"내 팔을 잡아 봐. 삐친 발을 갑자기 디디면, 다칠 수가 있으니……."

정은 얼떨결에 교수님의 팔을 잡았다.

"삐친 발 말고 다치지 않은 발에 힘을 주고 발을 옮겨 봐, 자, 하나, 둘, 셋, 옳지 옳지."

정은 교수님의 팔을 잡고 천천히 발을 옮기기 시작했다.

"오늘은 그래도 교수님보다는 일찍 왔는데……."

"일찍 오면 뭐하니? 열쇠도 없으면서."

"그래도 일찍 왔잖아요. 그래서 커피도 끓이고, 수업도 준비해 드리려고 했는데……."

"그래 그래, 가상하다. 이렇게 발까지 다쳐서 나 수업시간 제시간에 못 맞춰 들어가게 하고."

"앗!"

정이 손목시계를 보니 이미 9시에서 10분이 지나 있었다.

"교수님, 죄송해요."

그날 오후, 정이 대학원 수업에 들어가고 연구실에 교수님 혼자 계셨다. 박사과정에 있으면서 강의를 맡고 있는 강사들이 교수님을 방문했다. 이런 저런 주변 이야기를 하다, 정과 그룹 스터디를 같이 하고 있는 강사가 교수님께 물었다.

"조교 마음에 드셔요?"

"내가 그 애의 조교다. 학교 9시 이후에 오는 것은 다반사고, 오늘은 열쇠를 안 가지고 와 창문으로 넘어오다 도둑인 줄 알고 내가 지른 고함에 창문 아래로 떨어져 발목까지 삐었다."

"왜 그런 애를 가차 없이 자르지 않아요? 지난번에도 수건을 한 달 내내 떨어뜨린 채 그대로 나뒀다고 조교를 바꾸지 않았어요?"

"그랬지, 그런데 그 경우하고는 다르거든, 그때 그 여학생은 비인간적이고, 지금 조교는 내가 정신을 차릴 수가 없을 뿐, 너무나 인간적이거든, 내가 조교한테 적응해야지……."

"네???"

2

정은 문과대 건물 2층에 있는 연구실로 들어선다. 핸드백을 책상 위에 내려놓고 소파에 몸을 던진다. 곧 시작해야 할 논문 때문에 머리가 아프다. 교수님이 학장이 된 이후 연구실을 2층으로 옮겼다. 그러나 대부분 교수님이 학장실에 계시고 연구실은 정이 혼자서 사용한다. 가끔 교수님이 피곤하실 때 쉬러 오실 뿐이다. 정이 커피 포트에 물을 올리려고 하자 전화벨이 울렸다. 학장실로 잠시 오라는 호출이다. 정은 거울을 보고 잠시 머리를 매만지고 학장실로 향했다. 교수님은 책상이 아닌 소파에 등을 기대고 눈을 감고 계셨다. 정은 교수님의 피곤한 얼굴을 말없이 지켜보았다. 학장이 되신 후 잡무에 시달리느라 너무 피곤해 하신다. 잠시 조신 듯 정의 기척 소리에 몸을 일으키신다.

타 메마르고 까만 입술로 겨우 "거기 앉아." 한 마디를 뱉어냈다. 정은 교수님의 옆자리에 자리를 잡고 앉았다. 한참 말이 없으셨다. 정이 옆에 있는데도 또 눈을 감으셨다. 정말 피곤하신가 보다.

"혹 편찮으신 데라도……."

아무 응답이 없으시다. 사무직원이 정에게 커피를 마실 것이냐고 묻는다. 정은 교수님의 침묵을 깨뜨리는 것이 죄스러운 듯, 두 손으로 엑스 표시를 해서 먹지 않겠다는 의사를 전달했다. 무거운 침묵이 흘

렀다. 몇 분의 간격을 가진 후, 혀로 입술을 축였다. 그리고 눈을 감은
채 입을 열었다.

"최근 진철이 소식 들었어?"

"요즈음 학교 도서관에서 열심히 쓰고 있다는 소문은 들었는데요."

진철은 정보다 몇 년 위의 선배다. 일 년 전에 소설을 제출했다, 교
수님이 이게 소설이냐고 집어던졌다는 소문이 돌고 있었다. 그로 인
한 스트레스로 그 선배는 불면증에 걸렸다는 소문이 돌고 있었다. 그
러나 최근에는 많이 회복되었다고 했다.

"왜 무슨 일 있어요?"

"죽었다는구면……."

"네???"

정은 놀라움에 교수님을 바라보았다. 여전히 눈을 지그시 감고 있
었다. 교수님의 눈에서는 눈물이 흘러내리고 있었다. 정은 더 이상 교
수님을 바라볼 수 없었다. 그런데 교수님이 벌떡 일어섰다. 정에게 손
가락질까지 하며 고함을 질렀다.

"너희들은 말이야, 너무 나약해. 조그만 충격에도 쓰러진다 말이야.
그러고는 더 이상 가까이 오려고 하지를 않아. 얼마나 기다렸는
데…… 아무리 기다려도 나타나지 않다가 결국 죽어서 원수 갚겠다는
거야?"

얼굴이 흑색이었다. 정은 흥분하시다 혹 쓰러지지 않을까 걱정이
되었다. 아니나 다를까 픽 쓰러지셨다. 정은 선배의 죽음 소식도 충격
이지만, 그동안 거의 무관심 하다시피 그 선배에 관한 말을 한 번도
하지 않던 교수님의 당황하는 모습 또한 충격이었다.

"교수님 괜찮으셔요? 여기 여기요, 물 한 컵 갖다 주셔요."

정은 사무실을 향해 고함을 질렀다. 사무실 여직원이 물 컵을 들고 오다 눈을 둥그렇게 뜨고 놀란 듯, 정에게 무슨 일이냐는 듯 눈짓을 했다. 정은 아무 말 않고 물 컵을 받아 입에 대어 주었다. 숨이 차는지 한 번 크게 심호흡을 하셨다. 그리고는 물 컵을 받아 물로 입술을 먼 저 축이시고 꿀꺽꿀꺽 물을 들이키셨다. 그리고 비스듬히 몸을 누이 셨다. 정은 그 선배가 소설이 잘 안 된다며 어깨를 축 늘어뜨리고 청 송대 숲 속으로 찾아 들어가던 모습이 눈에 아른거렸다. 그는 가끔 하 숙비가 밀리면 청송대 숲 속에 잠자리를 마련한다는 소문이었다.

"불면증이 심하다는 말을 들었는데요……."

정은 다시 엉거주춤 엉덩이를 소파에 걸치며, 그 선배가 죽었다고 해도 그것은 교수님과 상관없는 일일 것이라고 교수님의 마음을 편안 하게 해드리고 싶었다.

"불면증도 나 때문에 받은 스트레스 때문이라며."

"아닙니다. 그 선배는 소설이 잘 안 되는 것에 대해 고민했지, 교수 님과는 전혀 상관없다고 했어요."

"언제, 만났는데?"

"평상시 술 마실 때마다, 그 말을 강조했어요."

"그런데 일 년 내내 한 번도 찾아오지 않니?"

"다들 선생님을 어려워하니까요."

"너도 내가 어려워?"

"전, 소설을 잘 쓰겠다는 욕망도, 논문을 잘 쓰겠다는 욕망도 없으 니까요."

"그럼 왜 대학원을 들어왔는데?"

"문학이 좋으니까요, 시나 소설을 읽으면 행복하니까요. 그리고 선생님도 저한테는 편안하고요."

"다른 학생들은 다 무섭다는데도 너는 편안해? 너야말로 괴짜구나."

교수님은 이미 평상시 안색으로 되돌아와 있었다. 정은 한숨이 흘러나왔다. 지병인 당뇨병이 있으신 분이라 조심조심 하시는 분인데 그렇게 흥분을 하다 어떻게 되지 않을까 하는 두려움과, 선배의 죽음 소식의 충격이 뒤범벅이 되어 마음이 복잡했다. 더 이상 선배의 죽음에 관해 생각하지 못하도록 해야겠다.

"교수님, 오늘 특별한 일 없으시면 농구장이라도 갈까요?"

"응. 오늘 수업은 없고……."

그러면서 사무실 쪽으로 난 문을 쳐다보았다.

"결재할 것 있으면 가지고 오라고 해요."

정이 얼른 눈치를 채고 사무실을 향해 발걸음을 옮겼다. 남자 직원이 볼일을 보러 온 학생과 서류를 들고 이런 저런 대화를 나누고 있다 흘낏 정 쪽을 쳐다보았다. 두 여직원은 이쪽 분위기를 의식해서인지 다른 때와는 달리 차분하게 각자 책상에서 한 명은 서류를 뒤적이고 한 명은 타이프를 치고 있었다. 정은 문 가까이 서류를 뒤지고 있는 여직원에게 다가갔다.

"혹 결재할 서류 있으면 지금 하시라고……."

"급한 결재는 없는데요, 왜 퇴근하신대요?"

여사무직원은 빠른 템포로 속삭이듯 말해 정은 '급한 결재', '퇴근' 정도의 단어만 귓속으로 들어왔다.

"네, 몸이 안 좋으신 것 같아서……."

사무직원은 일어나 얼른 학장실로 갔다.

"학장님, 여기는 염려 마시고 퇴근하셔도 됩니다."

교수님은 이미 윗도리를 챙겨 입으시고, 신발을 바꿔 신고 계셨다. 사무직원의 말에 아무 답변도 없이 무표정으로 자신의 하던 일을 계속했다.

"교수님, 저도 연구실에 가서 백을 챙겨 나올게요."

정은 사무실을 거쳐 맞은편 쪽에 자리 잡은 연구실 문을 열었다. 정은 소파에 던져 놓은 백을 챙겨 다시 학장실로 갔다.

"교수님, 가방 챙길까요?"

"그냥 둬, 도시락만 꺼내서 냉장고에 좀 넣어 줘."

교수님은 당뇨병이라서 평상시 도시락을 가지고 다니셨다. 정은 도시락을 꺼내서 사무실에 있는 냉장고에 갖다 넣었다.

정은 건물 밖으로 나오자 선배의 죽음 소식으로 우울하고 답답했던 마음이 확 틔었다. 하늘은 높고, 푸르렀다. 구름 한 점 없었다. 아침 졸업 논문 걱정으로 마음이 무거웠던 것까지 '아무려면' 하는 생각과 함께 달아났다. 두 사람은 언더우드 동상을 지나 상대 건물 앞에서 택시를 기다렸다.

"교수님 점심부터 드셔야죠?"

"오장동 냉면집으로 갈까?"

"네, 좋아요."

마침 남자 외국인을 태운 택시가 그들 앞에 섰다. 서양인이 내리고 그들은 택시 뒷좌석으로 들어가려고 하자, 외국인이 영어로 '포린 랭귀지 스쿨'이 어디냐고 묻는다.

"외국어 학당을 가르쳐 달라고 하는데요."

정은 교수님을 향해 말하고는 잠시 머뭇거리다, 외국인을 향해

"쭉 아래로 내려가서, 오른쪽으로 돌아서 700미터 가면……."

서투른 영어로 말하려니까 교수님이 택시 안쪽으로 들어가며 말씀하셨다.

"그냥 태우고 가서 거기까지 데려다 줘."

'아. 그러면 되겠구나' 싶어 외국인에게 다시 타라고 했다. 외국인이 앞자리에 다시 탔다.

정은 속으로 '간단한 방법을 가지고 영어 실력 드러날까 괜히 쩔쩔맸네' 하며 머리에 맺힌 진땀을 닦았다. 오늘의 운수는 당황스런 일만 일어나게 되어 있는 날 아니냐. 일러 준 외국어 학당을 향해 달리는 택시 속에서 정은 생각했다.

3

캠퍼스가 단풍으로 오색찬란하던 오후 어느 날, 식곤증으로 졸음을 참으며 정이 연구실에서 논문 과제를 위해 이 책 저 책을 뒤적이고 있었다. 오후 3시가 조금 넘어 교수님이 들어오셨다. 30분쯤 지나 마치 교수님과 약속이라도 한 듯 학과 조교와 군대 갔다 온 나이 든 학부생들 네 명이 연구실로 왔다. 교수님과 이런 저런 이야기를 나누던 중, 학과 조교이면서 정에게는 1년 선배인, 박사과정 준비를 하고 있는 그 선배가 말을 불쑥 꺼냈다.

"요즈음, 소백산에 단풍 축제를 한다던데, 선생님, 이번 주 일요일 소백산으로 단풍 보러 가죠?"

"좋지, 등반이라면 언제라도 환영, 너희들이 항상 바쁘니 못 가지."

"정씨도 같이 가죠?"

"글쎄요, 갑작스런 일이라, 아직……."

"당연히 조교가 선생님을 모셔야죠."

"글쎄요……."

남학생들은 차례로 정이 꼭 가야 한다고 한마디씩 거들었다. 정은 이번 일요일 오랫동안 만나지 못했던 고등학교 친구들과 만나 남이섬에 밤을 따러 가기로 했다. 그것도 정이가 주선한 것이다. 번복하기가 어려웠다. '어쩌나, 어쩌나' 정은 속으로 계속 '어쩌나'를 반복하며 마음을 정할 수가 없다. 정은 산 타기를 좋아한다. 그래서 대학에 입학한 후 웬만한 서울 근교 산행은 다했다. 소백산 같은 곳은 안내자가 없으면 가기 힘든 코스기 때문에 가고 싶기도 했다.

"웬만하면 가지? 특별한 일 없으면."

교수님까지 한마디 거드셨다.

"네……."

마지못해 답변을 했다.

친구들에게 구차한 변명을 해, 약속을 변경하고 소백산을 가기 위해 마장동 터미널에 도착한 것은 9시 5분 전이었다. 일요일이고, 단풍철이라 터미널 안에는 사람들로 붐볐다. 매점 가까이 있는 교수님을 찾았다. 그러나 다른 학생들은 없다. 정은 교수님한테 인사를 하고 다시 주위를 두리번거렸다. 아무도 없다. 정은 고개를 갸우뚱했다. 9시를 지나, 5분, 10분, 20분이 지나도 한 명도 나타나지 않는다.

"교수님 어떻게 된 거예요?"

"글쎄."

교수님도 고개를 갸우뚱하며, 사람들의 틈 사이로 억지로 고개를 빼 문 입구를 몇 번씩 쳐다본다. 결국 아무도 나타나지 않을 모양이다. 정은 속에서 열이 치받히기 시작한다. '장난친 거야, 뭐야. 이제부터 어떻게 해야 된다?' 정은 난감해지기 시작했다.

"우리끼리 떠나지?"

"네?"

"왜 너도 가기 싫어?"

"아니요, 그건 아니지만……."

"네가 안 간다면 나 혼자 가고……."

"제가 선배한테 전화 한 번 해볼까요?"

"그 녀석들 내버려 둬."

"아, 네……."

정은 당황스런 마음을 어찌할 수가 없다. 정은 이런 상황에 몰아넣은 그 선배들이 너무 밉다. 교수님이 매표소를 향해 걸어간다. '아, 오늘의 운명은…….' 정은 모든 것을 체념한 채 매표소로 갔다.

"선생님, 제가 살게요."

"됐어, 갈 건지 안 갈 건지만 말해."

"가야죠, 뭐."

"억지로 갈 것까지는 없어, 나는 혼자서도 잘 다니니까."

"갈게요."

단양으로 가는 버스는 9시 40분 차였다. 정은 버스를 기다리는 동안에도 그 선배들이 오지 않을까 출입구 쪽에서 걸어오는 사람마다 다 쳐다봤다. 아무리 생각해도 그 선배들을 이해할 수가 없다. 교수님 때문에 전화를 걸어 볼 수도 없다. 교수님께 매점에서 파는 설탕을 넣지 않은 인스턴트커피를 한 잔 갖다 드리고, 자신도 커피를 사서 마셨다. 그 날 선배들의 대화를 곱씹어 봤다. 분명 자신들이 먼저 단풍 운운하며 산행을 제시했고, 교수님과 정이 동의를 한 것이었다. 그런데 왜 이런 상황이 벌어졌는지 알 수가 없다.

정이 창문 쪽에 있는 의자에, 교수님은 복도 쪽 의자에 자리를 잡았다. 버스는 만원이었다. 버스 속은 떠나기 전부터 단체 대학생들 때문에 분위기가 들떠 있었다. 학생들의 떠들썩한 소리에 정의 머릿속은 혼란스러움이 더 가중되어 폭발할 것 같았다. 정은 지끈거리는 머리를 양손으로 움켜쥐고 창밖을 향했다. 창밖 역시, 껌 장사와 냉커피 장사가 소리소리 질러댔다. 정은 이런 난처한 상황에 놓였다는 것이 싫었다. 출발 전 에어컨을 켜지 않은 버스 속은 북새통과 소란스러움이 더해 찜통 같았다. 정은 더 이상 참을 수가 없었다.

"교수님, 냉커피라도……."

"응, 그럴까?"

정은 교수님이 벌떡 일어서는 자리를 비집고 밖으로 나갔다. 학생들의 소음에서 놓여나니 조금 나았다. 냉커피 한 잔은 손에 들고 한 잔을 마시면서 잠시 밖에 서 있었다. 또 한 떼의 단체 학생들이 정이 탈 버스에 오른다. 정은 어디론가 도망가고 싶었다. 3시간 이상을 간다는 단양까지 소음에 시달리며 가야 한다는 사실이 정을 괴롭혔다. 단풍철이니까 어쩔 수 없다는 체념을 하며 버스에 슬픈 사슴마냥 눈을 멀거니 아득한 표정으로 올랐다. 교수님이 앉은 자리까지 와 냉커피를 건네주려는 순간, 정은 교수님의 표정이 일그러져 있는 것을 보았다.

"교수님, 냉커피……."

"가기 싫으면, 지금이라도 내려, 혼자라도 갈 테니까."

"네? 아니에요. 너무 혼란스러워서……."

"글쎄, 혼란스러워 하지 말고 집으로 가."

"네?"

정은 교수님에게 커피를 건네주고 자리로 빨리 들어가고 싶었다. 그러나 교수님이 자리를 비켜 주지 않아 엉거주춤 서 있었다. 주위 시선이 교수님과 정에게로 일제히 몰려왔다. 정의 얼굴에 열이 확 돋았다. 주위 시선 때문인지 교수님이 자리를 열어 주었다. 정은 자리에 앉아 창밖으로 시선을 돌렸다. 교수님도 아무 말 없이, 커피를 마시고 계셨다. 어차피 즐거운 기분으로 단풍놀이하기는 글렀다. 그들이 교수님과 정을 가지고 놀았다는데, 교수님은 그들에게 화를 내시지 않고 아무 죄 없는 정에게 화를 내고 있는 것이다. 도대체 자신이 무엇을 잘못했다는 말인가? 커피를 다 마시고 한숨 돌리셨는지 교수님이 정 쪽을 돌아보며 마치 정의 마음을 읽은 것처럼 말씀하셨다.

"왜 나도 그 녀석들한테 화가 안 나겠어? 종종 그 녀석들은 내가 남자로서의 능력을 가지고 있는지 궁금해하지. 처음에는 나도 화가 났지. 그러나 그 다음 번에는 그 녀석들하고 똑같은 사람이 되지 않으려면 무시해야 한다고 생각했어. 그 상대자로 지목된 너는 기분이 나쁘겠지만, 기분 나빠할 것 없어. 모든 남녀 관계를 성적 관계로 환원하려는 그 녀석들이 잘못이지. 아니지 대부분의 남자들이 그런 장난기가 있지. 우리는 사이좋은 사제관계로 지내면 돼. 기분 나빠할 필요 없어. 농구 구경 대신 등산한다고 생각하면 돼."

교수님의 이야기를 듣다 보니, 자신이 화를 낸 것이 오히려 교수님을 오해한 것 같아 민망했다. 그렇지만 1박 2일 코스가 아닌가. 이틀간의 시간이 부담스럽다. 모르겠다. 교수님 말대로 교수와 제자와의 관계가 아닌가. 정은 화해의 제스처로 간식으로 준비해 온 당근을 꺼내어서 교수에게 내밀었다. 당뇨병으로 과자를 먹지 못하기 때문에 정이 개발한 교수님 간식이었다. 교수님의 얼굴에 언뜻 웃음이 스쳐 갔다. 순간 안도의 한숨이 흘러나왔다. 한 번씩 당신의 뜻에 반한다 싶으면 저렇게 잡도리를 해서 꼼짝 못하게 했다. 어린아이처럼 다소 곳해져서 당근을 받아 잡수시는 교수님의 옆얼굴에서 어린애 같은 천진함이 느껴진다. 세 토막의 당근을 받아 드시자, 피곤한지 엷은 코까지 골며 잠에 빠져 드셨다. 두 잔의 커피를 마시고도 잠에 빠진 교수님이 신기로워 얼굴을 한참 쳐다보았다. 외로움의 그림자가 얼굴에 짙게 깔려 있다.

한참 교수님의 잠자는 모습을 보고 있자, 2년 전 사업으로 동분서주 하시다 갑자기 세상을 뜨신 아버님이 생각 키웠다. 죽기 직전 병상에서 정의 손을 잡고, 서울로 정을 보내고 난 후 당신은 너무 외로웠다고 말씀해 정은 충격을 받았다. 그때 정은 아버지의 시신을 땅속에 묻을 때까지 내내 울었다. 그 후 불면증까지 왔었다. 대학 생활의 자유분방함에 도취, 아버지의 외로움 따위는 생각도 못했다. 언제나 사업 때문에 바쁜 분이셨다. 막내딸이라고 특히 귀여움을 독차지했던 지난 날, 그냥 아버지니까 딸을 사랑하는 것으로 생각했었다. 당신이 늦게 들어와 자고 있을 때도, 아침까지 못 기다리겠다고 꼭 깨워 당신이 사온 쿠키를 먹어 보라고 하셨던……. 대학 통학 길 힘들다고 학교 앞에 집을 사 주셨던 다정하신 아버님이셨다. 정은 교수님의 얼굴에 겹쳐진 아버지의 얼굴을 보고 있었다. 아버님의 죽음 이후 나이 들수록 외로움이 더 짙어진다는 어머니의 말씀을 듣고 나이 듦이 지니는 우수를 생각하게 되었다.

정은 단체 학생들이 여전히 북새통을 이루는 버스 속에서 빠져 나와 창문으로 바라보이는 자연의 풍경 속에 빠져들기 시작했다. 이미 차는 강원도 원주 교외를 벗어나 제천으로 향하고 있었다. 길가 가로수들이 마치 때때옷을 입은 것처럼 온통 울긋불긋 축제를 준비하고 있는 것 같았다. 이틀 동안 교수님이 자신으로 인해서 외로움을 느끼지 않게 해 드려야겠다는 생각이 들었다. 남자들은 죽을 때가 되어야 겨우 철이 든다더니 장난꾸러기 남학생들도 귀엽게 봐주어야겠다는 생각이 들었다. 그리고 '교수님과 즐거운 시간 갖게 해 줘서 고맙다'는 인사까지 곁들여서 감사 인사를 해야겠다.

4

정이 대학원을 졸업한 그 해 여름 교수님은 돌아가셨다. 또 한 번의 갑작스런 죽음으로 정은 충격을 받았다. 교수님을 위해 아무 것도 해 드린 것이 없는데, 뭐가 그리 급하셨는지 돌아가셨다.

"교수님, 하늘에 애인이라도 두셨나요? 거기서는 외롭지 않으셔요?"

정은 교수님을 보내는 장지에서 내내 교수님을 향해 소리 질렀다. 정이 많으시다 보니 유난히 외로움을 타시는 교수님을 홀로 둔다는 생각을 하니 가슴이 싸아하고 아렸다. 먼 산에서 들려오는 뻐꾸기 울음소리가 교수님의 울음소리인듯 처량했다. 발걸음이 차마 떨어지지 않았다. 다들 정이 마음 같았는지 이대로 헤어질 수 없다는 결의 찬 목소리가 흘러나왔다.

그날 모인 조문객들 대부분이 교수님의 제자들이었다. 장지가 가까운 경기도 일산에 있었기에 모든 절차를 끝내고 점심을 먹고 나도 오후 3시였다. 다들 그대로 헤어질 수 없다며 모교 앞 교수님과 함께 다니던 감자탕 집에 차를 세우고 거기서 바쁜 사람은 가고 나머지는 감자탕 집으로 들어가기로 했다.

정이 조교를 하는 동안 꽤 얼굴이 익은 감자탕 아줌마는 앞치마를 거머쥐고 정을 보자마자 정을 잡고 눈물을 닦았다. 정은 아줌마를 보자 만날 때마다 아줌마와 농을 하던 교수님이 그리웠다.

"일 년에 몇 번씩 농구 선수들 먹이려고 여기를 왔었는디…… 뭐가 급하다고 핵교 그만두자마자 그렇게 일찍 가셨뿌렁당가? 평생 월급은 농구 선수한테 다 바쳤응께, 심지어 어떤 선수에게는 부모님 생활비도 다 대 주었거먼, 걱정 없이 선수 생활하라고……."

모두들 홀 전체에 의자를 끌어 자리를 마련했다. 그때야 아줌마는 '아참' 하며 부엌으로 들어갔다. 아줌마의 이야기에 고무 받은 일행은 잠시 숙연해졌다. 아줌마가 감자탕과 소주를 나르기 시작했다. 새벽 두 시까지 술을 마셔야 겨우 집으로 돌아간다고 해서 '새벽 두 시'라는 별명이 붙은 소설가는 소주가 오자마자 술잔을 따라 혼자 마시기 시작했다. 동료 교수였던 제자의 선생님을 추모하며 모두 다 같이 한 잔씩 들자는 말에 각자 교수님과의 추억에 잠겨 있던 일동의 시선이 모아졌다.

모두들 한 사람 한 사람 교수님과의 잊을 수 없는 추억담을 쏟아 놓으면서 눈물을 찔끔거리기도, 정말 너무 일찍 돌아가신 것에 안타까움을 토로하기도 했다. 이제 겨우, 교수님을 찾아 갈 형편이 되었는데 돌아가셨다고.

2년 전에야 겨우 대학 전임이 된 어느 대학 교수는 눈시울부터 벌개지며 이야기를 꺼냈다.

결혼 초 돈이라고는 매월 과외 아르바이트로 버는 돈 외에는 없었고 그것은 월세 방값 내기도 빠듯했었다. 단간 방에서 첫째 아이의 돌을 맞았다. 그 날 부인과 함께 상 위에 떡 몇 조각 놓고 아이와 가족사진이나 찍는 것으로 돌을 대신하려고 했다. 그런데 느닷없이 교수님이 아이 돌옷과 케익, 갖가지 과일을 챙겨 오셨단다. 처음에 어떻게 집을 알고 찾아 왔는지 부부는 어리둥절, 인사도 못하고,

"교수님이 어떻게……."

그 말도 채 맺지 못하고 마치 부모님을 뵌 것처럼 부부는 교수님을 끌어안고 눈물 바가지를 했단다. 그리고 이제 살만해서 교수님께 은혜를 갚으려고 했는데 돌아가시다니. 아예 그 부인은 통곡하듯 울음을 터뜨렸다.

모두 이야기에 빠져 몇몇을 제외하고는 술잔은 그대로 있었다. 한 사람의 이야기가 끝나면 다음 사람의 이야기로 이어지면서 모두들 교수님의 사랑을 마치 자신만 받은 것처럼 자랑하기 시작했다. 지금 한창 작가로서 명성을 날리는 모 작가가 입을 무겁게 열었다.

자신의 고향인 모 지방 여자 고등학교에 첫 발령을 받았다. 오랜만에 돌아온 고향의 흥취에, 총각 선생에 보내는 여학생들의 선망의 눈초리에 빠져 한때 작가가 되겠다는 꿈같은 것은 생각할 겨를이 없었다. 그러나 교사 발령받은 지 일 년 정도 지나 여름방학이 시작 될 무렵, 갑자기 나타나신 교수님의 제자 사랑에 깊은 감동을 받고 작품을 다시 쓰기 시작했노라고 했다. 그날 모인 모두들 감동의 물결이 눈에 일렁였다. 흑하는 여자 제자의 흐느낌 소리가 눈길을 끌어 당겼다.

정의 옆에서 계속 손수건으로 눈물을 훔치고 있던 여자 졸업생은 그때부터는 아예 흐느끼며 울고 있었다. 다들 그 흐느낌에 다시 숙연한 기분이 되었지만. 또 40세 정도의 유난히 키가 커 돋보이던 남자

졸업생의 이야기에 귀를 모았다.

자신이 농구 선수가 된 것은 교수님 덕분이라고……. 농구 선수 특혜로 들어왔지만 농구 선수로서의 자질에 대해 의문을 가지고 있던 차, 성적 부진으로 농구를 포기, 일반 대학생으로 전환, 학점을 따고 싶어 공부를 열심히 했다. 그런데 아무리 열심히 해도 학점이 D, 잘해야 C 이상은 나오지 않았다. 그래서 농구를 좋아한다는 교수님을 찾아가 상담을 했단다. 그랬더니,

"넌 그럴 수밖에 없다. 넌 아직 완전히 농구도 포기 못했다. 한 가지라도 죽기 살기로 하지 않으면 어떤 것이든 실패할 수밖에 없다. 아무 소리 말고 이길밖에 없다고 죽기 살기로 농구나 연습해! 죽을 놈의 공부는 무슨……."

야단만 맞고 돌아 와 결국 다시 농구 선수로 돌아가 정말 죽기 살기로 농구대에 매달렸단다. 결국 국가대표로 선발되고 자신은 농구에 올인할 수 있었다고…….

그날 모인 분 중 제일 나이가 듬직한 기업체 중역이라는 분이 입을 열었다.

"여기 모인 대부분이 교직에 있지만, 이런 제자 사랑 쉽지 않아요. 성질은 좀 괴팍했지만, 너무나 인간적인 교수였죠. 앞으로 우리 선생님이 돌아가신 기일날 이렇게 매년 선생님을 기리는 모임을 하겠습니다. 연락책은 제일 마지막 조교였던 정씨가 맡아서 하기로 하고…… 후원은 제가 전적으로 책임지겠습니다. 선생님을 추모하는 책도 출판하고, 기념사업도 하고……. 제 생각에 동의하시는 분은 오늘 서명하고 떠나셔요."

모두의 우뢰 같은 박수소리가 감자탕 집을 뒤흔들었다. 정은 집으

로 돌아오는 길에 대단한 일을 한 것처럼 마음이 뿌듯했다. 자신이 한 일은 아니지만 꼭 교수님을 위해 할 일을 한 것 같았다. 노을이 짙은 하늘을 보며 큰 소리를 냈다.

교수님 사랑해요! 외롭지 않게 해 드릴께요.

미모사 공주

영이 휴가를 다녀와 제일 먼저 확인한 것은 신경초라고 불리는 미모사 화분이었다. 휴가를 떠나기 전에 도우미 아줌마에게 특별히 신경초에 신경 쓸 것을 몇 번이나 당부하고 떠났었다. 휴가 중에도 문득 신경초의 안녕이 염려되었었다. 아니나 다를까 신경초는 이미 잎뿐만 아니라 가지까지 말라 있었다. 잎만 말라 있을 때는 물을 며칠 주면 또 새싹이 금방 돋아나곤 한다. 몇 번의 죽을 고비에도 겨우겨우 다시 회생시키곤 했다. 그러나 이번에는 회생이 불가능했다.

신경초는 조금만 물주는 시기를 놓쳐도 금방 입이 누렇게 말라 떨어졌다. 그리고 또 물을 너무 많이 주어 습해도 입이 기운을 잃어 축 늘어졌다. 일 년 전 우연히 들른 양재동 화훼 꽃집에서 미모사를 발견하자 반가워 바로 집에 사 들고 왔다. 2년째 기르고 있었다. 오전은 잠시 햇볕을 쬐게 한다. 또 햇빛이 뜨거운 시각에는 다시 집안으로 들여 놓았다 저녁에 다시 내 놓는다. 그러기를 반복해야 하는 수고스러움과 햇볕 정도에 맞춰 물을 줘야 하는 번거로움으로 일 년도 기르기 힘들다는 식물이었다. 그런데 영의 애정 어린 관심 덕분에 생명을 유지하고 있었다.

결혼하기 전 친정에서 친정어머니가 애지중지하며 기른 식물이라 남다른 애정을 가지고 영은 미모사를 돌보았다. '식물도 다 아는 기라, 지를 귀히 여기는지 아닌지, 이 신경질은 조금만 지를 등한시한다 카면 마 삐끼버리는 거라, 참 이만한 공주도 없는 기라.' 그러면서도 그 많은 식물 중에 유독 신경초에만 온 신경을 다 쏟아 부었다. 그래서 오빠들은 현관 베란다를 드나들 때마다 '야 신경질!' 하며 한 번 씩 신경초의 그 가냘픈 잎을 툭툭 쳤다. 그러면 금세 알레르기 반응을 일으키며 가지가 축 늘어지면서 잎을 오므라뜨렸다. 그게 재미있다며 오빠들은 잎마다 툭툭 치곤하다 엄마한테 혼나기도 했다.

영은 2년여 노심초사하며 신경초와 씨름한 것을 생각하니 허무했다. 3년 전 돌아가신 어머니를 생각하며 어머니를 대하듯 정성을 들인 식물이었다. 도우미 아줌마를 나무랄 일은 아니었다. 신경초는 관심을 먹고 사는 식물이었다. 관심에 민감한 반응을 보이는 그것이 또 신경초를 기르는 맛이라고 어머니는 말했었다. '꼭 저게 사람 같은 기라, 연애하는 것처럼 삐끼고, 부끄러워 할 줄도 알고, 그리고 애처롭기는 한량이 없는 기라.' 영이 대학에 들어가면서 엄마가 유독 식물에 심취했던 것이 영 역시 40이 되어 아이들이 고등학교에 들어가자 이해가 되었다.

그날 저녁을 먹자 남편은 여행에서 돌아온 여독을 푼다며 사우나를 가 버렸다. 아들은 전화 한 통, 잘 다녀왔냐는 인사를 끝으로 소식이 없었다. 영은 신경초로 인해 긴장되어 있던 신경이 툭툭 소리를 내며 끊어졌다. 마음과 몸이 한꺼번에 확 풀렸다. 영은 텔레비전을 켜 놓고 소파에 그대로 드러누웠다.

　보통 여행 스케줄에 맞춰 움직여야 하는 긴장감은 집에 들어서는 순간 확 풀어졌다. 그 해방감은 다음 단계의 긴장을 위한 삶의 재충전을 의미하는 잠깐 쉼의 의미였다. 그런데 이번에는 그런 해방감이 아니었다. 삶에 대한 어떤 의욕도 일어나지 않는 불안과 초조를 동반한 허무의 그림자를 드리운 것이었다. 그것은 죽음을 의미했다. 영은 이런 심리적 상태가 어디에서 연유되는지를 곰곰 생각하기 시작했다. 그러나 신경초가 죽은 것 외에는 다른 요인이 없었다. 가끔 자신이나 남편이 직장에서 이해되지 않는 불합리한 대우를 받게 되었을 때, 노력해도 불가항력적인 힘에 의해 좌절될 때, 이런 심리적 현상이 일어나곤 했다. 그러나 지금은 그런 일과 관련된 일이 없었다. 그러면 혹 영이나 남편 모르는 사이 장차 불안한 일이 벌어 질 것을 예감시키는 것인가.

　영은 남편이 올 때까지 알 수 없는 불안감에 시달리면서 텔레비전을 보다 잠이 들었다 깼다를 반복하며 소파에 누워 있었다. 사우나에서 돌아온 남편이 시차를 극복하려면 밤에 잠을 잘 자야 한다며 위스키 두 잔을 얼음과 함께 가져왔다. 영은 자신의 알 수 없는 불안도 위스키 한잔으로 치유될 수 있을 것 같았다. 얼른 위스키 잔을 받았다. 냉수에 얼음과 위스키를 타 마시기 시작했다.

　"아니 위스키를 냉수 들이키듯 해."

　"목말랐거든요."

　"목마르면 물을 마시지."

　"졸려서 자다 일어났어요."

　장시간의 사우나 때문에 얼굴이 반질반질하게 윤이 나는 남편이 순간 낯선 사람처럼 보였다. 남편은 영과는 반대편 일인용 소파에 털썩 주저앉으며 위스키 잔을 입으로 가져갔다. 남편은 텔레비전 리모컨을 찾아 돌리기 시작했다. 영은 텔레비전 위쪽에 걸려 있는 벽시계를 보았다. 이미 11시가 지나있었다. 영은 물에 탄 위스키를 마시면서 남편이 돌리는 화면을 따라 눈을 돌렸다. 뉴스는 전 시간 뉴스와 별 다른 내용이 없는지 남편은 계속 리모컨을 돌려댔다. 또 한 손으로는 에어컨 리모컨을 작동하고 있었다.

남편이 에어컨 리모컨을 켜는 잠깐 순간이었다. 텔레비전 채널이 고정되었다. 모 방송사가 방영하는 −S.O.S 이웃이 위협받고 있다−라는 제목 아래 영이 근무하는 대학이 있는 경기도 남부 지역 ㄷ 동산이 화면에 가득 채워졌다. 영은 몸을 곧추 세우며 리모컨을 빼앗았다. 그리고 화면에 집중했다. ㄷ 동산 앞 길 4차선 도로에서 모녀인 듯한 여자 두 명이 지나가는 차를 일일이 정지시키고 구걸을 하고 있는 장면을 보여줬다. 그것도 어머니는 한때 모 대학에서 교수를 했다는 신상 정보까지 소상히 알려 주었다. 영은 그 화면을 보고 심장이 딱 멎는 것 같았다. 영이 너무나 잘 아는 ㄷ 동산과 모 대학 교수라는 사실이 겹쳐서일까. 너무나 잘 알고 있는 누군가일 것이라는 생각이 들었다. 영의 온몸을 휩쓸고 가는 전율은 영을 불안과 초조로 몰고 갔다. 영은 지금의 심리 상태와 이 사건이 불가사의한 무언가로 연결되어 있다는 근거 없는 확신이 마음속에 일어났다.

영은 오늘의 불안과 초조는 분명 이 사건 때문이라는 생각이 들면서, 머리속이 어지럽게 흔들렸다. 딱히 그 교수가 누구라는 생각이 들기 때문이 아니었다. 모 대학이 어느 대학인지 모 교수가 누구인지 분명하게 밝히지 않았지만 분명 저 모 교수는 영과 인연을 맺었던 사람임에 틀림없다는 확신 때문이었다. 영은 몸담고 있는 학교 여교수들을 이 사람 저 사람 떠올려 보았다. 40명 가까운 여교수 중 딸을 가진 여교수가 열 명도 채 안 되었고, 대부분의 딸들이 초·중등 학생이었다. 텔레비전에 나온 딸은 적어도 고등학생 이상 되는 나이였다. 그러면 3명뿐이었다. 그 세 명의 여교수를 생각해도, 한 명은 연구년으로 지금 일본에 가 있고, 한 명은 교내 연구소의 연구소장직을 맡고 있었다. 또 한 명은 사회과학부 학부장을 맡고 있다. 그렇다면 도대체 영과 관련된 누구란 말인가. 그리고 왜 한때 여교수까지 지낸 여자가 딸을 데리고 구걸을 한단 말인가. 갑자기 머리 속이 회오리 바람을 일으키듯 팽팽 돌고 있었다.

한 잔의 위스키만으로는 영의 머리 속을 어지럽히는 화두를 잠재우지 못했다. 영은 뜬 눈으로 밤을 지새우고 남편을 출근 시킨 후 ㄷ 동산을 직접 가보기로 했다. 그 사건과 관련된 자신의 이 불안을 해결하지 않으면 영은 더 이상 아무 일도 할 수 없을 것 같았다.

영이 부동산 중개소가 즐비하게 늘어 서 있는 ㄷ동산 입구에 도착한 것은 오전 11시 경이 었다. 몇 군데 들렸지만 똑같은 말만 반복했다. 방송 사실을 알고 있고, 자신들도 그 모녀를 몇 번 만났지만 주소를 정확히는 모른다는 것이었다. 그리고 신상에 대해서도 구체적으로 아는 사람이 별로 없었다. 그냥 소문으로만 한때 어느 대학 교수였다는 소리를 들었다는 것이었다. 영을 상대하고 싶지 않다는 표정을 노골적으로 드러냈다. 영은 황당했다. 방송을 탈 정도면 그 동네, 특히 부동산 중개소에서는 훤히 알고 있을 것이라는 영의 기대는 어긋났다.

영은 어제 저녁, 심리적 초조함에 더위까지 겹쳐 잠을 제대로 못 잤다. 아침도 우유 한 잔으로 대신했다. 늦더위의 기승에 허기까지 겹친 기진맥진한 상태였다. 가는 데마다 중개소 사람들의 시큰둥한 반응은 간신히 버티고 있는 기운까지 뺏어갔다. 그러나 포기할 수는 없었다. 여섯 번째 중개소를 거쳐 황금 부동산이라는 간판이 붙은 곳에 들어 갔다. 중년의 미모의 여자가 손님인지 알고 반갑게 인사를 했다. 그러다 영의 표정을 보고, "어디가 편찮으셔요? 얼굴이 창백해요" 하고 물이라도 마시라며 정수기에서 물을 따라주었다. 영은 고맙다고 인사를하며 선 채 물을 한 컵 그대로 마셨다.

"뭐 찾는 것 있어요?"

영이 자리를 잡고 앉자 여자가 물었다.

"그게 아니고요……."

영은 중개소 여자의 표정을 살피며 말에 뜸을 들였다. 그러다 거부 반응이 없다 생각되어 자신이 궁금한 것을 묻기로 했다. 영은 전날 밤 텔레비전을 본 내용을 이야기하면서 그 모녀가 산다는 집을 알았으면 좋겠다고 했다. 전날 텔레비전에서는 집까지 소상히 보여줬다. 진지한 태도로 듣고 있던 여자는 일단 손님이 아니라는데 식상한 듯 시큰둥한 표정을 지으며 담담한 어조로 말했다.

"알고 있기는 하지만……."

여자는 아무도 없는 문밖을 한 번 쳐다보며 말했다. 그러나 영은 '알고 있다'는 그 말 한마디에 순간 머릿속이 불을 켠 듯 환해졌다. 영은 몸을 곧추 세우며, 다시 물었다.

"집 주소도 알고, 그 여자가 어느 대학 교수라는 것도 알아요?"

그러자 여자는 갑자기 얼굴에 활기가 살아났다.

"그럼요, 제가 집 소개한 사람이에요…… 그때 남편과 왔을 때는 얼마나 예쁘고 도도했는데…… 남편은 마치 머슴 같고 그 여자는 공주 같이 남편에게 눈짓 하나로 해결을 다 하더군요. 계약하고 잔금 치를 때까지 인사 한마디 안 했어요. 누가 저렇게까지 될 줄 알았겠어요?"

"어느 대학 교수에요?"

"서울에 K대학요."

'K대학'이라……. 영은 머릿속으로 K대학에 아는 여자 교수를 열심히 생각해 본다. 그러나 아무리 생각해도 생각나는 사람이 없다. 어제의 그 예감은 그럼 잘못되었다는 말인가. 영은 머리를 갸우뚱하며, 다시 물었다.

"K대학 교수가 왜 여기 집을 샀어요?"

"남편 친구가 이 지역 교수를 하는데 여기 동산에서 사나 봐요. 남편이 한 번 보고 가더니, 정년퇴직하고 여기 와서 살겠다고 샀죠."

"그래서 정년퇴직했어요?"

"웬걸요, 남편이 바람을 피워서 이혼하고 여자하고 딸만 내려왔죠."

"학교는요?"

"여자가 이혼한 후 제정신이 아닌데 학교에 붙어 있을 수가 있겠어요."

"그 집을 가르쳐 줄 수 있어요?"

"지금은 안 돼요. 곧 손님 오기로 해서…… 사무실을 비울 수가 없어요."

"제가 이 동산을 잘 아니까 어디 근처인지 가르쳐 주면 찾아 갈 수 있어요."

"혹 아람원이라고 아세요?"

"예, 잘 알아요. 한때 저도 거기서 산 적이 있어요."

"그럼 잘 되었네요, 거기서 오른쪽으로 더 내려가면 '별천지'라는 수제비집이 나오고 더 내려가면 전원주택 마을이 나오는데 한 6채 가량 되요. 그 중 하나예요. 거기까지 가시면 그 집은 금방 표가 나요."

"그런데 또 한 가지 궁금한 게…… 다른 복덕방에서는 전부 모른다고 모르쇠를 하든데……."

"그 방송 때문에 여기 부동산 협회에서 회의까지 했어요. 지금 불경기인데 그 방송 때문에 ㄷ동산에 부동산 찾는 사람들 발걸음 떨어질까 봐 난리도 아니에요. 거기다 ㄷ동산 이름 안내기로 했는데 방송에서 이름을 그대로 내어 버리고, 바로 다음날 이런 일로 찾아오는 사람이 반가울 리 없죠"

여자는 시원시원했다. 영은 몇 번이나 고맙다는 인사를 하며 사무실을 나왔다. 시계는 이미 1시 5분 전이었다. 그리고 보니 시장기가 일었다. 일단 '별천지'라는 집에 가서 수제비로라도 배를 채워야겠다. 15년 전 이 지역으로 처음 발령을 받았을 때 ㄷ 동산은 전원생활을 꿈꾸던 영에게 꿈의 동산이었다. 산과 들은 많지만 공원이 많지 않은 한국의 지역적 특성 때문에 ㄷ동산은 공원으로 택지 개발을 하고 전원 택지를 분양했었다. ㄷ동산은 이 지역으로 직장 발령이 나는 누구든지 탐내지 않는 사람이 없었다. 영은 이제 겨우 한 여름이 지났을 뿐인데 벌써 단풍이 들기 시작하는 단풍나무들을 올려다보며 곧 개학할 때가 되었구나 하는 생각이 머리를 스쳐갔다. 단풍나무가 즐비하게 줄을 서 있는 도로를 뚫고 ㄷ 동산으로 들어갔다.

입구를 지나자 스산한 풍경이 나타났다. 채 분양되지 않은 택지에 다른 주민들이 쓰다버린 낡은 장롱, 냉장고, 책상, 찌그러진 의자, 냄비, 양재기, 침대 매트 등 온갖 가구들이 산더미를 이루고 있었다. 또

웃자라 버린 나무들의 뒤엉킴이 마치 여자들이 싸우느라 뒤엉킨 머리채 같았다. 또 제멋대로 자리 잡은 모텔과 음식점은 ㄷ동산을 해치는 또 하나의 주범이었다. 처음 재벌 회사에서 꿈을 가지고 분양했을 때는 이런 그림이 아니었을 것이다. 그러나 분양 30년이 지난 이 시점에는 처음 기획과는 전혀 다른 그림이 그려져 있었다.

'별천지'라는 수제비집 역시 그런 꿈을 안고 전원주택을 지었다. '별천지' 주인은 몇 년 전부터 황무지처럼 변해 가는 ㄷ 동산을 안타까워했다. 애초의 꿈인 전원주택 주민들이 화목하게 오순도순 모여 사는 신천지의 꿈을 포기했다고 한다. 차라리 손님들에게 자신들이 가꾼 정원의 풍경을 나누고 싶어 음식점을 열었다고 한다. 영도 야생화로 가득 찬 정원 때문에 그 집을 드나들기 시작, 단골손님이 되었다. 음식 역시 맛깔스럽고 영의 취향에 꼭 맞는 음식이다. 가끔 제멋대로 핀 야생화가 보고 싶어 학교에서 30분 이상 걸리지만 정취가 그리울 때는 찾고는 했었다. 수제비가 주 종목이지만 수제비를 시키면, 호박죽에 열무김치와 보리밥, 그리고 제일 마지막으로 호박을 넣은 노란 수제비, 쑥을 넣은 초록 수제비, 밀가루 그대로인 하얀 수제비가 풍부한 해산물과 함께 아름답게 빚어진 항아리에 담겨져 나온다. 주인집 여사장 역시 한때 풍물을 즐긴 여행광이라 영은 갈 때마다 집의 구석구석 걸려 있는 액자의 사진을 보고 여행 이야기를 즐겨 나누곤 했다.

'별천지'의 대문을 열자 활짝 핀 패랭이꽃이 영의 눈을 끌어당겼다. 영은 자신도 모르게 감탄사가 흘러나왔다. 패랭이 꽃 옆에는 금낭화가 노랗게 피어 있었다. 연못에는 수련이 한창이었다. 영은 자신이 여기에 온 목적은 잠시 잊고 연못의 수련을 한참 쳐다보았다. 대부분 여기를 들릴 때는 학기 중이라 수련이 저렇게 연못 가득히 핀 것을 본 적이 없었다.

"방학인데 어쩐 일이세요?"

대문 소리 때문인지 주인 여자가 현관에서 밖을 쳐다보며 영을 반겼다. 영은 연못에서 발걸음을 떼어 놓으며 계단으로 올라갔다. 계단마다 화분에는 별꽃, 쪽, 애기수염, 애기똥풀 등 어디서 모았는지 야생화집에서도 흔히 볼 수 없는 야생화가 발걸음을 멈추게 했다. 영은 어제 저녁의 우울했던 기분이 확 풀어지는 듯 마음이 개운했다. 역시 잘못된 예감에 지나지 않았을까. 그 예감 때문에 여기까지 왔지만 그것과 상관없이 새로운 신선한 기분이 들었다. 순간 여기서 밥이나 먹고 집으로 갈까 하는 생각이 들었다. 더 이상 어제 저녁의 우울한 기분을 연장하고 싶지 않았다.

"정말 어쩐 일이세요?"

다른 음식점 사장과는 달리 소녀 같은 풋냄새를 풍기는 여사장은 궁금한 듯 영의 얼굴을 빤히 쳐다보며 다시 '어쩐 일이세요?'를 반복했다.

"방학인데도 여기를 못 잊어 찾아왔죠. 연꽃 수련이 한창이네요. 수련을 자랑해도 한 번도 꽃 핀 것을 못 보다가 이번에야 원 풀었네요. 이 정원이 한층 돋보이네요."

"최근 며칠 동안 안타까웠는데 반가운 손님이 와서 정말 다행이네요. 특히 수련꽃 핀 것을 너무 보고 싶어 했잖아요."

"제가 만개한 수련 본 기념으로 사장님한테 점심을 낼게요."

"좋아요. 혼자 오셨는데 마침 손님도 없고 친구 해드리죠. 수련이 잘 보이는 안방으로 들어가세요."

안방에는 독서를 하고 있었는지, 상 위에 책이 펼쳐져 있었다. 그리고 아주 낮은 볼륨으로 슈만의 가곡 '시인의 사랑'이 방바닥으로부터 흘러나오는 것처럼 낮게 깔려 분위기를 시원하게 했다. 영은 자신도 모르게 한숨이 푹하고 흘러 나왔다. 이런 고즈넉한 분위기에서 야생화를 기르며 독서를 즐기는 것이 영의 꿈이었다. 그래서 발령을 받자마자 이 동산에 애착을 가지고 탐색했었다. 그러나 땅의 매입이나 집 매입에 올인할 형편도 되지 않았지고 운도 없었다. 여사장이 물과 행주를 가져와 행주질을 하면서 상 위의 책을 접는다. 요시모토 바나나의 『아르헨티나 할머니』였다. 이런 시골 분위기에 어울리는 책이다. 영은 다시 한 번 여사장의 얼굴을 쳐다보았다.

"좋아 보여요, 이상적인 꿈을 그대로 실현하고 계시는 것을 보면요."

"처음 이 집을 지어 놓고 남편이 떠나자, 그렇게 처량하고, 외로워서 갈등을 많이 했어요. 그런데 이 음식점을 내고 오는 사람마다 부러워해서, 제가 다른 사람 대신 꿈을 실현해 주는 사람으로 생각하고 살죠. 영 교수처럼 능력이 있으면서도, 부러워만 할 뿐 실천을 못하는 사람이 많아요."

"그러니까 부럽죠. 이런 생활을 할 수 있다는 것이 꿈만으로 안 되는 것이, 경제적 문제가 우선 해결되어야 하고, 가족이 동의를 해야 하고, 또 자녀 교육 문제가 해결되어야 하고, 자신이 가진 다른 욕망을 버려야 하고 등등…… 쉽지 않죠."

"저도 처음에는 쉽지 않았어요. 그런데 여기 와서 사니까 또 여기에 맞춰 문제가 해결이 되더군요. 이제 이게 내 생활이려니 하고 살아요. 금방 식사 준비해 올게요."

전원생활은 전원생활하던 전근대적 시대의 마음으로 돌아가지 않으면 살기 힘들다. 그러기에 전원생활을 하는 대부분의 사람들은 어느 정도의 생활 전선에서 물러서 있는 사람이나, 아니면 큰 지병을 얻어 어쩔 수 없이 전원생활을 필요로 하는 사람이다. 영은 여기까지 생각을 하다 잠시 잊고 있었던 두 모녀의 생각이 다시 떠올랐다. 두 모녀가 이곳에 자리를 잡은 것도 결국 엄마라는 여자가 더 이상 학교에서 교수직을 수행하기 힘든 상태에서 선택한 결론이었을 것이다. 그런데 딸의 연령은 몇 살쯤 되었을까.

마침 여사장이 호박죽, 보리밥, 열무김치 등을 가지고 왔다. 영도 잠시 궁금한 것을 뒤로 하고 여사장과 함께 쟁반에서 음식을 옮겨 놓았다. 음식을 보자 참았던 시장기가 동했다.

이 집 메뉴는 단순하고 깔끔하다. 호박죽도 전통 호박죽과 현대식을 절충한 찹쌀 새알이 반쯤 풀린 걸쭉한 죽으로 간간이 섞인 굵은 밤팥의 맛은 일품이다. 영은 호박죽을 한 숟갈 입에 넣으며 여사장에게 두 모녀 이야기를 물어볼 것인가 말 것인가를 생각하고 있었다.

"이 음악 참 좋아요. 그런데 혼자 듣기에는 너무 외롭지 않아요?"

영은 머리 속 생각과는 달리 엉뚱한 말이 튀어 나왔다.

"생전에 저의 남편이 이 곡을 너무 좋아 했어요. 그래서 남편이 사무치게 그리울 때는 가끔 이 곡을 들어요."

"혹 제가 방해하지 않았나요?"

그전에는 한 번도 꺼내지 않았던 남편 이야기에 영은 약간 당황스러웠다. 뛰어난 서정미에 남편의 회상까지 곁들여 이 곡을 듣는다면, 어떤 기분일까? 영은 호박죽을 먹으며 여사장을 물끄러미 쳐다보았다.

"아무도 없는 바닷가에서 발가벗고 춤을 추고 있는 기분인 것 있죠."

영이 묻지도 않았는데 여사장은 마치 영의 마음을 읽은 듯 말했다.

영은 여사장의 말에 다시 두 모녀 이야기가 생각났다.

"혹 어제 텔레비전에서, 모방송사가 방영했던 'SOS, 긴급 출동'이라는 프로그램을 보셨는지요?"

"아니요? 왜요?"

"이 근처에 산다는 정신이 약간 이상한 두 모녀 이야기라는데……."

"아!"

여사장의 얼굴은 잠시 어두워졌다, 짧게 탄성을 질렀다.

"취재해 갔다는 이야기는 들었어요."

그리고는 여사장은 열무김치에 보리밥과 고추장을 함께 섞으며 잠시 침묵을 지켰다. 한참 뜸을 들이고 영을 쳐다보며 물었다.

"뭐라고 하던가요?"

"두 모녀가 여기 동산 입구에서 차를 세우고 구걸을 하고 있다고요. 그리고 집에 쓰레기를 치우지 않아 악취가 난다고요. 그래서 이웃 주민들이 고발을 했다고요."

"혹 아는 교수예요?"

"전 누구인 줄 이름도 모르고, 서울 K대학에 같은 과 교수 중에는 그런 분이 없는데도 아는 사람인 것 같은 예감 때문에, 아침 남편 출근하자마자 부랴부랴 여기까지 달려왔어요."

"네……. 음악대학 모 교수라고…… 혹 아셔요?"

영은 그 교수의 이름을 듣는 순간 온몸에 소름이 돋쳤다.

"아니, 어떻게 해서, 그 교수가?"

"남편이 제자와 바람이 났다던데요. 그 이후 정신을 놓아 버렸다고, 남편도 딸 때문에 가끔 여기 내려오지만, 보지도 못하고 쫓겨 가는 모양이던데."

"아무리 그렇기로 그렇게 정신을 놓을 정도로……."

"원래 심한 우울증이 있는 여자라더군요. 그런 사람들은 자신의 마음대로 세상이 잘 돌아갈 때는 문제가 되지 않다, 자신에게 문제가 발생하면 수습할 수 없을 정도로 자신을 자학하는 경향이 있다던데요. 저도 처음에는 남편이 바람 핀 정도로 저렇게 망가질 수 있나 하고 여성으로서 무척 비관스럽기도 하고 안타까워 여러 채널을 통해 알아봤어요."

영은 자신의 영국에서의 생활이 아찔한 순간이었음을 생각하자 온몸에 소름이 끼쳤다.

영은 갑자기 7년 전 영국에서의 생활이 파노라마처럼 떠올랐다. 영이 연구년을 중3 되는 아들과 함께 영국에서 보내기로 하고 영국에 도착한 것은 2월 중순이었다. 날씨는 뼈 속까지 추웠고, 하늘은 언제나 구름에 쌓여 웅크려 있었다. 비가 내렸다, 바람이 세차게 불었다 하는 어수선한, 정신을 차릴 수 없는 날씨였다. 마음이 스산스럽기 그지없었다.

애초에 아들을 위해서 한국 사람이 많이 없는 북쪽의 기숙사가 있는 학교를 정했다. 그리고 자신을 위해 런던에서의 비싼 하숙을 생각한 것은 언어 때문이었다. 영국 가정에 머물면서 자연스런 회화를 익히려는 목적이었다. 영국 부동산 중개소를 통해 소개 받은 하숙집은 꽤 괜찮은 가정이라 생각했다.

5세 된 딸이 있는, 건축 감리사를 하는 40대 여성으로, 독서와 산책을 즐기는 여성으로 소개되었었다. 영이 바라던 이상의 하숙이었다. 그런데 공항에서 하숙에 도착했을 때, 영의 짐을 엘리베이터에 옮기

176

은빛 날개

기 위해 내려 온 사람은 흑인 남자였다. 영은 이사짐을 옮기기 위해 고용된 사람이려니 생각했다. 그런데 나중에 주인 여자를 통해 들은 것은 과거의 남편이었다는 것이다. 중학교 3학년 아들은 이국의 낯선 분위기와 흑인 남자로 인해 표정이 굳어 있었다. 화장실이 딸려 있는 방은 깨끗하고 영의 마음에 들었다. 짐을 대강 정리하고, 아들 학교 쪽으로 다음 날 바로 떠나기로 되어 있었기 때문에 영과 아들은 세수를 하고 바로 잠자리에 들었다. 영의 어수선한 머릿속처럼 꿈자리도 어수선했다.

아들 학교가 있는 북부 스코틀랜드 지방까지 갔다 오니 영국에 도착한 지 15일이 지나 있었다. 그제서야 겨우 정신을 차리고 영이 연구 생활을 위해 적을 둔 학교를 찾았다. 시간 여유를 가지고 대학 연구실을 왔다갔다 하며 연구에 필요한 제반 수속을 하기 시작했다. 도서관 출입증, 학교에 컴퓨터 등록하기, 은행 문제 등을 위해 아침에 나왔다 하면 저녁에야 들어가고 했다.

저녁마다 하숙에 들어서면 영의 하숙집에는 소규모의 파티가 열리고 있었다. 어느 날은 그 흑인 남자와 주인 여자가 함께 술을 마시고 있었다. 그들을 방해 할까봐 조심스러워 영은 방에 들어가는 것도 조심스러울 정도였다. 방에 딸린 화장실과 목욕탕을 제외한 외에는 부엌 사용조차 불편했다. 거의 저녁은 빵 몇 조각으로 저녁을 때워야 했다. 계약상에는 아침을 제공해 주기로 했는데도 아침 시간에 여자를 본 적이 없었다. 아침 시간에는 아마도 흑인과 그 사이에 난 딸인듯 5살배기 딸만 깨어 거실에서 장난감을 가지고 놀고 있었다. 거의 매일 저녁 파티는 계속 되었다. 영은 화가 나기 시작했다. 어느 날 학교를 늦게 나가기로 하고 주인 여자가 일어나기를 기다려 다음 달 집을 나가겠다고 했다. 그리고는 여기저기, 하숙집뿐만 아니라 세를 들 집을 알아보고 있었다.

그러던 중 영이 적을 두고 있는 대학에 재직하고 있는 남자 교수에게 전화가 왔다. 딸을 데리고 있는 여교수가 연구년으로 왔는데 방을 2 베드룸으로 구해서 함께 살면 어떻겠냐고 제의를 했다. 그 여자 교수는 고등학교, 대학교 전부 영의 후배라고 했다. 그 여교수를 만나기로 했다. 예의 바르고 친절하기가 이를 데 없는 여자였다. 예의 바르고 친절한 것 자체가 석연치 않았지만 후배를 위해서 '손해를 좀 보면 어때' 하는 기분으로 거기에 응했었다. 영은 다음 달 집안 문제로 한 달 동안 귀국을 해야 하고, 그러고 나면 영국은 방학이라 여행을 시작해야 한다는 생각에 한 달 정도 하숙으로 지내다, 한국으로 갔다 와 휴가 여행까지 마치고 아예 3~4달 후에 집 문제를 해결할까 하는 생각도 있었었다. 지금 집을 얻으면 두 모녀를 위해 집세의 반을 내어 주려고 함께 집을 얻는 꼴이 되어 버린다. 오직 영이 이득을 보는 것은 집 얻는데 혼자서 고민하지 않아도 된다는 것뿐이었다. 집을 옮기는 데 필요한 지루한 작업은 15일 이상 소모되었다. 영은 자신이 소모적인 일로 한 달 이상 시간을 보냈다고 생각하니 안타까웠다. 집을 확정한 후, 더 이상 집 문제로 고민하지 않게 된 것만으로도 다행이라고 편안하게 생각하려고 했다.

그런데 영의 그런 생각은 오산이었다. 같이 동거한 지 15일째 되는, 영이 한국으로 떠나기 바로 전날이었다. 저녁을 먹고 짐을 챙기고 있는데 영의 방으로 그 후배가 찾아왔다. 딸이 중학생이 되는 9월부터 기숙사학교로 옮겨야 하기 때문에 자신은 9월부터 집을 나가야겠다는 것이었다. 영은 너무나 황당해 한참을 그 후배 교수의 얼굴을 쳐다보았다. 그리고는 화가 난 목소리로 왜 이 문제를 같이 살기 전에 미리 이야기하지 않았느냐, 집 얻는데 보낸 지리한 시간들은 겨우 몇 개월을 위해서 한 것이냐, 내일 한국으로 떠나는 사람에게 이런 이야기를 하는 저의가 무어냐고 따졌다. 집을 구하는 데 소모되는 시간이 얼마나 아까운데 영국에 와서 집만 옮기다가 세월 보낼 것이냐. 부동산비 등 이사 비용이 얼마나 들었는데 다시 집을 옮겨야 하느냐, 그리고 계약 날짜에 맞추어 그때까지는 여기서 살아야 한다. 그렇지 않으면 위약금을 물어야 한다. 12월 31일까지 계약한 것이기 때문에 계약일까지는 약속을 지켜야 한다며 영이 화를 냈다. 그런데 후배 교수는 왜 자신과 계약 날짜를 의논하지 않았냐는 것이다. 영은 부동산에서 계약할 때 서로 의논해서 날짜를 정한 것이 바로 의논이지 무엇이냐고 했다. 그것은 영이 자신을 속이려고 일부러 그 즉석에서 했다는 것이다. 그럼 왜 그 자리에서 못하겠다고 하지 않았느냐. 당신은 그럼 집을 계약한다며 부동산에서 계약하기 전에 계약 일을 생각하지 않았느냐. 자신은 계약일 같은 것은 생각하지 않았다는 것이다. 그것은 당신의 잘못이다. 아무리 설득을 해도 자신은 집을 나가겠다는 것이다. 그러면서 영이 사기를 쳤다는 것이었다.

한국에 한 달, 방학 내내 여행할 것을 생각하면, 난 집을 6개월만 빌리면 아무 문제없었다. 하숙을 하든 오피스텔을 빌리든 지금보다 훨씬 저렴하게 할 수 있다. 뭐를 사기라고 하는 줄 모르겠다. 부동산 계약하면서 계약 날짜 같은 것은 생각 안하고 계약 날짜에 서명하는 사람이 어디 있느냐. 자신은 그런 것은 모른다는 것이다. 영은 말이 되는 소리냐, 어른이 되어 그것도 사회생활을 하는 교수가 자신의 일에 대해 무책임한 발언을 할 수 있는 것이냐, 영은 모든 상황을 들어 설명하고 설득했다. 결국 남편이 오면 물어서 답변해 주겠다고 했다. 영은 기가 막혀 더 이상 말을 할 수가 없었다.

또 여름에 가족이 오는 것도 미리 의논해서 하자고 하고 영은 우리 가족은 1주쯤 집에 머물 것이라고 하자, 그 후배 교수는 자신의 남편은 한 달쯤 머물 것이라는 것이었다. 여자들만 있는 집에 남자가 오래 머문다는 것이 불편하게 생각되었지만, 부인 옆에 남편이 있겠다는데 말릴 수도 없는 일, 영은 심리적으로 편안히 가지려고 마음먹었다. 그런데 여름방학 동안 교수인 남편은 물론 친정 엄마까지 2달을 머무르고 떠났다. 영이 오히려 불편해 계속 여행 스케줄을 짜서 집을 비워 주어야만 했다.

그 남편은 그래도 미안한 마음을 가지고 영과 술자리를 가져서라도 표시하려고 했다. 그리고 부인에 대해서도 모든 것을 자신이 알아서 처리하다 보니, 모르는 것이 많으니 부인을 동생 돌보듯 이해하고 양해해 달라며, 영에게 몇 번씩 당부를 했다. 그리고 계약건도 부인이 너무 몰라서 그런 것이니 없던 것으로 하라고 양해를 구했다. 영은 그 계약건으로 몇 달 동안 신경전을 벌인 것을 생각하면 지금도 약이 올랐다. 그리고 영국에서는 상하수도세로 매달 40만 원 정도 내야 했다. 그것도 제때 주는 법이 없었다. 독촉을 하면 영수증을 보여 달라며 마치 돈을 떼어 먹는 사람에게 하듯 했다. 사사건건 시비를 거는 통에 매일 영은 열을 내곤 했다. 그 여자 후배 교수와 영의 상식은 너무 달라 한 시간도 같이 있을 수가 없었다.

공원에 가 산책을 하다가 벤치를 보면, 영은 주위를 걸어 다니며 산책하는 것이 좋아 앉고 싶지 않다고 해도 굳이 앉으라고 한다든가, 비슷한 양의 쇼핑백을 들고 가면서 자신이 들어주겠다고 하는 선심은 오히려 남을 불편하게 하는 것이라고 해도 그 후배는 순간순간을 불편하게 했다. 그 후배 교수의 불편한 친절은 남자 교수들에게는 예의 바른 교수로 둔갑, 좋게 받아들여 지기도 했다. 영은 계약 관계로 어쩔 수 없이 그 후배랑 같이 지냈지만, 그와 같이 하는 자리는 피했었다. 그 후배 교수의 지나친 친절과 상식 이하의 행동은 도대체 아무리 줄을 그으려고 해도 연결되지 않았다.

7년 동안 의도적으로라도 그 여자 교수를 생각하고 싶지 않았지만, 이렇게 까마득히 잊고 있었다는 것은 스스로도 이해가 되지 않았다. 그렇다고 그 교수의 일이 왜 자신에게 이렇게 슬픈 예감을 가지고 파도처럼 밀려오는지 그것도 이해가 되지 않았다. 또 모든 것을 자신이 알아서 해 부인은 아무 것도 모른다고 부인을 그렇게 감싸돌며 공주처럼 모셨던 그 남편은 그 후배 교수를 두고 어떻게 바람을 피울 수 있단 말인가.

"어떻게 아는 사이에요?"

영이 밥은 먹는 둥 마는 둥 한참 생각에 갇혀 있자, 몇 번 부엌과 방을 오락가락하다 참을 수 없다는 듯 물었다. 벌써 수제비가 영의 앞자리에 놓여 있었다. 영은 열무비빔밥이 아직 남았음에도 국물 있는 수제비로 숟가락을 옮기며 말했다.

"연구년 때 영국에서 같이 1년간 살았어요."

"그럼 아주 친할텐데 몰랐어요?"

"영국 갔다 온 이후로 연락을 안 하고 살았으니까요."

"네……."

여사장은 표정으로는 더 궁금한 것이 있음에도 더 이상 묻지 않았다.

"그런데 딸이 대학 다닐 나이인데 어떻게 엄마하고 저렇게 같이 살아요."

"그게…… 결국 대학 가 봐야 자기 꼴밖에 안 된다고 학교를 못 다니게 한다나 봐요."

"아니, 대학생 나이에 정신 나간 엄마 말을 듣는단 말이에요."

"그 딸도 아버지가 다른 여자가 생겼다는 것을 용납 못하고, 엄마를 자신이 돌보지 않으면 안 된다고 엄마를 못 떠난다고 하던데요."

영은 당시 초등학교 6학년생임에도 영과 자기 엄마와의 갈등이 있는 줄을 알고, 집안에서는 물론 밖에서도 자신과 눈을 맞추지 않던 그 딸이 생각난다. 그리고는 방안에서 엄마와 항상 깔깔거리던 생각도 난다. 그리고 다른 사람이 오면 전혀 다른 얼굴로 대하던 그 딸이 그 당시는 어려서라고만 생각했다.

"그 집은 여기서 멀어요?"

"오던 길로 내쳐 가면 몇몇 전원주택이 나오는데 세 번째 집이에요."

"그런데 연금도 있을 테고 남편도 도와줄 텐데 왜 구걸을 한다고 해요."

"한 푼도 돈을 안 쓴데요. 자기 죽은 다음에 딸이 그 돈으로 살아야 한다고……."

"그런데 쓰레기는 왜 그렇게 쌓아 두었데요?"

"정신이상이니까 혼자 자활 능력이 없는데다, 집안에 아무도 못 들어오게 하니, 쓰레기 치우는 사람도 못 들어가요. 동네에서 동회에 진정을 넣어 악취가 난다고 조사해 달라고 했지만, 결국 문을 열어 주지 않아 못 들어갔어요."

"그렇다고 딸은? 도저히 상황이 이해가 안 돼요. 그런데 방송국에서는 어떻게 취재했을까요?"

"울타리 사이로 찍었겠죠……."

"혹 저랑 같이 가 줄 수 있어요?"

"가도 소용없어요. 아무에게도 문을 열어 주지 않으니까요. 두 모녀
만 들락거릴 뿐."

"두 모녀가 나갔을 때 들어가면?"

"주거침입을 해가면서 목숨 걸고 두 모녀를 구출해야 할 사람은 없
죠. 남편이 안타까워 가끔 찾아오지만 일체 문을 열어주지 않으니 와
도 소용 없어요."

"그 남편은 왜 그렇게 바람을 피워 가지고…… 딱하게…… 너무 안
됐네요."

"그 남편이 바람핀 것도 아니래요. 여자 제자 논문지도로 몇 번 여
자 제자가 집에 왔다 갔다 하고 식사 몇 번 같이 한 것을 오해해서, 그
렇대요."

"남편이 자기 외의 사람에게 잘해 주는 것을 못 견디는 거죠. 그것
이 외도가 아니라 하더라도…… 그 여자에게는 참을 수 없는 거죠. 남
편이 자기만 바라보는 해바라기이기를 원하는 거죠. 남편이 잠시만
한눈팔았다 하면 까무러치는 그런 종류의 여자처럼. 가끔씩 주부들
중에는 그런 예의 여자가 있다는 이야기를 들었지만, 적어도 사회생
활을 하는 여자로서는 이해가 안 가요."

영을 사기꾼이라며 못 믿겠다는 그 당시의 그녀의 의심이 이제야
이해가 가는 것 같다. 영국에서 사사건건 영에게 심문하듯 의심의 눈
초리를 보내는 후배의 그 태도가 가장 기분 나빴던 게 기억난다. 영은
그 사장의 이야기를 듣다보니, 영국에서 그녀와 갈등 관계를 가진 것

183

■

미모수공주

도 결국 영을 믿지 못하기 때문이었다. 그래서 한때 영을 못 믿게 한 것은 영이 신뢰를 못준 것으로 반성하고 자성하면서 자신의 행동 하나하나를 점검하기도 했었다. 그렇게 남편만을 의지처로 생각하고 자신은 아무 것도 모른다는 그녀의 이야기가 그때는 이해가 안 되었다. 직장 생활하는 여자의 너무 상식밖의 행동에 화가 났었다.

식사를 다하고 커피를 마시는 동안 그 집을 가 볼 것인가 말 것인가, 그리고 어젯밤 왜 그토록 허무의 그림자를 풍기고 슬픔 예감으로 이 사건이 자신의 전신을 흔들었을까를 곰곰히 생각했다. 그 여자에게 자신이 전혀 도움을 줄 수 없다는 것은 확실해졌다. 그렇다면? 이 여자는 나의 분신이란 말인가? 영은 고개를 절레절레 흔들었다. 자신이 조금이라도 손해 본다고 생각하면 집요하게 영을 못살게 굴던 생각에 지금도 가슴이 떨려왔다.

처음 같이 동행해 주었으면 하는 마음과는 달리 같이 동행해 주겠다는 사장의 말을 뿌리치고 영은 혼자 나왔다. 그 여자를 만날 수도 없겠지만, 그 여자를 만났을 경우, 그 여자의 태도와 또 영 스스로가 어떤 행동을 할 것인지 두려웠다. 영은 의도적으로 가벼운 마음을 가지려고 발걸음을 가볍게 그 집에서 걸어 나왔다. 그리고 차에 앉아 한참 심호흡을 했다. 천천히 액셀레이터를 밟으며 앞으로 나아갔다. 5분이 지나자 낙후해 가는 ㄷ동산의 다른 지역과는 달리 고급 전원주택 동네가 나타났다. 영은 차를 세웠다. 다시 영은 심호흡을 했다. 그리고 천천히 차에서 내렸다. 그리고 그 집이 있는 오른쪽이 아닌 왼쪽 길로 천천히 동네를 산책하듯 걸었다. 그 집에 가야 할 이유를 아직 찾지 못했다.

잠시 발을 몇 발작 옮기기도 전에 와하는 함성과 일대 소란이 난 듯

한 왁자한 소리가 났다. 영은 걷던 걸음걸이를 잠시 멈췄다. 그러자 그 소리는 더욱더 커지기 시작했다. 그러면서 툭툭하며 무언가 부딪치는 소리와 함께 일어났다. 영은 반대 방향으로 몸을 돌려 달리기 시작했다. 그 여자 집 앞 가까이 가자 알 수 없는 악취가 풍겨 나왔다. 영은 또다시 알 수 없는 소름이 온몸에 돋아났다.

어린아이, 여자들, 청년들, 나이 든 장년들 할 것 없이 몰려 와 "이 동네에서 나가! 나가지 않으면 우리가 쫓아 내주지." 입에 담을 수 없는 욕을 하는 소리, 여기저기 들려오는 고함 소리와 함께 사람들의 돌팔매질이 계속되었다. 돌이 떨어지자, 퍽하는 소리와 함께 한 떼의 파리들이 날아올랐다. 그리고 알 수 없는 지독한 냄새가 눈과 코를 찔렀다. 일부 사람들은 코를 막으며 뒤로 물러섰다. 그 냄새는 똥 냄새에 썩는 냄새, 지린내 등 묘한 냄새까지 혼합돼 구토를 동반했다. 영은 집과의 상당한 거리가 있는데도 냄새에 견딜 수가 없었다. 그런 법석 중에도 안에서는 기척이 없었다. 군중들의 목소리가 더욱더 높아졌다. 여기저기 고함 소리가 들려왔다. 퍽하며 문짝 가라앉는 소리가 들렸다. 언뜻 언뜻 아침에 만났던 부동산업자들의 얼굴들도 보였다.

그 여자 집은 이 전원주택지의 다른 주택과는 달리 새로 지은 전원주택은 아닌 것 같았다. 있던 기존 주택을 매입했는지 상당히 낡아 있었다. 대문도 대문이랄 수 없었다. 그냥 큰 문짝 두 짝이 의지하고 있는 듯 찌그러져 있었다. 슬레이트 지붕은 비가 새는지 이불을 덮어 놓았다. 정원에는 쓰레기 더미가 산더미를 이루고 있었다. 영과 같이 멀찍이 쳐다보는 코를 잡은 여자들이 변기조차 고장 나서 정원에서 변을 본다는 말을 소곤거렸다. 영은 그 자리를 벗어나고 싶었다. 고급 전원주택지에 쓰레기 더미라고밖에 할 수 없는 폐허가, 그 자체도 견디기 힘들 텐데, 악취까지. 영은 데모군들을 벗어나 멀찌감치 그 장면을 바라보았다. 돌을 던지는 사람 사이로 자신도 함께 돌을 던지는 모습이 보였다. 영은 몸에 소름이 다시 확 돋았다.

　영국에 체류할 동안, 두 모녀와 함께 당일 코스로 영국의 남쪽 브라이튼이라는 해변도시로 여행을 다녀오기로 하고, 런던 시내의 빅토리아역 가까이 있는 버스 정류장에 한 시간 전에 도착했었다. 늦봄이었음에도 날씨는 의외로 쌀쌀했다. 낮은 기온에 바람까지 세차게 불었다. 30분 이상 밖에서 버스를 기다리는데 두꺼운 잠바에 가져온 목도리까지 둘러서야 겨우 추위를 견뎌낼 수 있었다. 두 모녀 중 딸은 의외로 옷을 얇게 입어 엄마가 안절부절 어찌할 줄 몰라 했다. 자신의 옷을 벗어 목을 감아주기도 하고 자신의 몸으로 감싸 주기도 했다. 결국 역 가까이 있는 건물 안으로 데리고 들어갔다. 모녀의 안절부절하는 모습이 안타까워 영이 자신의 잠바와 목도리를 그 딸에게 주며 걸쳐 입도록 했다. 두 모녀는 괜찮다고 극구 사양하며 받지를 않았다. 영은 그렇게 안절부절하지 말고 잠바를 걸치라고 좀 화를 내 큰 소리로 말했다. 여행을 떠날 때는 여러 가지 변수를 생각해 이것저것 부수적인 것을 챙겨야 하는데 특히 어린아이를 동반할 때는 더더욱이나. 특히 변화무쌍한 영국의 날씨에는 여분의 옷과 모자는 필수적이다. 아침에 나올 때 영이 미리 여분의 옷을 챙겨야 한다고 했음에도 괜찮다더니. 시외버스를 타는 데까지 와서 수선을 떠는 모습을 보니 화가 났다. 둘은 건물의 한 귀퉁이에 껴안고 웅크리고 있었다. 영은 오늘 여행은 망쳤다는 기분으로 두 사람을 안쓰러운 눈으로 바라보았다. 그런데 버스가 막 도착해 자리를 잡기 위해 버스에 발을 올리는 순간이었다.

"저……. 아무래도 집으로 돌아가야 할 것 같애요. 지민이가 감기기가 있어, 도저히 거기까지는……."

"버스 타면 이제 난방이 되고, 브라이튼은 남쪽 해안이라 여기보다 따뜻할텐데……."

영의 그런 말을 들었는지 이미 두 모녀는 멀리 종종걸음으로 달아나고 있었다. 영은 엉거주춤, 잠시 머뭇하다 뒷사람들에게 떠밀려서 버스를 탔다. 종종걸음으로 달아나는 두 모녀를 보고 화가 나, 영은 버스에 그대로 가만히 앉아 어찌할 수가 없었다. 결국 혼자 브라이튼을 다녀왔다. 그런 식으로 부딪치는 하루하루로 인해 영은 그녀를 경멸했다. 그리고 말을 함부로 내뱉었다. 그녀가 주장하는 상황논리는 자신의 가족에게나 이해 가능한 상황 논리라 한마디로 질렸었다.

영은 눈을 감았다. 마음을 진정시키려고 한참 그러고 있었다. 그러자 눈앞에 두 모녀가 웅크리고 떨고 있을 장면이 떠올랐다. 또다시 전날 밤의 초조와 불안이 밀려오기 시작했다. 경찰 사이렌 소리와 구급차 소리가 동시에 울리며 달려왔다. 구급차에서는 남편이, 경찰차에서는 몇 명의 경찰들이 동시에 내렸다. 그 사이에 돌팔매질을 하던 주민들이 후다닥 달아나기 시작했다. 그녀의 남편과 경찰은 주위에 상관없이 집으로 돌진했다. 누군가가 신고를 했을 지도 모른다. 아니면 남편이 전날 밤 텔레비전을 보고 경찰을 대동하고 나타났는지 모른다. 어쨌든 영은 그녀의 남편이 나타난 것은 다행이라고 생각했다. 이 상황을 수습할 사람은 남편밖에 없다. 돌팔매질을 하던 사람들은 도망가다 자신들을 검거하려는 의도가 없다는 것을 알고는 멈칫 멈칫 숲 사이에 숨어 상황을 지켜보고 있었다.

영은 더 집 가까이 있는 숲 사이 자리로 옮겼다. 안에서 찢어지는 듯한 여성의 고함 소리가 들려왔다. 그리고 쿠당거리며 마루를 달려가는 소리, 남자의 구둣발 소리, 물건 던지는 소리, 남자의 고함 소리 등이 이어졌다. 한동안 계속되던 요란스러운 소리가 조용한 듯하더니 잠시 후 남편과 경찰이 두 모녀를 부축하고 나타났다. 두 모녀는 서로 허리를 감싸 앉은 채였다. 왼쪽 팔을 깍지 낀 그녀의 남편의 팔을 물어뜯으며 달아나려다 서로 엉켜 넘어졌다. 엄마의 오른쪽 팔에 매달려 있던 딸 역시 넘어졌다. 거기다 딸의 다른 팔을 끼고 가던 사복한 경찰이 딸 위로 함께 넘어졌다. 엄마가 그 와중에서도 펄떡 일어나 경찰의 머리카락을 쥐어뜯기 시작했다. 순간적으로 아수라장이 되었다. 남편은 여자를 경찰에서 떼어내었다. 그러자 여자는 얼른 딸을 데리고 도망치기 시작했다. 경찰과 남편, 구급차의 남자 세 명도 함께 달렸다. 그녀들은 얼마 못 가서 경찰과 남편에게 붙들렸다. 그들은 서둘러서 구급차에 그녀들을 태웠다.

두 모녀의 머리는 언제 감았는지 모르게 헝클어져 있고, 엄마의 홈 드레스가 찢어져 허벅지의 살이 다 드러나 보였다. 딸이 입은 청바지 위의 흰색 티도 더러움에 절어 있었다. 신발도 다 벗은 채였다. 영은 잠시 눈을 감았다. 영의 머리로는 그녀들의 변화가 도저히 이해되지 않았다. 엄마는 그렇다 치더라도 대학생인 딸까지. 부축을 받아 구급차로 향하면서 그녀가 영이 숨어 있는 오동나무의 뒤로 흘낏 눈길을 돌린다고 느끼는 순간, 영의 가슴은 더욱더 가파르게 뛰었다.

경찰차와 구급차가 서둘러 떠난 뒤 1분이나 지났을까, 영이 의식을 추스르고 자리를 떠나려는 순간, 다시 우하며 사람들이 몰려왔다. 숲 안으로 숨었던 사람들이 다시 그 집을 향하여 돌팔매질을 하기 시작했다. 여기저기 퍽퍽 하는 소리가 들려왔다. 그녀들이 없음을 확인한 군중은 마음껏 돌팔매질을 하였다. 이제 지붕까지 내려앉았다. 집은 형체도 알아볼 수 없었다. 다시 와하는 소리에 올려다보니, 집에 불길이 솟기 시작했다. 군중들은 단단히 화가 났다. 영은 다시 가슴이 울렁거리기 시작했다. 영은 더 이상 그 자리에 있을 수가 없었다.

영은 양재 화훼 마을로 가서 미모사를 다시 사야겠다고 생각했다. 스스로 물을 먹을 수 없는 그녀에게 더 이상의 시련이 없도록 정성껏 돌보아야겠다고 생각했다.

그녀에게

지긋지긋한 여름이었다. 지루한 장마 끝 어느 날 하루, 기적같이 햇볕이 쨍하고 들었다. 장마 때문인지, 병충해 피해가 더 심각했다. 더 이상 버티다간 열매들이 다 크기도 전에 오그랑 할머니가 될 것이다. 병충해 예방 농약을 서둘러 사과나무에 골고루 살포했다. 이미 삼분의 일은 더 이상 크지 못할 정도로 오그라들었다. 병충해가 심한 나무가지는 잘라내고, 열매에 신문지를 씌우고, 쭈그러진 열매는 따내고, 약을 다 뿌리고, 일을 웬만큼 정리하자, 밤 10시였다. 몸은 소금 뿌려 논 채소처럼 흐늘거렸다. 쓰러져 언제 누웠는지 곤드러져 잠이 들었다.

의식이 든 것은 소나기 소리 때문이었다. 소나기뿐만이 아니었다. 벼락 치는 소리와 나무와 나무들이 서로 부딪치는 소리에 머리카락이 곤추 섰다. 심상치 않았다. 온몸에 돋는 소름을 의식하며 화다닥 몸을 일으켰다. 마루로 나오자 비바람이 얼굴을 쳤다. 희뿌연 어둠이 지성을 감쌌다. 몸을 가눌 수 없을 정도의 비바람이 지성의 몸을 패대기쳤다. 휘청. 지성은 몸을 가누기 위해 몸에 힘을 줬다. 집이고 나무며 온

천지가 비바람에 흔들렸다. 나뭇가지 부러지는 소리와 뜯겨진 양철 지붕의 요란한 소리가 비바람 소리와 뒤섞여 귀를 때렸다. 옆 도랑물 이 강처럼 불어나, 세찬 물결이 주위를 삼키며 쏟아져 내려갔다.

지성은 옷깃을 여미며 얼른 안으로 들어왔다. 쿵하며 내려앉은 가슴 에 싸아하고 바람이 지나갔다. 일기예보는 분명 주말부터 폭풍우가 예 상된다고 했다. 주말이면 아직 3일은 기다려야 한다. 몇 개월간 공들였 던 올해의 과수원 농사는 이제 끝이었다. 전날 약을 칠 때만 해도, '가 을 햇볕이 따뜻이 비춰 주기만 한다' 면 하고 지성은 기대를 했었다. 깊은 몸속에서 열이 치받치는지 얼굴이 화끈거렸다. 지성은 부엌으로 가 어제 먹던 소주와 김치를 찾아 들고 방으로 들어왔다. 흑하고 울음 이 북받치면서 싸늘한 웃음을 띤 아내의 얼굴이 얼핏 스쳐 지나갔다.

그래 난 견딜 수 없었어.

그건 나도 마찬가지예요.

매일 사람들을 끌어 오지 않으면, 술로 밤을 지새우니…….

난, 너 앞에만 서면, 숨이 턱턱 막혀. 넌 지금도 나하고 이야기하는 시간이 아까워서, 서랍을 정리하고, 이 지루한 시간을 어떻게 빠져 나 갈까만 생각하고 있잖아.

당신처럼 술로 지새우는 것보다야 낫지.

당신은 눈을 뜨고 있는 시간에는 언제나 책상에 앉아 있어. 그리고 내가 이야기를 시작하려고 하면, 설거지를 하든지, 냉장고 청소를 하 든지, 서랍 속의 물건을 정리하고 있든지, 무언가 열중할 것을 찾고 있어. 당신, 그게 얼마나 사람을 질리게 하는 줄 알아.

읽어야 할 책과 써야 할 논문에, 눈을 들었다 하면 정리할 것 천지 고, 내 손이 가지 않으면 집안 전체가 쓰레기 통으로 변하는데 어쩌란 말이에요.

　좀, 뒤죽박죽 되면 어때? 그냥 내버려 두란 말이야. 나 있을 때만이
라도…….

　나는 정리가 되어 있지 않으면, 심리적 안정이 안 된단 말이에요.

　너 심리적 안정을 얻자고, 나는 어떻게 되어도 상관없단 말이야.

　당신은 술에 취해 텔레비전 보는 일 아니면, 잠자는 일…… 그 외에
하는 일이 없잖아요.

　그래, 일을 할 수 있게 내버려 두란 말이야.

　제가 어쨌단 말이에요?

　언제나 넌, 너의 긴장된 모습을 통해서 날 긴장시키려고 하지만, 난
너가 그럴 때마다 숨이 턱턱 입에까지 차. 그냥 내버려 둬. 그냥 내버
려 두란 말이야. 그냥 내버려 둬…….

　지성의 머릿속에는 아내에 대한 기억이 한 가지 떠올랐다 하면, 또
다시 다른 기억이 포개어지고, 아내에 대한 기억들이 반복해서 떠올
랐다 사라지곤 한다. 한줄기 세찬 비바람 소리가 지나가더니, 어디서
흙담 무너지는 소리가 들려온다. 지성은 김치를 입에 넣으며 다시 아
내가 술주정 속에서 뱉어냈던 '옷을 벗을까요?'를 입속으로 되뇐
다. '흙을 파먹어도 이것보다는 낫겠죠?' 지성은 울부짖으며 머리를
움켜쥐고 앞뒤로 뒤흔든다.

　창호지 위로 앞마당의 수양버들이 미친 듯 좌우로 흔들린다. 춤을
춥시다. 춤을, 발가벗고, 춤을. 지성은 또 다른 알 수 없는 자신 속에
서 나오는 목소리를 듣는다.

　일 년 동안의 긴장, 과수나무에 가지치기를 하고, 비료를 주고, 과
수나무 사이로 땅콩을 심고 틈틈이 솟아난 땅콩 잎들을 솎아내고, 흙

을 덮어주고. 땀과 땀으로 얽힌 시간들이었다. 일 년 동안의 수고가 한순간의 폭풍으로 사라져 간다. 그래 긴장을 통해서 만들어낸 것은 결국 순간적인 운명에 의해서 손가락 사이로 순식간에 사라져 버리니……. 당신이 이룰 수 있는 것은 기껏해야 당신의 성취욕을 만족시키는 허위의식뿐이야. 그 허위의식이 얼마나 인간을 기만하는지는 당신도 체험했지. 마르크스의 자본론만 해도 얼마나 인간을 기만하고 있어. 그로 인한 전 세계의 긴장은 얼마나 긴 세월, 인류를 불안하게 하고, 불행에 빠뜨렸니? 멀리 갈 것도 없어. 북한을 봐, 북한을. 굶주림에 자유가 무엇인지도 모르고 한평생을 보낸 사람들을 생각해 봐, 또 한평생을 그리운 남편을 기다리며 산 이산가족을 생각해 봐, 마르크스 한사람으로도 충분해. 더 이상 긴장 같은 것 필요 없어, 그냥 내버려 두란 말이야. 다리를 풀어, 당신은 너무 긴장한단 말이야. 도대체 당신 속에 내가 들어 갈 틈이 없단 말이야. 다리를 풀어 그리고 마음을 열어 봐. 도대체 이렇게 꼭 닫혀 가지고. 당신 환상속의 내가 아닌 있는 그대로의 날. 열어 봐. 이렇게 힘들어서야. 무엇이 이렇게 당신을 긴장하게 하는지, 제길헐. 그만 둬…….

춤을 춥시다. 춤을 발가벗고…… 긴장을 풀고 춤을 춰. 인간이 세울수 있다고 생각한 바벨탑이 얼마나 허망한가는 사회주의 국가가 무너지는 것으로도 충분해. 긴장을 풀어. 그리고 주위 사랑하는 사람들을 위해 따뜻한 커피 한잔이라도 대접해 봐. 그 즐거움을 느껴 봐.

폭풍은 점점 더 거세졌다. 임시 거처로 지은 싸구려 양철 지붕 위에 큰 나뭇가지가 날아왔는지 집이 내려앉는 듯한 둔중한 소리를 내며 흔들린다. 취기 때문인지, 폭풍우 때문인지 몸이 흔들린다. 쨍그랑, 나뭇가지와 함께 쏟아진 유리 파편이 지성의 몸 위로 쏟아진다. 팔과

그녀에게

허벅지 위로 금방 피가 번진다. 커튼 자락이 춤을 춘다. 비바람이 쏟아지며 소주병이며 김치 종지가 날아 방귀퉁이로 처박힌다. 지성은 휴지를 찾아 피를 대충 닦고 몸을 일으켰다. 깨진 유리 창문 틈으로, 지성에게 절규하는 듯 사과나무들이 춤을 춘다. 아아, 희미한 새벽의 여명이 그 틈으로 언뜻 언뜻 얼굴을 내민다. 어디서인지 쿵하며 신음 소리가 났다. 그때 천둥치는 소리와 함께 산 무너지는 소리가 꽝하고 귓전을 때리면서 와자한 사람들의 고함 소리와 울부짖음 소리가 동시에 들려왔다. 지성의 머리카락이 곤두섰다. 지성은 고무신을 꿰차고 소리가 난 곳을 향하여 달렸다. 우산도 필요 없었다. 비바람에 스스로의 몸도 가눌 수 없을 정도로 바람에 낙엽 날리듯 날렸다. 틈틈이 굵은 과수나무 둥치를 안고 몸을 밀착했다. 또 한 번의 천둥이 지나갔다. 지성은 몸을 바닥에 뉘었다. 몸에서 상처 난 부위가 주사 바늘에 찔린 것 같이 따끔거렸다. 바로 윗집에서 들려오는 아우성 소리가 더 크게 들려왔다. 지성의 과수원이 끝나는 산기슭에 자폐증 아들을 포함한 세 명의 아이를 데리고 홀로 돼지와 개를 키우며 사는 과부집에서 나는 소리였다. 지성이와는 거리로서는 가장 가까운 곳에 이웃해 있는 집이었다.

지성은 빗물로 눈을 제대로 뜰 수 없었다. 몸은 심한 바람에 걸을 수 없을 정도로 이리저리 흔들렸다. 아이들의 날카로운 울음소리가 귓전을 때렸다. 지성은 걸음을 빠르게 재촉했지만, 흙덩이로 범벅이 된 운동화는 걸을 때마다 지남철처럼 땅에 들러붙었다. 초조한 마음과는 반대로 몸은 자꾸만 뒷걸음질쳤다. 뿌연 빗발 속에, 앞길을 막으며 나무들은 쓰러지고 뿌리가 뽑혀 지성의 머리를 쳤다.

과부집 아이들은 대부분 7살 이하의 어린아이였다. 가끔 지성이 과수원에서 일을 하고 있을 때, 자폐증 아이가 아무도 없는 지성의 집안에 들어와 자기 안방처럼 잠을 잔다든가 지성의 방을 뒤적이는 적이 있어, 그 아이를 가끔 데려다주곤 했다. 과수원에 일하는 일꾼들의 말을 빌리면, 남편과 자폐증 아이 문제로 하루가 멀다하고 싸우다, 남편이 집을 나가고 혼자 아이들을 키우고 있다고 했다. 철이라는 아이의 자폐증 증세를 알게 된 것은 지성이 과수원에 내려온지 한 달 쯤 지난 뒤였다.

어느 날 아무도 없는 줄 알고 방에 불을 켜자 발에 밟히는 뭉클한 촉감에 기절할 듯 놀라 밖으로 뛰쳐나왔다. 다시 방으로 들어갔을 때에는 그 아이는 책상 밑으로 숨어 나오질 않았다. 그날 밤 지성은 누군지도 모르는 아이와 실갱이를 벌이느라 밤새 한숨도 잠을 못 잤다. 다음날 이장집에 데리고 가자, 이장은 이빨을 찍하고 침을 뱉으며, '그 집에서 잤구먼, 지 엄마가 몇 번 전화했던디……' 하며 그 아이의 머리에 꿀밤을 주었다. 그 아이는 그러고도 몇 번씩 지성의 집을 왔었다. 그러나 지성이와는 한 번도 눈을 맞추지 않았다. 학교 갈 나이인데도 자기 집과 남의 집의 구분이 없는 것 같았다. 지성이도 그 이후로는 오면 오고 가면 가고, 철이가 무슨 짓을 해도 내버려 두었다. 가끔 지성이 철이를 데려다주기 위해 그 집으로 가도 그 아이의 어머니는 한 번도 내다본 적이 없었다. 조그마한 창문 틈으로 오글오글 밖을 서로 쳐다보겠다고 발버둥치는 꼬마들만 보였다.

지성은 이렇게 광란하는 땅덩이를 본 적이 없었다. 지성은 갑자기 신이 자신에게 벌을 내리고 있다는 생각이 들었다. 무조건 하나님께 용서해 달라고 빌고 싶었다. 아니, 하나님, 인간의 죄를 용서해 주시옵소서. 지성은 진흙탕 속에 무릎을 꿇었다. 인간이 바벨탑을 쌓으려고 한 죄, 용서하옵소서. 자기 죄를 알지 못한 죄, 용서하옵소서. 말씀 안에서 살지 못한 죄, 용서하옵소서. 두서없이 머릿속에 생각나는대로 주워 삼켰다.

단말마의 여자 아이의 울음소리가 다시 귓전을 때렸다. 지성은 다시 벌떡 일어났다. 그리고 다시 무거운 발을 옮기기 시작했다. 그때였다. 시커먼 짐승이 지성의 옆을 빠른 속도로 지나갔다. 그리고 다시 한 마리, 다시 한 마리…… 여섯 마리가 형체를 알 수 없을 정도의 속도로 지성의 옆을 지나갔다. 그리고 인간의 소리인지, 짐승의 소리인지 분간할 수 없는 소리와 함께 무언가가 내달리고 있었다. 지성은 잠시 어느 방향으로 가야 할지 망설였다. 그런데 다시 단말마의 여자 아이 울음소리가 들려왔다. 지성은 가던 길을 다시 걸었다.

짐작한대로 산사태였다. 철이의 집이 흙더미에 묻혀 있었다. 아무런 인기척도 없었다. 다시 여자 아이의 단말마의 울음소리와 남자 아이의 신음소리가 번갈아 들려왔다. 지성은 소리 나는 곳을 향해 두리번거렸다. 땅 속 깊은 곳, 어딘가에서 나는 소리였다. 지성은 소리나는 곳을 향해 접근했다. 산사태로 흙더미가 내려앉은 집터 옆이었다. 지성은 우선 손으로 흙을 파헤쳤다. 더욱더 가까이서 '엄마, 살려주세요' 하는 남자 아이와 여자 아이의 울음소리가 들렸다. 지성은 속도를 내어 흙을 파기 시작했다. 한참 흙을 헤치니 장독 뚜껑이 보였다. 지성은 장독 뚜껑을 열었다. 장독 뚜껑을 여니 겨울 김장독으로 사용하던 독인지 김치 냄새가 확 지성의 코를 찔렀다. 거기에 두 아이가 눈물범벅이 되어 목청껏 엄마 소리를 내며 울고 있었다. 지성을 엄마로 생각했는지 더 큰소리로 울부짖었다. 지성은 우선 아이들을 끄집어내었다. 몇 개의 장독이 더 있었다. 지성은 옆의 장독 뚜껑도 열어 보

앉다. 철이가 그 속에서, 잠이 들었는지 코를 골고 있었다. 그 옆에서
죽어라고 소리 지르는 엄마를 찾는 동생들과는 대조적인 모습에 기가
막혔다. 철이를 깨웠다. 철이는 한잠 잘 잔 얼굴로 눈을 껌뻑거리며
주위를 살폈다. 철이를 독 속에서 끄집어 내었다. 아이들은 비바람 속
에서 부들부들 떨며 울부짖었다. 강아지 짖는 소리도 들렸다. 또 다른
독들도 열어 보았다. 독마다 강아지들이 두 마리씩 엉켜 있었다. 지성
은 소름이 끼쳤다. 강아지가 든 독은 얼른 뚜껑을 닫았다.

　아이들의 엄마는 보이지 않았다. 아이들을 안전하게 대피시킨 것을
생각하면, 본인도 몸은 피했다는 것인데, 어딜 갔는지 영 보이지가 않
았다. 지성도 막상 독 속에서 아이들을 끄집어 내어도 집에까지 데리
고 갈 길을 생각하니 난감했다. 아이들에게 엄마의 행방을 물어도 모
른다고 고개만 살래살래 흔들며 막무가내로 울기만 했다.

　철이가 지성의 손을 끌고 개울가로 갔다. 거기는 돼지우리와 개집
이 있는 곳이었다. 돼지우리와 개집 문짝이 떨어져 바람에 덜커덕거
리며 흔들리고 지붕은 날아가 버렸다. 우리가 텅 비어 있었다. 아이들
이 다시 울부짖었다. 철이가 울부짖는 아이들을 발길로 찼다. 그때 지
성의 머릿속에 한 떼의 짐승이 스쳐 지나간 것이 생각났다. 그러면,
아이들의 엄마는 돼지를 쫓고 있는 것이다. 지성은 여자 아이를 등에
업었다. 그리고 두 명은 양쪽 손에 한 명씩 잡고 비바람을 헤치며 빠
른 걸음을 옮겼다. 아이들의 울음소리는 약간 잦아지고 흐느낌만이
흘러 나왔다.

　혼자 걸을 때보다 몇 배의 힘이 들었다. 비바람에 아이들은 추운지
지성의 바지가락에 바짝 달라붙어, 지성의 발걸음을 방해했다. 지성
은 난감한 상황을 어떻게 헤쳐 나가야 할지 막막했다. 지성은 여자 아

이를 내려놓았다. 철이가 일곱 살, 남자 아이가 다섯 살, 여자 아이가 세 살가량 되었다. 철이와 남자 아이는 혼자 얼마든지 걸을 수 있는 나이였다. 두 명에게 '아저씨를 따라 빨리 걸어라. 그렇지 않으면 엄마를 찾을 수 없다. 알았지?' 그리고는 여자 아이만 다시 업고 빠른 걸음을 걸었다. 철이와 철이 동생은 무서운 듯 지성이보다 더 앞질러 걸었다. 지성은 착 등어리에 달라붙은 여자 아이의 엉덩이를 몇 번 치받치며 걸음을 재촉했다.

지성이 집에 도착했을 때에는 땀과 빗물로 흠뻑 젖었다. 아이들을 우선 목욕탕으로 가 따뜻한 물로 샤워를 시키고, 지성의 옷이 맞지 않아 헐렁해도 두 남자 아이는 지성의 남방으로, 여자 아이에게는 타월로 몸을 싸서 이불 속으로 집어넣고 부리나케 다시 밖으로 나왔다.

멀리 갔는지 그 근처에는 어떤 기척도 나지 않았다. 지성은 운동화를 질질 끌며 과수원 입구 쪽으로 행했다. 개울에는 물이 불어나 과수원 쪽으로 물이 넘쳐 흘러나왔다. 비바람은 조금씩 잦아들고 있었다. 아침의 기운이 대지를 타고 뿌옇게 올라오고 있었다. 비바람 속에 뿌연 안개가 개울가 주변을 감싸고 있었다. 여름 내내 빗줄기에 쓰러졌다 다시 일어나고 피다 지다하던 개망초꽃과 이제 막 피기 시작하던 코스모스가 비바람에 짓뭉개진 채 엉켜 발아래 걸린다. 개울가에는 온갖 잡동사니들이 흘러 넘쳐 나고 있었다. 지성은 아래로 아래로 철이 엄마의 행방을 쫓아 내려갔다. 사방팔방으로 쫓아 다녀도 돼지 떼와 철이 엄마는 보이지 않았다. 지성은 집으로 발길을 돌릴 수도 없었다. 개울 건너편에 있는 이장 집을 향해 달렸다. 이장 부인이 마당에 흘러들어온 잡동사니를 모으고 있었다. 이장은 뒷짐을 지고 밭을 다녀오는지 밖에서 들어왔다. 지성은 이장에게 철이네에서 난 산사태에

관한 자초지종을 일렀다. 그리고 철이 엄마와 돼지 떼가 없어졌다고
말했다.

이장은 이마에 주름이 잡히며 찍하며 침을 뱉었다.

"허어이, 참 사람 팔자도…… 혼자라도 잘 살아야 하는디……."

그는 마루에 걸려있는 전화기를 들고 누군가지는 모르지만, 산 밑
과수원 쪽으로 몇몇 모아서 와 줄 것을 당부하였다. 그리고는 뒷짐을
쥐고 농사 지을 때 쓰는 밀집모자를 들고 앞장서서 나갔다.

"돼지 떼가 물길에 휩쓸려 떠내려가지나 않았는지 모르겠네……."

"아니요, 반대쪽 과수원 쪽으로 쏜살같이 달리는 것을 보았어요."

"근디, 그때 왜 그냥 뒀당가?"

"아, 그때는 워낙 세차게 비가 오고, 너무 쏜살같이 달려, 돼지 떼
인지 몰랐어요."

이장은 또 한 번 찍하고 침을 뱉었다.

"산사태는 몇 시쯤 났당가?"

"아마, 새벽 뿌옇기 시작할 때니까, 네, 다섯 시경이나 되었나……."

"아이들은 어찌 됐당가?"

"안전하게 장독에 묻어 놨더군요."

"장독에?"

"네에, 땅속에 묻한 김칫독에……."

"하여튼 말이여, 여자가 너무 똑똑해. 시골에서 살기에는, 그나저나
이제는 올 때 갈 때 없이 여기서 살 수밖에 없당게……."

"무슨 말씀인지……."

"자네, 철이 엄마 얼굴 봤당가?"

"……아……직……."

"못봤을 것이여. 그 이후 얼굴을 본 사람이 없당게."

"……."

이장과 과수원 쪽에 다다르자, 지성의 나이와 비슷한 한 떼의 장년들이 너댓 명 동시에 도착했다. 이장이 지성에게 들은 이야기를 장년들에게 전했다. 장년들은 삽, 몽둥이, 오랏줄 등을 들고 성큼성큼 앞질러 가며 이야기를 들었다.

"물에만 휩쓸려 가지 않았다면 찾을 수 있어요. 걱정 마세요."

머리는 뒤로 묶고, 검은 잡업복 바지를 입은 한 장년이 자신에 찬 어조로 말했다. 그러면서 지성에게 다가와 자신의 우산을 받쳐 주었다. 비는 여전히 내리지만, 바람은 많이 그친 것 같았다. 어두움이 가신 과수원은 전쟁 후의 패잔병처럼 여기저기 부러진 나뭇가지와 뿌리째 뽑힌 나무들이 즐비하게 누워 있었다. 한숨이 자신도 모르게 흘러나왔다.

"자네도 봄, 여름 내내 헛지랄한 거여, 농사 지어 보니께 쬐끔 농촌 사정을 알랑가?"

이장이 지성의 한숨 소리에 덧붙여 한마디 했다.

"이장님도, 비교할 게 따로 있지, 식구 먹여 살리자고 죽자 살자 농사 짓는 것하고, 취미로 농사 짓는 것하고는 사정이 천양지차죠."

이장 옆에서 바짝 따라 붙으며 걷고 있던 키가 작은 장년이 한마디 거들었다.

"우리도 취미 농사 한 번 지어 봤으면……."

그러면서 그 장년은 발아래의 돌을 찼다. 노골적으로 지성을 힐난하고 있었다.

지성은 말을 하고 있는 장년의 얼굴 표정을 보았다. 비아냥, 조소하

듯 냉소적인 웃음이 입가에 묻어 있었다. 지성은 아무 말도 할 수 없었다. 아니라고 할 수 없었기 때문이다. 이장은 또다시 찍하며 침을 뱉었다. 그리고는 말을 뱉었다.

"그렇지만 말이여, 작가 선상님이 실제 농촌에 살면서 경험을 하고 글을 쓰는 것하고, 경험하지 않고 쓰는 것하고는 다를 게 아니여? 그렇지 않여?"

이장은 지성을 바라보았다. 지성은 아무 말도 할 수 없었다.

"그렇지만 절실하게 못 느낀다는 것이죠?"

"그건 이분 말이 맞습니다. 가족의 생계 문제가 걸린 것과는 다르죠. 그렇지만 자신의 생사 문제가 걸렸을 때는, 또 객관적으로 바라보기 힘들죠."

"그건 그려, 허덕허덕 식구 먹여 살리느라고. 언제 생각할 시간이나 있간디?"

"그건 어떻든, 작가 선생님인지 뭔지, 모르지만, 일만 새빠지게 하던 마을 사람들이 '저런 팔자도 있는 감' 하고 얼마나들 부러워하는데요."

"우리들이 그렇게 타고 난 팔잔걸, 남 부러워하면 어쩐디, 부러워하지 말어, 괜스리 못오를 나무, 신세만 따분하지, 과수원에서 일했던 사람들은 하나같이 선생님이 임금도 후하게 주고, 마음이 후하다고 좋아 하던디? 또 일하는 틈틈이 공부를 한다고 부지런하다고들 하던디, 자네는 왜 꽈배기를 먹었간디?"

옆에서 걷던 다른 장년들이 와하고 웃었다. 그 장년은 무안을 당한 듯 발 앞의 돌을 힘껏 날렸다. 그러자 진흙탕이 옆의 장년들의 옷이며 얼굴까지 튀었다. 흙이 튄 장년 중 한 명이 그 청년을 밀치며 '엉뚱한

■
그녀에게

데 화풀이냐'며 화를 냈다. 지성은 자신이 있는 앞에서 이런 무안을 주는 농촌 장년들이 순진한 것인지, 무식한 것인지를 생각하며 걸음을 빨리 했다. 그리고 그들을 앞질러 집으로 가서 그 집 아이들을 보고 오겠다고 말하고 서둘러 걸었다.

지성은 걸으면서 그 장년이 했던 말을 생각했다. 그 장년의 말이 전적으로 틀렸다고 할 수 없었다. 그리고 농촌 장년으로 당연히 할 수 있는 말이었다. 그러나 여기에도 자신이 발붙여 살 곳은 아니라는 생각이 가슴을 짓눌렀다. 아이들은 밤새 못잔 잠을 보충하는지 아무 것도 모르고 잠에 빠져 있었다. 아이들에게는 지옥 같은 순간이었을 것이다. 아이들의 이불을 다시 덮어주고, 젖은 옷을 갈아입고 그 위에 우비를 입고 우산을 챙겨 다시 나왔다.

지성은 서둘러 이장의 일행을 찾아 걸었다. 모두 뿔뿔이 흩어져 과수원 여기저기를 휘젓고 다녔다. 지성도 산 밑쪽을 향하여 걸음을 걸었다. 마른 옷으로 갈아입으니 한결 몸이 가벼워지고 기분이 상쾌해졌다. 산 밑쪽에 검은 물체가 보였다. 지성은 반가운 지우를 만난 듯 달려갔다.

지성은 돼지가 죽은 것이라고 생각하고 달려 왔지만 돼지는 아니었다. 철의 엄마임에 분명한 여인이 물에 젖은 치마가 바람에 뒤집인 채 엎드려 누워 있었다. 지성은 겁이 나 고함을 지르며 손을 흔들었다.

"여기······. 여기, 여기요······."

누군가 들었는지 응성응성하는 소리와 함께 지성을 향하여 걸어오는 걸음소리가 가까이 드렸다.

아직 온기는 있었다. 여인의 어깨를 흔들었다. 여인은 얼굴을 땅 속에 파묻고, 기척이 없었다. 지성은 여인의 얼굴을 들어 숨을 쉴 수 있게 옆으로 돌리려고 하다가 까무러쳤다. 왼쪽 얼굴이 눈에서부터 목까지 근육이 심하게 뒤틀려 있었다. 눈 주위의 광대뼈 있는 부위로 뒤틀린 근육이 몰려 마치 광대뼈가 혹처럼 튀어나와 있다. 지성은 조금 전 이장의 말이 생각나 다시 여인의 얼굴을 돌려 놓았다. 오른쪽 얼굴은 말짱했다. 눈과 코가 오똑하게 젖은 채 반질거렸고, 비에 젖은 우유빛 피부는 맑은 유리알 같았다. 지성은 머리에서부터 꽝하는 충격과 알 수 없는 통증이 밀려왔다.

인간을 보고 이런 고통을 경험하기는 처음이었다. 묘한 기분이 들었다. 한 사람의 얼굴이 반쪽 얼굴은 보는 사람이 괴로울 정도로 고통을 불러일으키고, 반쪽 얼굴은 지상의 모든 그리움을 불러오는 듯한 아름다운 얼굴을 하고 있다. 얼굴 전체가 상처 입은 얼굴보다 더 참혹해 보였다. 다치지 않은 얼굴을 통해 위로보다는 오히려 더 큰 고통을 느끼게 한다.

지성은 놀란 가슴을 어루만지며 일행이 도착하기만을 기다리며 불안한 마음으로 이리저리 왔다 갔다 했다. 기절한 것인가. 꼼짝하지 않았다. 그녀의 기혹한 운명에 가슴이 싸아했다. 먼저 달려 온 장년 역시 지성이와 같이 충격을 받은 것 같았다. 그 자리에 그대로 생명이 정지된 듯 멍하니 서 있었다.

"철이 엄마, 철이 엄마……."

이장이 도착해서야 그녀를 흔들었다.

"아직 온기는 남아 있쟈."

하고 가슴 위에 손을 댄다.

"자네, 인공호흡할 수 있지, 빨리 서둘러."

한 청년이 인공호흡을 하기 위해, 앞가슴의 단추를 풀고 얼굴을 똑

바로 세우자, 한숨 소리에 이어 무거운 침묵이 흘렀다. 어떤 청년은 눈시울을 붉혔다. 이장만이 담담했다.

"철이 아버지가 나타날 수도 없게 생겼구만. 이렇게 해놓고 어떻게, 아이고 나쁜 놈……."

침묵을 깨뜨리며 자신 앞의 돌멩이를 발길로 차며 한 청년이 내뱉었다.

무거운 침묵 속에서 어설픈 인공호흡을 시작하였다. 비에 젖은 남녀의 얼굴과 얼굴, 입술과 입술의 접촉은 묘한 흥분을 주는지 장년들의 얼굴들이 모두 벌개졌다.

그러나 지성은 온몸에 진저리가 일어나며 아내의 얼굴이 떠올랐다. 언제나 긴장하지 않으면, 죽을 것 같은 강박관념, 마치 그 긴장을 깨뜨리면 금방 숨넘어갈 듯한 자세. 지성은 그 곁에서 차마 견딜 수 없었다. 온통 고통으로 짓이겨진 반쪽의 얼굴, 거기에 아내의 얼굴이 있었다. 지성은 흑하며 고개를 번쩍 들었다.

"웬만큼 해놓고 나도 떠날 것이랑께, 깨어나기 전에 누구도 여기 있으면 안 돼. 아마 우리들이 얼굴을 보았다고 한다면, 철이 엄마는 자살할 지도 몰라. 서둘러 돼지나 찾아보라고……."

인공호흡을 하던 장년이 동작을 멈추고 말했다.

"그렇지만 집도 산사태에 무너졌다면, 깨어나도 어디로……."

"그렇지. 내가 여기 있응께, 깨어나면 우리 집으로 데려가지, 헐 수 없응께. 그럼 다들 돼지나 찾아보게."

이장이 가라고 손짓했다. 지성도 비실비실 그 자리를 피해 나왔다.

장년들의 이야기를 조합해 보면, 철이 엄마는 조그만 부부 싸움으로, 부부관계가 돌이킬 수 없게 되었다고 했다. 철이 엄마는 철이는 정상아가 아니기 때문에 정상아처럼 억지로 교육을 시키면 아이가 오히려 망가질 수도 있다고 했단다. 철이 아버지는 억지로라도 교육을 시켜야 한다는 교육관의 차이 때문에 갈등을 빚어 왔었다고 한다. 철이 팔이 부러져 크게 싸우다 기절, 연탄불에 철이 엄마가 쓰러진 것도 모르고 철이 아빠는 화가 나 집을 뛰쳐 나가 버렸었다. 술에 취해 돌아왔을 때에는, 철이 엄마는 인사불성 상태에서 한 쪽 얼굴에 3도 이상의 화상을 입었고, 수술을 해도 제 얼굴을 찾기 힘들다는 진단이 나왔다는 것이다. 그 이후로 철이 아버지는 어디론가 떠났고, 철이 아버지는 이장 집에 전화를 걸어, 면목 없어 그 동네에 다시는 갈 수 없다고만 했다고 했다. 이장 집으로 생활비조로 매달 돈은 붙여 준다고 했다.

그들은 산사태가 난 철이 집을 향해 걸었다. 그러다 지성이 문득 돼지의 꿀꿀 소리를 들은 것 같았다. 가다가 잠시 조용히 귀를 기울였다. 다른 장년도 들었는지 귀를 기울이는 것 같았다.

"저기 웅덩이다. 돼지들이 웅덩이에 갇혀 있어."

그 장년의 말에 모두 우르르 그쪽을 향하여 쏜살같이 달려갔다. 개울과 둑 사이에 큰 웅덩이가 있었다. 그 웅덩이에 돼지가 고스란히 갇혀 있었다.

"세상에 이 태풍에, 산사태에 저렇게 돼지를 살려낼 수 있는 철인은 철이 엄마밖에 없을 거야."

돼지 여섯 마리가 웅덩이에서 꿀꿀거리고 있었다. 장년들은 기가 막힌 듯 물끄러미 돼지를 쳐다보고 있었다.

"우선은 비가 그칠 때까지, 돼지를 여기 내버려 두는 수밖에 없네. 그런데 철이 엄마 대단하네."

"철이 엄마가 누구냐, 이 동네에서 철이 엄마 즉 선희씨의 지혜를 따를 자가 누가 있겠어? 우리는 결혼하고 난 다음에도 내내, 그 남편을 얼마나 존경했었나. 불쌍한 여자 구제해 주었다고…… 선희가 간질병 환자가 아니었다는 것은 선희 남편이 술자리에서 술주정을 하지 않았으면 지금까지도 몰랐지, 누가 알았겠어? 10살밖에 안 된 계집아이가 자기를 겁탈하려는 찰나, 입에 거품을 물고 까무러쳐 넘어갔다면, 어떤 남자라도 기절초풍할 일이지. 하여튼 대단한 여자야, 그것을 소문까지 퍼뜨려 남자들이 근접을 못하게 했으니."

"부모를 일찍 잃고, 할머니를 모시는 소녀 가장으로써, 이 집 저 집 품앗이 다니며 밥벌이 하는 처지에 자칫 잘못했다간 마을 남자들 먹이가 될 텐데, 간질병은 자신을 지키는 보호색이었다고 할 수 있지. 학교 공부는 오죽 잘 했냐. 선희를 따를 놈이 없었지, 인물은 동네에서 최고지, 그렇지 않았으면……. 정작 누가 낚아챘을 거야. 동네 우리 나이의 장년들, 선희 때문에 가슴앓이하면서도 막상 선희를 만나면 슬슬 피했지. 누구도 근접 못하는 선희씨가 있었기에 우리는 안심하고 선희씨를 사랑했고, 우리의 학창 시절은 즐거웠었지. 숙제는 선희가 다 맡아서 해줬고……. 우리는 누구나 선희 보디가드 되기를 자랑스러워했지, 선희가 초등학교 은사인 김 선생님이랑 결혼한다고 했을 때 우리는 한 대 얻어맞은 기분 아니었냐?"

"아니다. 난 기분이 더럽더라. 선희씨에게 속은 기분이 들더군. 우리에게 더없이 친절하고, 착한 아이였지만, 우리에게는 마음을 주지 않았잖아. 언제나 착하기만 했지. 언제나 적당한 거리감을 가지고 대했지. 난 그게 그 병 때문이라고 생각했는데……. 그게 아니라는 생각이 결혼 이야기가 나왔을 때 들드라"

"야, 이 새끼, 예민하다. 넌. 정말 선희씨를 사랑한 것 아니냐?"

검은 작업복을 입은 그 장년은 얼굴이 일시에 붉어졌다.

"야, 니네들이 둔한거지, 결국 선희가 병을 위장했다는 게 드러났잖아?"

"그런대, 위장을 해 본들, 결국 선희는 이 꼴밖에 안 됐잖아?"

"그렇게는 말할 수 없지, 철이 때문에 부부 사이에 금이 간 것이지. 그 전에는 선희도 남부럽지 않게 알콩달콩 살았지. 하기야…… 그게 겨우 6년이나 되려나. 아휴, 선희만 생각하면…… 난 심란한 거라. 우리가…… 이 시골에 마음을 붙인 것도…… 선희 때문이지."

"그건 그래. 선희…… 아니었으면…… 다들…… 도시로 떠났지."

다시 세어진 빗줄기에 말소리가 들리다가 끊어졌다가 했다.

"그러니까 마누라들…… 바가지가…… 항상 선희 때문에…… 싸움도…… 많이 했지"

"선희와 한 번 자보는 게 소원 아니었어? 그런데…… 너무…… 빨리……."

"다 우리 책임이기도 해."

그 말에 다들 시무룩해졌다.

"철이 아빠가, 산 밑 외딴집을 택한 것도 우리들과 접촉을 피하게 하기 위해서 그런 거지 뭐. 결국 선희가 저렇게까지 된 것도 따지고 보면 외딴집에 살았기 때문이지, 산사태도 그런 집에 살았기 때문이지, 결국 우리 책임이 있어. 좀 지나쳤어. 어떤 놈은 철이 아빠 앞에서 노골적으로 선희를 달라고 했다며?"

"그게 좀……."

땅땅한 키가 작은 청년이 헛기침을 하며 말을 하려고 하자,

"그만해라. 마, 이제 지나간 열차다."

하며 검은 작업복 입은 장년이 말허리를 잘랐다.

지성은 다시 그녀의 얼굴이 떠올랐다. 반쪽 얼굴에 그녀의 온갖 고뇌에 찬 인생 역정이 어렸다. 다시 아내의 얼굴이 그녀의 반쪽 얼굴과 겹쳤다.

"아무튼 남자들의 잘못이 많다. 선희는 이제 우리가 지켜야 해. 집과 우리를 새로 지어주고, 이제부터는 우리가 돌보아야지."

"야, 개소리 마라. 마누라한테 다 쫓겨나고 싶어? 동네 여자들 선희 이야기만 꺼내면 쌍심지 돋우는 것 몰라? 동네에서 선희를 쫓아내고 싶어? 집이나 새로 지으면, 선희한테 근접하지 말고 혼자 조용히 살게 내버려 두는 게 선희를 돕는 길이야."

지성은 이 동네 장년들의 철이 엄마에 대한 호의가 감격스럽기까지 했다. 지성은 동네 장년들에게 아이들 때문에 먼저 집으로 가겠다고 하고 서둘러, 길을 앞섰다. 비는 여전히 세차게 내렸다. 그러나 바람은 많이 잦아들었다. 과수원을 가로 지른 밭에는 온통 뿌리째 뽑힌 나무와 잘려진 나무로 걸음을 걸을 수가 없었다. 마치 땅을 뒤엎어 놓은 것 같았다. 지성은 자신의 처지가 한심했다. 아내를 떠나와 한 번 자신의 행동을 통해 무언가 결심을 맺고 싶었던 절박함은 결국 무위의 노동으로 끝나 버렸다.

지성은 아내에게서 벗어나 자유롭게 자신을 무언가에게 투자해 보고 싶었다. 아버지가 사 놓은 과수원을 내버려 두다, 농사를 지을 생각으로 시골로 내려왔다. 그러나 6개월간의 투자는 태풍으로 박살이 났다. 아버지 대에 떠난 고향은 이미 고향이 아니었다. 그들의 세계와는 다른 세계에서 살았고, 또 그들의 세계 속에 지성은 이방인일 뿐이었다. 같은 추억을 공유한 그들의 세계 속에 자신이 설 자리는 없었다. 철이 엄마의 집을 복구하고 철이 엄마가 제자리로 돌아갈 때까지 돕고 돌아가야겠다는 생각을 하며 집에 도착했다. 아이들이 깨어나기 전에 밥을 지어야겠다는 생각으로 부엌으로 가 밥솥을 닦았다. 또다시 철이 엄마의 얼굴이 떠오르면서 머릿속이 혼란스러웠다. 다시 긴장을 놓지 못하고 언제나 무언가 일을 해야만 마음이 편안해하는 아내를 생각했다. 여기로 오기 며칠 전의 일이었다.

그 날도 친구들과 술로 밤을 지새우다, 새벽에 들어갔다. 그때 아내는 잘 시간이라 조용히 현관문을 열쇠로 열고 안으로 들어갔을 때에는 인기척이 없었다. 아내의 공부방에 불빛이 새어나와 방을 열고 살짝 엿보았을 때, 아내는 책상에 엎드린 채, 자고 있었다.

"어이, 편안히 자라고…… 공부도 좋지만…… 이게 무슨 짓이야." 하고 아내를 책상에서 안아 내렸다. 그런데 아내는 느닷없이 팔을 휘두르며 큰 소리를 질렀다. 아내의 입에서는 술 냄새가 진동을 했고, 인사불성이었다. 그러면서 손을 휘휘 내저으며 소리소리 질렀다.

"재임용, 안 돼도 좋다 말이야, 개새끼, 재임용, 평생 조교수로 살아도 좋다 말이야. 뭐, 나한테 잘 보이라고? 네, 처장 선생님, 치마를 들까요? 옷을 벗을까요? 어떻게 해야 잘 보이는거죠? 하하 무서워요, 당신이 누구한테 한 이력이 밝혀질까 봐. 여자 교수들은 다 잡아 먹고 싶은 거죠? 그래야 말이 안 나갈테니까요? 그래도 전 싫습니다. 재임용 안 해도, 전 상관없습니다. 밥순이로 전락하는 게 시간문제라고요? 그럼요, 이 세상 아줌마들이 다 밥순이로 살아가는데 무슨 문제가 있겠어요? 남편요, 직업이 없죠. 작가가 무슨 직업인가요? 흙 파먹고 살아도, 지금보다는 낫겠죠."

"저요? 교수 자리에 미련 없어요. 왜 그렇게 놀라시죠? 하하하……."

아내는 미친 듯 웃어 젖혔다. 그러더니 다시 울기 시작했다. 지성은
자리를 펴서 아내를 눕히고 자신의 서재로 돌아왔다. 아내가 불쌍하
고 애처로웠다. 아내는 학교 일에 관해서는 일체 내색 한 번 하지 않
았다. 자존심이 센 여자였다. 아내는 자신의 자존심을 지키는 길은,
지식인답게 행동하는 것, 말만 아니라, 실천이 중요하다는 것을 강조
하며 사는 여자다. 그래서 매일매일 긴장하며 살지 않으면 사회로부
터 쫓겨나거나, 자신의 자존심을 팔게 된다는 것에 안타까울 정도로
집착했다. 밤새 잠을 한숨도 자지 못했다. 매일매일을 낭비하며 아내
를 질타해 온 자신에 대한 회한으로 견딜 수 없었다.

그리고 며칠 후 자신의 짐을 챙겨 과수원으로 떠난다는 메모를 남
겨 놓고 나왔다. 아내에게 평안한 웃음을 줄 수 있는 길을 찾지 못한
채 다시 아내에게로 돌아가야 한다. 지성은 아이들을 주기 위해 참치
김치찌개를 만들며 우울한 마음을 달랬다.

아이들을 깨웠다. 세 살 난 여자 아이는 깨어나자 엄마를 찾으며 울
부짖었다. 전날의 기억 때문인지 지성에게 낯을 가리며 울었다. 철이
에게 동생을 좀 달래라고 하고, 밥상을 들고 들어왔다. 밥을 먹이려
했지만, 타월이 너무 작아서 아래 부분까지 가릴 수가 없었다. 지성은
자신의 러닝셔츠를 꺼내어 입혔다. 두 남자 아이들 역시 파자마 윗도
리가 아래 부분까지 가려지지가 않아 수건을 하나씩 주고 가리게 했
다. 아이들의 옷이 우선 제일 급선무였다. 밥은 다들 맛있게 먹었다.
참치 김치찌개가 금방 동이 났다. 지성은 아예 냄비 채로 갖다 주었
다. 지성은 머리가 찌근거리기 시작했다. 그리고 그동안 의식하지 못
했던 유리 파편으로 인한 상처 부위가 따끔따끔하기 시작했다. 옆방

서재로 가서 몸을 뉘었다.

이장에게 전화가 온 것은 지성이 살포시 잠이 들었을 때였다. 철이 엄마가 깨어나, 아이들을 찾는다고 했다. 그리고 마을 사람들이 드나드는 이장 집에 거처하기가 곤란하다며, 지성이 이장 집으로 오고, 철이 엄마를 아이들과 당분간 지성 집에서 머물게 해야겠다는 제안을 했다. 철이네 집 복구에 자신도 도와야 한다는 생각과 또 아내에게 돌아가야 한다는 생각이 얽혀 갈피를 잡을 수 없었던 지성은 쉽게 문제가 해결이 되었다. 지성은 흔쾌히 수락했다. 그리고 앞으로 과수원도 철이 엄마에게 맡겨야겠다고 생각했다. 여자 혼자의 힘으로도 충분히 감당할 수 있는 여인인 것 같았다.

그 전에 태풍에 쓰러진 나무들을 손질하고 다시 새로운 나무들을 심는 것도 그 동네 장년들에게 대신 맡아 달라고 부탁해야겠다. 자신은 아내에게 돌아가는 것이 급선무인 것 같았다. 아내와 한동안 집에 머무르다가 오피스텔을 얻어 작업실을 마련해야겠다는 생각이 들었다. 그리고 규칙적인 생활을 통해서 아내에게 더 이상 자신의 존재가 짐이 되지 않게 배려하는 것으로 조금이나마 아내를 도와야겠다는 생각이 들었다. 철이 엄마의 거짓 간질병이나 아내의 긴장은 살기 위한 몸부림이었다는 것을, 지성은 갈비뼈 한 구석이 내려앉는 것 같았다. 이젠 아내에게서 도망하지 않을 것이다. 지성은 서둘러 책들과 옷가지들을 챙기기 시작했다. 태풍 뒤 설거지가 마무리 되는대로 서울로 돌아가야겠다. 과수원은 자신들이 돌보기 전까지 철이 엄마에게 무상으로 빌려주기로 했다.

눈이 내린 날

1

여보, 그 날도 오늘처럼 눈이 많이 내렸지요. 하늘과 땅이 하얀 눈 속에서 새근새근 잠든 어린아이처럼 숨을 쉬고 있었어요. 앞뜰에서 멀리 눈 덮인 산이 아침 햇살에 반사되어 거울처럼 반짝였습니다. 간간이 눈 무게에 눌린 나뭇가지들이 툭툭 꺾어지는 소리를 냈어요. 좀체 폭설이 오지 않았었는데, 제가 오고 처음 그렇게 눈이 많이 왔어요.

결혼을 결정하고 처음 이 곳을 방문했을 때가 기억났어요. 봄이었죠. 마을을 들어서는 입구에서부터 한창 피어나기 시작한 벚꽃이 온 마을을 환하게 비추고 있었어요. 그때 제 속으로부터 와아 하는 감탄과 함께 뜨거운 열기가 올라오더군요. 왜 있잖아요. '고향의 봄'에 나오는 '복숭아 꽃 살구 꽃 아기 진달래'가 피는 그런 고향 같은 느낌요. 그래서 전 이 마을이 마치 저를 낳아 준 태고적 고향 같은 생각이 들었어요. 그래서 이렇게 떠나는 것이 쉽지만은 않았어요.

그해 며칠 전부터 한파가 올 것이라는 예보에 따라 어머니는 배추가 얼까 봐 빨리 김장을 서둘러야 한다고 재촉을 했죠. 과수 농사나 논농사는 모두 다른 사람에게 줬지만, 집을 둘러싸고 있는 밭 천 평정도는 소일삼아 하신다고 아버님이 채소 농사를 하고 계셨죠. 그 농사라는 게 얼마나 품이 드는지 아시지요. 어머님은 여러 사람 골몰케하지 말고 남 주라고 하시지만, 시골에 그렇게 사람이 흔한가요. 밭을 놀릴 수 없어 이것저것 심다보니, 심을 때는 밭을 갈아야 하고, 씨를심고 나면 틈틈이 잡초를 뽑아주어야 하고, 비료를 주어야 하고, 가물때는 물까지 주어야 하고, 소일거리가 아니라 중노동이죠. 아무리 요즈음 70세도 청춘이라지만, 평생 교육자로 살아오신 아버님의 힘으로는 감당하기 힘드신 거죠. 그렇다고 평생 도시에서 공부로 소일거리를 삼는 당신이 농사일을 알겠어요. 그러다 보니 어머니와 저까지 틈틈이 농사일에 투입이 되는 거죠, 소위 어머님 말씀대로 우리 둘은 '노는 여자' 니까요.

당신이 병원에 나가지 않는 일요일이었죠. 당신은 물론이고 아버님을 비롯한 모든 가족들이 배추를 뽑기 위해 밭에 나갔죠. 가족들이라고 해 봐야, 준서를 제외하고 당신과 아버님, 어머님과 저, 네 사람뿐, 아참 언제나 저를 따라다니는 나비가 또 있죠.

개와는 달리 사람에게 붙지 않는 고양이가 저를 따라다닌 것은 사람들을 무서워하기 때문이었죠. 집에 놀러 오던 꼬마 중에 아주 짓궂은 아이가 꼬리를 치켜들고, 거꾸로 치켜들기도 하고, 작대기로 때리기도 하며 귀찮게 구니까, 그 다음부터 사람만 보면 도망을 다니더니 어느 날부터인지 좋아한다는 것을 어떻게 알았는지 저한테서 떨어지질 않더군요. 그래서 고양이를 싫어하는 어머님은 '고양이도 준서 애미가 지 닮은 줄 아는 모양이라' 며 노골적으로 저를 비아냥대었죠. 제가 고양이를 닮았다는 말은 어머니뿐만 아니라 다른 사람에게도 많이 듣긴 했죠. 그래서 그런지 전 어릴 때부터 고양이만 보면 어쩔 줄 몰라 했어요. 그래서 저의 집에는 인형도, 장식품도 모두 고양이 종류만 있었어요. 그 인형들은 어머님이 싫어한다고 친정집에 두고 오자고 당신이 말했잖아요. 그래서 여기는 중방에 있는 피아노 위에 둔 사기 고양이 두 마리뿐이었어요. 제 이야기를 하려면 꼭 고양이 이야기부터 하게 된다니까요.

그날 아침을 먹자 준서에게 옷을 입혀 안동댁 아줌마에게 부탁하고 함께 밭을 나갔죠. 그 날도 잔뜩 웅크린 하늘은 어둡고 칙칙했어요. 전 오리털 잠바를 움켜쥐고, 마지못한 듯 발걸음을 천천히 옮겼습니다. 그 날도 전날의 불면으로 인한 악몽에서 깨어나지 못한 몽롱한 상태였으니까요. 나비도 영 못마땅한 듯, 느릿느릿 우리 일행과는 거리를 두고 따라오고 있었죠. 미리 떠나기 전에 그렇지 않아도, 나비가 꼭 나를 따라다닌다는 것을 알면서도, 어머님은 추위를 단속하기 위해 머리까지 회색 카시멜론 목도리를 뒤집어쓰며 한마디 하더군요. "너는 마 집에 있거라, 이~잉." 하며 마치 때릴 것 같은 몸짓으로 주먹질을 했죠. 그러자 나비는 야옹거리며 저의 발을 휘감았죠. 그러다 어머님 때문인지 가까이 오지도 않고 느릿느릿 따라오고 있었어요.

아침부터 시작해, 점심, 저녁 해 질 무렵까지 배추 뽑는 일은 계속되었죠. 전 그 사이에도 점심 준비를 위해서 집으로 왔죠. 준서도 밥을 먹여야 했으니까요. 점심을 먹은 다음에는 준서도 함께 따라 나가겠다는 것을 억지로 달랬죠. 준서 역시 제 체질을 닮았는지 감기를 달고 살거든요. 어머니 아버님은 그것도 못마땅한 거예요.

처음 밭일을 시작할 땐 호미에 가끔 반 토막 난 지렁이 몸체에 몸서리치기도 하고, 알지 못하는 각 종의 벌레 땜에 깜짝깜짝 놀라면서 서서히 밭일에 익숙해졌죠. 제가 생각해도 기가 막히다는 생각이 들더군요. 피아노만 두드리던 손으로 밭일이라뇨. 땅속에 웬 벌레들이 그렇게 많죠. 멀리서 가끔 들려오는 딱따구리 소리나 까치 소리가 배추를 뽑는 동안에도 저를 가끔씩 환상 속으로 밀어 넣고는 했죠. 이런 한적한 농촌에서 커피를 들고 논길을 따라 걷는 상상 같은 거요. 제가 밭에서 배추를 뽑는 꿈은 한 번도 꾼 적이 없었다는 생각을 하며 피식 웃음이 나더군요. 가끔 대학 때 군대 간 남자 친구들의 커피를 마시고 싶을 때 맘대로 마시지 못하고, 누군가 그리울 때 만날 수 없는 고통을 생각해 보았냐는 편지를 받고 안타깝다는 생각을 한 적이 있었어요. 지금 제가 그런 것 같아요. 부모님들과 살고부터는 당신과는 남남과 다름없고 오직 일이 끝난 밤이 되어야 당신은 내 남자로 돌아오잖아요. 자연으로 뒤 덮힌 이 산골에서도 정취를 느끼는 순간보다 일에 찌든 시간이 더 많으니까요.

네 사람이 온 종일 걸려 거의 1000평 이상 되는 밭에서 900포기 이상의 배추를 뽑아냈죠. 다 끝나고 배추가 그득 밭에 쌓여 있는 것을 보니 마음이 뿌듯하데요. 노동의 대가가 크다는 생각이 들더라고요. 다음 날 200포기는 우리 김장할 배추로 남겨두고 나머지는 농협으로 내보낼 거예요. 전 허리 아픔에 어지럼증까지 겹쳐 몸을 가눌 수 없을 정도로 파김치가 되어 겨우 집에 왔어요.

저녁을 짓기는커녕, 밥 먹을 힘도 없었어요. 당신은 이미 나의 상태를 간파하고, "오늘 저녁처럼 이렇게 찌푸둥한 날은 김치를 듬뿍 넣은 따끈따끈한 라면이 먹고 싶지 않아요? 라면이나 끓어 먹죠?" 하는 당신의 말이 떨어지기 무섭게 어머니의 눈초리가 올라가며 "이래 피곤한 날, 라면이 소화가 되것나." 하며 퉁박을 주더군요. 전 아무 대응할 기운도 여력도 없었어요. 그냥 모자가 나누는 대화만 듣고 가물가물해지는 정신을 놓지 않으려고 억지로 발걸음을 옮기고 있었죠. 결국 집에 도착해, 댓돌을 오르려다 정신을 놓아 버렸죠. 나비의 야옹하는 소리와 함께 엉켜 어머니의 "야가 또 와카노." 하는 소리를 먼 소리로 들으며 저는 정신을 잃었어요.

제가 난감하게 생각한 것은 언제나 어려운 순간에 제 정신을 놓아 버린다는 것이죠. 그것은 저 혼자 생각하기에 제 몸이 지가 살기 위하여 스스로 도저히 참을 수 없는 순간에 정신을 놓아 버린다는 생각이 들더군요. 당신이 한의사라 몇 번 맥을 짚고 여러 가지로 체크해 보고 별 이상이 없다는 데도 번번이 정신을 놓아 버리는 것을 보면 지가 살자고 하는 짓 같애요. 제가 제 몸을 생각하면 기특하기도 하지만, 어머니 아버지를 생각하면 제가 한심하기도 해요. 결국 그날도 어머님이 저녁을 지을 수밖에 없었죠. 물론 당신이 미안한 마음에 부엌에 나갔겠지만, 당연히 어머님이 절대 부엌에 얼씬도 못하게 했겠죠. 당신은 남자니까.

그 다음날부터 본격적으로 김장이 시작되는 날이었죠. 둘째 날은 근래에 들어 좀체 잠을 못 잤던 제가 정신을 놓아 버린 덕에 잠을 푹 잤어요. 당신이 링거 속에 수면제를 타서 푹 재웠다고 하셨죠. 그 다음날 상쾌한 기분으로 부엌으로 나갔죠. 나보다 먼저 부엌에 나왔던 어머니는 절 본 체도 안하고 아예 댓돌로 내려가더군요. 밥을 안치려고 쌀을 둔 창고 방으로 향하자 안방에서 자고 일어난 준서와 나비가 앞 서거니 뒷 서거니 따라오더군요. 시골에서는 아이는 대체로 할머

니 할아버지하고 자는 거라며 시골에 온 첫날부터 할머니 할아버지가
준서를 데려갔잖아요. 전 섭섭했지만, 서울에서도 자기 방에서 혼자
자던 아이라 엄마, 아빠 찾지 않고 안방에서 잘 지내더라고요. 전 준
서를 안으며,

"준서 잘 잤어?"

했더니, 그동안 참았던 울음을 떠뜨리더군요.

"엄마가 죽은 줄 알았어."

"왜?"

"할아버지가 맨날 맨날 저 몸으로 오래 못 살지, 오래 못 살지 하잖
아?"

"아니야, 할아버지가 걱정이 되어서 그렇지. 울지 마, 엄마 안 죽어,
봐, 엄마 죽을 것 같애?"

준서는 고개를 살래살래 흔들었어요. 저는 준서를 한 번 안아주고,
다시 나비를 안았어요. 나비도 야옹하며 내 가슴에 머리를 기대었어요.

"엄마가 죽어도, 나비랑 살면 돼. 괜찮아, 엄마. 슬퍼하지 마"

지 딴에는 엄마를 위로한다는 말이었는데 준서의 그 말에 전 충격
을 받았어요. 준서가, 이제 만 4살밖에 안 된 아이가 마치 지 엄마는
죽는 것이 당연한 것처럼 말하는 것이 두렵고 무서웠어요. 당신의 엄
마 아버지가 그러는 것보다 더 무서웠어요. 혹 당신이 나만 모르게 숨
기는 것이 있지 않나 하는 생각까지 들더군요.

마치 그것에 확신을 주듯, 제가 쓰러진 것이 처음도 아닌데 당신은
유난히 그날부터 가정부를 두어야겠다고 여기저기 도시에 사는 친척
들에게 전화를 하더군요. 어머님은 무슨 일이 많다고 집에서 노는 여
자가 둘이나 있는데 또 여자를 들이느냐고 툴툴 거리더군요. 그러나

가정부조차 시골집 살림은 안하겠다고 해서 무산되긴 했지만요. 가정부라고 누가 일의 무덤 속에 사는 종갓집 가정부로 오겠다고 하겠어요.

몇몇 소개받은 가정부에게서 못 오겠다는 통고를 받고는 당신은 분가를 서둘렀죠. 아버님께서 "자기 편하자고 나가면 늙은 에미가 조상 봉사해야 하느냐, 조상 봉사하기 싫으면 아예 호적까지 파서 나가라"고 하셨죠. 그때서야 당신은 도저히 분가할 수 없다는 것을 알고 체념하기 시작했죠. 그러면서 이민가자고 했다가 또 왜 당신이 나한테 시집왔냐고 오히려 날 원망했죠. 전 그럴 때마다 나 때문에 하는 당신의 노력이 애처롭고 안타까웠어요.

그래요. 당신과의 결혼은 후회하지 않지만, 내 역량이 당신 집안의 며느리 되기에는 역부족이에요. 당신과 결혼한다고 할 때 친정엄마가 시골 장손 출신한테 결혼하면 고생한다며 말릴 때 들었어야 해요. 그때 전 철이 없어 장손 며느리가 뭔지도 모르고 당신만 좋으면 된다고 고집을 부린 것이 제 무덤을 판 것이죠. 참 저도 당신도 한심해요. 저야 시골의 종가집 며느리라는 것이 뭔지 몰랐다지만, 몸무게가 40킬로그램을 겨우 넘는 가냘픈 저를 종손이라는 당신의 부인감으로 선택한 것은 현실감이 부족해도 한참 부족하죠. 당신은 평생 서울에서만 살 것으로 생각했지, 시골에 내려올 줄은 꿈에도 상상을 안했다니까 할 말이 없지만요. 우리가 힘들게 된 것은 시골에 내려오면서 부터였으니까요.

아무튼 그날 준서 때문에 많이 우울했어요. 배추 200포기를 4분의 1 등분씩 쪼갰더니 또 왜 그렇게 많아요. 당신은 아침을 먹으면서 또 어머님에게 한소리 하셨죠. "요사이 김치 누가 그렇게 많이 먹는다고 200

포기나 하느냐고, 50포기만 해도 충분하다."고. 당신은 어머님을 아시면서도 그럴 때는 아무 것도 모르는 철부지처럼. 우리 먹으려고 그렇게 많이 하겠어요. 어머니나 저의 노동의 대부분은 마을 사람, 동서네, 이모님들, 고모님들 조상 봉사 때문에 그런다는 것을 알잖아요. 물론 나 몸 약한 것 때문에 나 생각해서 그런 억지소리 한다는 것 알죠.

이번 김장도 읍에서 부부가 같이 슈퍼마켓을 하는 막내 동서네나 대구에서 부부가 같이 교사를 하는 둘째 동서네, 또 임신해 있는 아가씨네, 혼자 사는 시이모, 마을 가까이 사는 시고모네 등 아무튼 나누어야 할 사람이 몇 집이나 된다고 기어이 200포기를 고집하셨죠. 그때 당신이 요사이 "사서 먹는 종갓집 김치도 맛있으니까 제가 전부 다 종갓집 김치로 보낼 테니 우리 집 김치만 조금 하자, 그렇지 않으면 배추로 나눠 주든지" 하고 몇 번 말했지만 어머님 고집도 웬간하셔야죠.

"하는 일 없이 노는 여자 둘이 조상 봉사나 해야지 뭐할 끼고" 어머님은 들은 체도 안했어요. 전 어머니의 '노는 여자' 타령에 화가 났지만 맞설 기운도 없었어요. 시골로 내려와 치고 싶은 피아노 뚜껑 한번 열어 볼 틈도 없이 일에 지쳐 사는데, 어머님은 말끝마아 '노는 여자' 타령에 저도 지쳤어요. 해도 해도 끝이 없는 일을 어머니는 참 잘도 궁리를 해요. 시골에서 당신이 치는 쇼팽의 야상곡을 듣고 싶다고 하셨죠. 또 이사할 때 피아노를 옮기면서 시골이 당신 때문에 한 수준 높아지겠다며 좋아하셨죠. 그런데 제가 피아노를 열었을 때는 어머니, 아버지가 유럽 여행을 떠났을 때 그때뿐이었어요. 시도 때도 없이 어머님한테 시달리는데, 마치 할 일 없는 여자처럼 '노는 여자' '노는 여자' 하는 데는 솔직히 어머님에게 정이 떨어져요.

더군다나 동서네, 아가씨네, 시고모님, 시이모님 준다고 김장을 더

219

엄마를 부탁해

하겠다는 것을 제가 어떻게 반대하겠어요. 그리고 언제나 그렇게 해 왔는 것을요. 마침 일요일이 걸려 이번에 처음으로 당신이 안 것이죠. 저 한 사람만 희생하면 어머님은 영원히 신사임당인 것을요. 어머님은 시고모님들께도 동네 사람들께도 모두 덕 있고 좋은 사람으로 통하는 것 아시죠. 당신도 결혼하기 전부터, 그리고 합가하면서도 강조한 것이 우리 엄마는 다른 어머니들하고 다르다는 것이었죠. 모든 사람들이 그렇게 알고 있고, 또 신사임당상까지 받은 어머니께 불평을하면 오히려 제가 이상한 사람이 되어 버리죠. 전 신사임당 어머니 밑에서 어머니의 명예에 흠집을 내지 않고 어머니가 하라는 대로 보조를 할 수밖에 없죠. 어머님은 언제나 말씀하시죠.

"될 수 있으면 음식을 많이 해서 오는 사람 가는 사람 다 나눠 먹게 하라."고.

좋죠. 문제는 그 모든 음식 만들기를 또 상차리기를 제가 혼자 해야 된다는 데 문제가 있는 것이죠. 또 한 사람이 오면 식사상, 술상 몇 번의 상을 차리고 그 다음 손님이 오면 또다시 상을 차리고 그것을 하루종일 하다보면 어질어질 빈혈이 일어나기 시작하고 손이 떨리고, 결국 쓰러지는 것이죠. 제 몸이 배겨내지 못한다는 데 문제가 있어요.

대학 때 봉사 간 것 외에는, 시골을 가 본 적이 없는 도시 출신인 제가, 더군다나 학교 다닐 때 피아노 치는 것 외에는 아무 것도 할 수 없었던 제가, 일이라곤 손에 물 한 방울도 튕기지 않았던 제가, 참 무모하기도 했죠. 종갓집 며느리라니. 그것도 당신말만 믿고 서울에서 개업해 있다 아버님께서 내려오라는 성화에 시골 가서 개업한다 그럴 때 제 부실한 몸을 생각해서 한사코 말렸어야 하는데, 무식한 놈이 용감하다고, 학교에서 배운 것처럼 모든 것을 최선을 다해서 하면 된다고 생각했죠. 제 몸이 이렇게 부실한 줄 전들 알았겠어요. 사람의 몸에도 일의 용량이 있다는 것을 시골에 내려와서야 알았으니까요.

그 날의 일이 제 몸의 용량이 넘어가면 그냥 어질어질하며 손이 떨리면서 쓰러지거든요. 저로서도 제 몸에 대해 불가항력이에요. 그리고 사람들은 몸이 피곤하면 잠이 잘 온다는데, 전 피곤하면 더 잠을 잘 수가 없어요. 그러다 보니 악순환이죠. 잠을 못자서 아침부터 비실비실, 몸이 부실하다보니, 일을 감당해 나갈 수가 없는 거죠. 당신이 좋다는 약을 다 가져와서 먹어도 몸은 더 이상 용량이 늘어나지 않는다는 것이 저도 안타까워요. 어머니 말씀은 일에 습관이 될 때가 되었는데, 집안일에 관심이 없으니, 일이 몸에 안 붙는다나요.

다른 생각하느라고 이야기 꼬리를 놓쳤네요. 그 다음날 배추를 물에 헹궈 소금물에 저리고, 다시 그 다음날은 양념할 무, 파를 썰고 마늘, 생강을 다지고 양념을 버무리고, 다시 다음날은 소금에 절인 배추에 양념을 버무리고 그것을 각기 4개의 장독을 파서 장독에 갖다 묻고 설거지를 끝으로 꼬박 4일이 걸리는 일이죠. 저는 끝까지 김장을 마무리 못하고 또 쓰러질까 봐 노심초사, 저는 당신이 수면제로 지어준 환약을 밤마다 복용하고 잠을 자려고 했죠. 그러나 그러면 그럴수록 첫날 쓰러지던 날을 빼고는 사흘은 거의 잠을 못자 몽롱한 상태로 몽유병 환자처럼 일을 겨우 해냈죠.

마지막 날도 과용의 수면제를 먹고도 잠을 잘 수 없었죠. 피곤하면 어머님, 아버님의 코고는 소리는 어떻게 요란하고 울창한지 당신도 알잖아요. 대청마루를 끼고 있는데도 두 분의 코고는 소리는 합창하듯 요란해서 잠시 잠이 들었다가도 다시 잠이 깨어 버리죠. 당신 역시 코고는 소리는 두 분 못지않아 아무리 귀마개로 귀를 막아도 저의 여린 심장을 팔딱거리게 하고 잠을 깨워 놓죠. 불면은 저를 불안으로 이끌고, 그 불안은 또 육체적 심리적 불균형을 유발하죠.

그 날도 꼬박 밤을 새우다시피 날을 세우고, 마당을 나섰더니, 온 천지가 눈으로 덮여 있더군요. 전 순간 언제나 눈이 오면 언덕바지에 있던 저의 친정집에서 아래 집의 눈으로 뒤덮인 정원을 내려다보며 감상에 젖어있던 생각이 문득 떠오르면서, 서울에 가고 싶지 뭐예요. 그리고 학교 때 늘 그랬듯이 친한 친구와 눈으로 덮인 경복궁을 거닐다 북 카페에 들려 커피를 마시고 싶다는 생각이 들더군요. 그리고는 제가 어디 있는가를 생각하며 한없이 눈물이 흘러내리더군요. 한 번 흐르기 시작한 눈물은 다시 설움을 만들고 그 설움이 다시 설움을 만들고 눈물이 봇물 터지듯 흐느낌이 되어 나오더군요. 전 얼른 눈으로 뒤덮인 뒤뜰로 발목까지 발이 빠지며 무거운 발걸음을 옮겼죠. 그리고는 굴뚝에 기대어 가서 혹 소리가 새어나갈까 봐 소리를 죽여 가며 흑흑 흐느껴 울었어요. 한참을 울다보니 마음이 개운해지더군요. 그래서 마음을 다스렸죠. 그래 이번 김장만 끝내면 준서와 서울을 다녀오자 하고. 그때서야 어머님, 아버님 일어나는 기척이 들리더군요. 전 얼른 돌아 나와 부엌으로 향했죠.

아침을 먹고, 당신이 읍으로 출근하자, 어머니와 전 마지막 힘을 다 내자는 생각으로, 일찍부터 서둘렀죠. 당신이 출근하기 전에 대청마루에 내어 놓은 큰 다랑이의 절인 배추를 큰 대소쿠리에 담아 다시 물을 빼고, 큰 대야에 있는 버무린 양념 속을 가져오고, 다 된 김장을 담기 위한 양동이를 준비, 대청마루는 발을 제대로 디딜 틈 없이 큰 그릇들로 그득 찼었죠. 얼마를 어머니와 둘이서 비벼 넣다 보니, 청송댁과 안동댁이 거들어 준다고 왔더군요. 그러자 어머니는 허리 아프다며 좀 누우신다면 자리를 떠났죠.

안동댁은 어머니가 일어서기가 무섭게, 절 빤히 쳐다보더니,

"뭐 하러 서울에서 이런 데로 시집 왔어예. 시골은 일구더기 아입니꺼. 새댁만 생각하면 저는 마 가슴이 쓰립니다. 다들 도시로 나가려고 발버둥인데 시골로 다시 들어오는 등신이 어디 있습니꺼. 큰집 아짐마야 훌륭하지만, 그 훌륭한 소리를 들으려면 허리가 꼬부러져야 들을 수 있어예. 종갓집 일이 장난 아니지예"

"마, 그만 해라, 큰집 아짐마 듣겠다."

청송댁이 낮은 소리로 속삭이듯 말했습니다.

"뭐어 어떻노, 내가 흉보는 것 아니고, 솔직히 이 새댁 얼굴 삭은 것 봐라. 처음 올 때는 피부도 좋더니."

저는 그냥 웃었죠. 제가 무슨 말을 할 수 있겠어요.

"솔직히 큰집 아짐마도, 분가한 아들네, 시집간 딸, 웃못에 고모님, 혼자 있는 친정 언니네 김장까지 왜 아짐마가 다 해줘야 하노. 각자 알아서 할 일이지, 새댁이 뭐 죄 지었나?"

"신사임당상 받으려면 그 정도는 해야지?"

"죽어나는 사람은 누군데?"

안동댁과 청송댁은 서로 주고받으면서도 척척 손쉽게 일을 해내더라고요. 제가 하는 일 분량의 몇 배 이상을 하는 것 같애요. 그러니 어머니가 제가 성에 찰리가 있겠어요. 평상시 말을 많이 해 가끔 마을 어른들부터 핀잔을 듣는 안동댁은 제가 시골로 들어오면서부터 반복했던 말을 또다시 쏟아 놓기 시작했어요. 자신이 다 억울하고 분통이 터진다며……. 그래도 안동댁이 제일 저의 일을 많이 도와주고, 제 심정을 알아주는 것 같아, 안동댁을 대할 때마다 전 마음이 편했어요.

6 · 25 때 가족이 몰살당하는 것을 제 눈으로 지켜 본 팔자 센 여자라며 자신과 같은 팔자 센 여자나 시골에 사는 것이라며, 안동댁은 가끔 그 때의 처참한 상황을 떠올리듯 몸서리를 치기도 했어요. 그래서 저도 안동댁이 그지없이 안쓰럽고, 애처롭다는 생각이 들더라고요. 그래서 저는 형제처럼 챙기고 마음을 터놓기도 하죠. 그 7살 어린 나이에 부모와 오빠가 몰살당하는 장면을 정낭이라고 하는 옛 재래식 화장실에서 지켜보다 기절했다니, 정말 안동댁도 팔자가 기구하지요.

안동댁의 이런 저런 수다에 마지막 날은 힘든 줄 모르고 저녁 먹기 전에 일을 끝냈어요. 저는 안동댁이나 청송댁이 얼마나 고마운지. 그러지 않았으면 다시 하루를 잡아야 할 판이었어요. 저는 허리를 피며 휴우 하고 안도의 한숨을 쉬었죠. 미리 아버님과 당신이 파놓은 장독에 김치를 옮겨 놓음으로써 김장을 끝냈죠. 마지막 힘을 내어 저녁을 준비하려고 부엌으로 향하던 찰나였어요.

다리에 쥐가 났는지 마루 난간을 잘못 짚어 쓰러지면서 눈 속으로 굴러 떨어졌어요. 눈 속에 댓돌이 숨어 있었는 줄 누가 생각이나 했겠어요. 주위 안동댁이나 청송댁이 '어어' 하는 동안 머리가 댓돌에 부딪치며 눈에 미끄러져 콰당 하고 그대로 넘어졌죠. 제 옆을 따라오던 나비까지 함께 뒤엉켜 댓돌에 머리를 박았어요. 내 밑에 깔린 나비의 날카로운 야옹 소리가 저녁 마을을 흔들어 놓았죠. 사람들이 몰려왔고, 저는 마침 마을에 들어 와 있던 농협 직원의 차를 타고 읍에 있는 병원으로 옮겼지만, 넘어지면서 일으킨 심장마비가 소생할 수 없어 그대로 숨을 놓아 버린 것이죠. 계속된 수면제 복용으로 심장의 자생력을 잃었다나요. 결국 심장을 소생시킬 수 없어 전 당신과 세상을 달리하게 되었죠.

여보, 당신한테 지울 수 없는 상처를 남기고 혼자 이렇게 떠돌고 있어요. 더구나 제 손으로 키우지 못한 준서가 눈에 걸려 이 세상을 떠날 수 없어, 이렇게 구천을 떠돌고 있어요. 지난번 쓰러졌을 때 준서가 엄마가 없어도 나비가 있어 괜찮다고 했는데, 나비까지 데리고 와 준서한테 너무 미안하고 안쓰러워요. 저는 나비 덕분에 그래도 위로가 되요. 여기서도 나비가 제 수호신처럼 항상 따라다녀요. 당신과 준서와의 공동 기억을 떠 올리게 하는 것이 바로 나비예요.

제 일의 용량을 받쳐주지 못하던 몸은 이제 사라지고 푸른빛을 띤 영혼만이 당신과 준서 주위를 떠돌고 있어요. 당신이 준서의 교육을 위해 고등학교 때 미국으로 보낼 때 얼마나 울었는지요. 어린 것이 그 넓은 천지에서 적응을 잘할지 그리고 외롭지나 않은지, 다행히 저는 미국도 자유롭게 갈 수 있기 때문에 준서를 자주 보러 가죠. 안타깝게도 당신처럼 준서는 날 못 알아봐요. 나비의 울음소리도 못 알아들어요. 하기야 걔가 공부를 따라가려면 제 정신이겠어요. 밤마다, 새벽까지 공부하는 것을 보고, 대견해서 얼마나 울었는지요.

여보, 이제 당신은 저를 놓아 주서요. 제가 숨을 거둔 것은 누구의 잘못도 아니에요. 제 삶의 용량이 그것밖에 안 된 것이에요. 당신 부모님 뜻에 맞게 이제 종부 며느리 역할을 잘할 수 있는 튼튼한 여성하고 결혼을 해야 하는데, 당신은 내가 간지 10년이 지나서야 누구의 소개로 베트남 처녀와 결혼했죠. 베트남에서 온 춘묘는 가족이 없는 자신에게 가족을 준 당신에게 감동을 받은 것만으로 충분히 당신에게 감사를 하고 있어요. 그래서 당신 집안에 헌신할 생각을 가지고 있는 여자잖아요. 여행 가이드를 할 때는 몰랐는데, 결혼해 보니까 자신의 꿈은 좋은 가족을 만나는 것이었다는 말을 하는 것도 저는 들었어요.

혼자 단신으로 살아 온 춘묘에게는 가족처럼 소중한 것이 어디 있겠어요. 더군다나 여기서 춘묘는 자신의 처지와 같은 안동댁과 친형제처럼 잘 지내고 있잖아요.

당신은 물론 춘묘에게 그런 짐을 지우고 싶어 하지 않는다는 것을 춘묘도 알고 있죠. 그러기 때문에 춘묘는 더 가족이나 조상에게 헌신할 생각을 하게 되겠지요. 춘묘는 당신에게 무척 고마운 마음을 가지고 있는 여자예요. 저도 그랬지만. 왜 이렇게 한 지아비의 헌신적인 사랑에 그렇게 감동을 받는지 모르겠어요.

춘묘도 여행사 가이드로 자유롭게 살 수 있었고, 저도 제가 좋아하는 음악을 즐기면서 결혼생활할 수 있는 길이 얼마든지 있을 터인데 당신과의 결혼은 어쩌면 운명적인 것인지 모르죠. 힘든 상황에서도 버틸 수 있었던 것은 바로 당신 때문이에요. 각자 개인의 삶보다 대가족에 대한 헌신을 중시하는 어머니 아버지의 고집에 당신이 사랑하는 사람을 위해서 맞서 싸우는 외로운 투쟁을 볼 때는 오히려 저도 춘묘도 더 이 집안을 위해 헌신해야지 하는 생각이 드니까요. 당신도 부모님 뜻에 거스르지 않으려고 무던히 노력도 했죠. 서울에서 개업하다, 시골까지 와 시골의사가 되었고, 조강지처 조상에게 바치고, 조상 때문에 국제결혼까지 한 마당에 더 이상 조상 때문에 자신을 망치는 일은 하고 싶지 않다는 생각이 들기도 하겠죠.

준서는 한국에 들어오지 말고 조상 같은 것 찾지 않는 미국에서 살게 하고 싶다고 그러셨죠. 당신은 조상을 핑계 삼아 자신의 발목 잡는 어머니 아버지를 이해할 수 없어 했죠. 그래요, 저도 춘묘가 낯선 남의 땅에 와서 보지도 알지도 못하는 남의 조상을 모시느라 애를 쓰는 것을 보면 안타까워요. 그리고 슈퍼마켓을 하는 동서네에 일주일에 한 번씩은 밑반찬을 해 날라야 하고, 시부모님의 반찬을 매일 해서 당신 출근길에 보내야 하고, 춘묘가 아무리 일을 잘 한다고 해도 춘묘의 인생이 애처로워 눈물이 나요. 당신은 춘묘에게 '일 그만하고 쉬라' 지만, 춘묘는 자나 깨나 일만 하고 있죠. 그러고도 당신 부모로부터 며느리 대접을 못 받고 안타깝기 그지없어요.

한국 사람들이 옛부터 핏줄을 중시하는 것은 단일 민족에 대한 긍지 때문이죠. 외국인과의 결혼은 피섞임을 의미하고 그것은 조상에 대한 불순이라고 생각한 것이죠. 춘묘는 준서를 위해 자신의 아이를 갖지 않겠다는 생각까지 했는데 말이에요. 핏줄 때문에 꺼릴 이유도 없는데 말이에요.

춘묘의 출현은 시골에서 신선한 충격이었죠. 저와는 달리 순응적이면서도 한국 풍습에 자유로운 춘묘가 결혼한 지 몇 달도 되지 않은 논두렁길의 코스모스가 한창인 어느 날이었어요. 푸른 가을 하늘이 청청한 그런 날이었어요. 바람에 코스모스가 하늘거리는 도로 사이로 노란 아오자이를 입고 자전거를 타는 춘묘의 모습은 한편의 그림이었어요. 마을로 들어서는 춘묘를 보기 위해 안동댁, 청송댁 등 마을 여자들이 도로에 나와 박수를 쳤다니까요. 시골에서 감히 여자가 누가 자전거를 탈 생각을 하겠어요.

또 있어요. 춘묘가 당신과 결혼한 첫해였어요. 그날 저의 기제사를 위해 온 마당을 뒤엎어 놓았죠. 그리고는 그 넓은 삼백 평이나 되는 마당에 전부 국화를 심었죠. 마을 사람은 물론 어머니, 아버님까지 기절초풍, 춘묘는 혼 구멍이 났죠. 그때 춘묘의 행동은 한국의 어떤 며느리도 감히 상상도 못하는 행동이었죠. 그렇지 않아도 외국인 며느리라고 못마땅했던 춘묘는 그때 일로 어머니 아버지의 눈밖에 났죠.

그런데 전 그때 춘묘에게 안타까운 마음과 함께 얼마나 감탄을 했는지요. 누가 저를 추모하기 위해 그렇게 많은 국화를 심을 수 있겠어요. 거의 이십 일 이상 국화 포기를 사다 날랐는 것 같아요. 그때 전 춘묘를 나의 친동기처럼 생각하기로 했어요.

저와 똑같이 신체가 가냘프지만 춘묘는 강단이 있어, 보통 여자들의 몇 배의 일을 해도 끄떡없잖아요. 당신과 춘묘는 하늘이 맺어 준 인연이에요. 춘묘는 나를 대신해서 하나님이 보내준 선물이라고 생각하셔요. 자나 깨나 준서 생각 때문에 떠나지도 못하고, 이제야 떠날 때가 된 것 같아요. 이제 준서는 엄마 없어도 살 수 있는 대학생이 되었으니까요. 그렇게 의젓하게 잘 버텨내는 준서를 생각하면 전 여한이 없어요. 또 죽어서도 당신의 사랑을 듬뿍 받고 가는 저는 훨훨 세상살이 다 잊고 자유롭게 살고 싶어요. 그 동안 저에게 주었던 사랑, 이제 춘묘에게 주시고, 홀로 당신을 믿고 멀리에서 온 춘묘 외롭지 않게 따뜻하게 해주셔요. 여보, 당신과의 짧은 부부 생활이었지만, 당신은 나를 위해 최선을 다했고, 전 당신과 결혼한 것을 지금도 후회하지 않아요. 하늘나라에 오면 춘묘와 세 사람 행복하게 오손도손 살아요. 안녕.

2

형님 저예요. 들리셔요. 야옹 소리 한 번 지어 보라요. 형님이 눈이 많이 많이 내린 날, 저 나라로 갔다는 말, 동네 아짐마들한테 들었시요. 그래서인지 눈이 많이 내린 날은 유독 형님 생각이 나요. 나 춘묘는 형님 사진 많이 보았어요. 춘묘, 형님 많이 많이 사랑해요. 사진으로 보았을 때 사춘 시어주버님 말대로 전 형님이 저와 똑같이 생겼다는 것 알았어요. 형님이 저 나라로 가신지 15년이 되었다고요? 전 이 집 가족이 된지 5년이 되었어요. 이젠 한국말도 많이 많이 알아요. 물론, 저는 결혼하기 전에도 여행사 가이드를 하고 있었기 때문에 한국 말을 조금은 했어요.

남편과 나, 형님과 나는 이미 태어나기 전에 옛날 옛날부터 알고 있었던 것 같애요. 그렇지 않으면 어떻게 저의 나라로부터 이렇게 멀리 떨어진 영양이라는 곳까지 왔겠어요. 전 여기가 꼭 과거 언젠가 살았던 적이 있던 고향 같애요. 저의 고향은 바닷가가 가까운 마을이었고 여행사에 취직하기 전에는 떠난 적이 없었는데. 왜 그런 기분이 드는지 모르겠어요.

형님, 가는 실이 모이고 꼬여 밧줄이 되듯이, 남편과 형님과 내가 모여 튼튼한 가족이 만들어지죠. 형님과 저, 저와 남편의 정이 쌓이고 쌓여 형님이 제가 되고 제가 형님이 되면, 형님과 저는 경계가 사라지고, 형님 속에 내가 있고 내 속에 형님이 있지 않겠어요. 형님은 제 몸 속에 있다고 생각하셔요. 저는 형님 대신 살고 있고요. 형님을 보내고 남편은 서울에서 고향에 내려 온 것을 후회 많이 많이 했대요. 형님에게 맞지 않은 시골 살림 때문에 결국 죽게 만들었다고. 형님을 생각하면 자신도 어쩔 수 없었다고 해요. 집에 돌아와서는 식사 시간 외에는 멍하니 방에만 있었대요. 누구 소개도 받지 않으려고 하고요. 혼자 살기로 작정한 10년 되던 해였어요. 경민 씨의 6촌 형님이 우연히 끌어내어 저와 만나게 해 준 것도 다 하늘의 뜻인 것 같애요. 형님은 다 지켜 보았으니까 저보다 더 잘 알겠지만요.

여행사에 근무하던 제가 5년 전에 우연히 한국을 오게 된 것도, 형님과 나, 남편과 나를 묶어 주기 위해 미리 계획한 여행 상품 같애요.

어머, 여행사 가이드끼리는 멋진 것은 다 기획 여행 상품이라고 해요. 아니, 형님도 아시나요. 제가 여기 와서 보니까, 시골 가는 길목마다 '베트남 처녀와 결혼 성공율 100%', '베트남 처녀 소개합니다' 하는 갖가지의 플래카드가 바람에 펄럭거릴 때마다, 저는 생각했습니다. 저 플래카드처럼 '베트남 처녀의 운명도 바람에 펄럭인다' 고.

그러나 전 정말 한국인과 국제결혼을 하는 다른 베트남 처녀와는 달리, 남편과 전 처음부터 눈이 맞았거든요. 그러니 얼마나 행운아에요. 전 처음부터 결혼 때문에 한국에 온 것도 아니었어요. 여행사 일 때문에 출장 겸 휴가 차 왔어요. 제가 만난 사람이 제가 소속되어 있는 여행사의 사장, 남편의 6촌이라는 형님이었어요. 처음 만난 저에게 그 사장은 느닷없이 결혼했냐고 묻더군요. 호호, 처음 만난 여자에게 그런 질문을 하다니요. 그래서 전 한국 사람이 으레 묻는 질문인 줄 알고 대답을 안했어요. 그랬더니 그 날 저녁 식사 시간에 절 조용히 보자더군요. 아마 누구인가한테 미혼이라는 얘기를 들었는지 혹 한국 사람과 결혼할 생각 없냐고 묻겠죠.

전 처음에 이 분이 여행사뿐만 아니라 사이공에 수없이 드나드는 결혼 브로커도 사업으로 하고 있지 않나 하는 생각이 드는 거예요. 결혼 브로커들이 베트남 처녀에게 사기를 많이 해요. 그래서 한국 결혼 브로커라 하면 베트남 처녀들은 많이 많이 싫어해요. 그런데도 한국 남자들이 워낙 인기 많아서 한국 남자들과 결혼을 많이 많이 해요. 전 그런 브로커들을 싫어했어요. 처음에 제가 얼마나 놀랐겠어요. 그래서 그 사람을 만나는 것이 무서웠어요. 여행사일 때문에 결혼 생각을 못했거든요. 바쁘게만 왔다 갔다 하다 30대 후반이 되었지만 결혼을 안 해도 불편한 것은 없었거든요. 나 혼자 벌어서 먹고 사는데 지장이 없었거든요.

6촌 형님은 절 보자, 한 대 머리를 얻어맞은 듯 했답니다. 6촌 제수가 살아 온 듯, 제 모습이 그렇게 제수를 닮았다나요. 그래서 10년 째 재혼을 안 하겠다고 버티고 있는 동생을 한 번 설득하면 되겠다는 생각이 들었다나요. 마침 경민 씨는 군대 때 월남병으로 있었기 때문에 베트남 말은 어느 정도 할 수 있고, 저 또한 한국 사람과의 대화는 웬만큼 가능했으니까, 문제가 없다고 생각한 것이죠. 아무리 그렇다고 해도 마음을 정할 수가 없더군요. 돌아가기 전까지 하루 이틀 미루다, 제가 사이공으로 돌아가기 전날 경민 씨와 만남이 이루어졌죠. 경민 씨도 커피숍 밝은 창문가에 6촌 형과 앉아 있는 저를 보자, 발걸음을 멈추더군요. 저도 경민 씨를 보는 순간 운명적인 것을 직감적으로 느꼈죠. 무어라고 표현을 해야 하죠. 과거 어떤 사진 속에서 혹은 꿈속에서 본 아주 친숙하고 익숙한 느낌을 주는 그런 분이셨어요. 경민 씨는.

경민 씨가 제 맞은편에 앉고, 커피가 배달되고 그러는 가운데 저는 혼몽한 상태로 앉아 있었어요. 강하게 밀려오는 세찬 바람 같은 것을 느꼈어요. 경민 씨도 그냥 멍하니 절 바라보기만 했어요. 그리고는 몸서리치듯 몸을 부르르 떨더군요. 6촌 형이 커피를 권하자 그때야 정신을 차린 듯 커피 잔을 들어 올리더군요. 그때까지 한마디도 저에게 말을 걸지 못하더군요. 6촌 형이 자리를 비켜주기 위해 서둘러 떠났지만, 우린 서로 아무 말을 할 수 없었어요. 그러다가, 마치 무언가를 확인하려는 듯,

"이름은?"

하고 물었어요. 저는 한국어로 답할까 베트남어로 답할까 하다 베트

남어로,

"원 스완 메오."

하고 대답했죠. 다시 몸을 부르르 떨면서 한자를 묻더군요.

그래서 봄 '춘' 자에 고양이 '묘' 자라고 대답했죠.

그때는 얼굴이 흑 빛이 되더군요. 그리고는 아무 말 없이 앉아 있었어요. 전 커피 잔을 들어 한 모금 마시고는 창문 밖으로 바라보이는 하늘을 보았죠. 온통 구름 덩어리였어요. 금방이라도 빗방울이 떨어질 것 같더군요. 그러다 고개를 돌려 경민 씨를 찬찬히 뜯어 봤어요. 들어 올 때 왜 그렇게 강렬한 느낌을 받았는지 생각하기 시작했어요. 그것은 아무래도 알지 못하는 친숙함, 옛 과거 어느 날, 만났던 그런 느낌 때문인 것 같아요. 많은 남자를 만났고, 일도 같이 했지만 그런 느낌은 처음이었으니까요. 경민 씨도 그렇게 큰 덩치는 아니었어요. 가는 몸매에다가 목까지 오는 검은 남방에 회색 양복 윗도리를 입었더군요. 지금 생각해 보니 형님과 경민 씨는 잘 어울리는 한 쌍 같군요. 저희 둘도 그렇다니까요. 호호, 형님도, 저는 형님 땜에 선택된 사람이니 말할 것도 없죠. 저는 꼭 베트남 사람이 가지고 있는 몸이거든요.

한참 침묵을 지키더니,

"고향은 어디에요?"

하고 다시 물었어요. 그래서 사이공에서 145 킬로미터 떨어진 후꾹[富國] 비치가 가까운 마을이 고향인데 지금은 사이공에 산다고 했어요. 경민 씨는 다시 깊은 사색에 빠지더군요.

전 옛날 베트남에 머물던 그때 그리움이 아직 많이 남아 있구나 하는 생각을 했어요.

그 날은 그렇게 헤어졌어요. 경민 씨는 결혼하자는 말도, 어떤 말도 하지 않았어요. 그 다음날 저는 베트남으로 돌아갔고, 일주일이 지나자 경민 씨가 베트남으로 왔더군요. 저희 부모님을 뵌다고. 그러나 저희 부모님과 오빠는 전쟁 중에 베트콩에게 몰살당해 저는 혈혈단신이었어요. 그래서 어쩌면 그때까지 결혼을 못했는지도 모르겠어요. 베트남에서도 35세 정도는 노처녀에 속하죠. 저는 베트남에 돌아와서도 혼몽한 상태에서 지냈어요. 아무런 말을 하지 않아도, 경민 씨의 표정으로 모든 것을 알 수 있었으니까요.

경민 씨는 부모님이 안 계신다는데도 고향을 가자더군요. 그래서 후꾹 비치를 가는 길에 고향에 가서 외삼촌댁과 작은 아버지댁을 방문하고 왔죠. 경민 씨가 베트남을 온 것도 부모님도 부모님이지만, 후꾹 비치에 대한 그리움 때문이었던 것 같아요. 월남 전쟁 시 백마 부대에 있을 때 친구와 후꾹 비치를 왔다나요. 그때 그 남십자성의 아름다움에 매혹, 꼭 한 번 다시 와보고 싶은 곳이었다나요. 형님, 죄송해요. 형님하고 꼭 한 번 가자고 약속했다는데, 저하고 가게 되었어요. 저는 하루 휴가를 내어 경민 씨와 택시를 대절해서 고향을 거쳐 후꾹 비치로 갔어요.

형님, 경민 씨는 그 후꾹 비치가의 남십자성의 노을이 바라보이는 노천 까페에서 백금에 1부 다이아가 박힌 프로포즈 반지를 끼워주더군요. 그때 전 이 남자라면…… 하는 생각이 들더군요. 그때 전 경민 씨의 부인인 형님과 사별했다는 이야기 외는 아무 것도 경민 씨에 관해 아는 것이 없었어요. 나이도, 자녀도, 부모에 관한 것도…….

그 다음은 형님이 아시겠지만, 경민 씨 부모님이 형님을 닮은 것도 모자라, 베트남 처녀냐고, 그 반대는 대단했죠. 경민 씨가 서울에 가서 다시 개업해서 살겠다고 해도 그것도 허락 않고, 불편한 심기를 드러냈죠. 다 아시잖아요. 전 사실 그렇게 반대하는 결혼을 꼭 해야 하나 하는 생각이 들더군요. 그리고 저희 나라나, 한국이나 부모님과 같이 사는 대가족에서는 부모님이 반대하면 안 되는 것 정도는 저도 알고 있었어요. 남의 나라에서 부모님이 반대하는 결혼, 두렵기도 했고요. 주위 사람들이 죽을 때까지 홀아비로 살게 하겠느냐고 어머니 아버지를 설득, 고집이 한 풀 꺾여 결혼은 했죠.

결혼 후 결국 어머님, 아버님이 저와는 함께 살 수 없다고 막내 동서네로 떠났죠. 저를 소개한 6촌 형님이 원망을 얼마나 들었겠어요. 그 부인인 6촌 형님의 말에 의하면, 죽은 년이나 똑같이 고양이상을 닮았다나요. 사실 전 이름까지 고양이 묘자가 들어가는 춘묘잖아요. 고양이를 좋아하는 저의 어머님이 따뜻한 봄볕에 노는 고양이처럼 팔자가 좋으라고 춘묘라고 지었거든요.

지금까지 어머니 아버지는 저를 며느리로 대접 않고 있지만, 저도 형님처럼 어머님, 아버님, 원망 안 해요. 그분들이 그러는 것은 당연하다고 생각되거든요. 어머니처럼 훌륭한 신사임당상까지 받은 분이 어머니 뜻을 받들 수 있는 며느리만 들어왔다면 문제가 되었겠어요. 계속 동네에서 높임을 받고 살았을 텐데. 고양이상을 닮은 첫 번째 며느리도 모자라 두 번째 들어 온 며느리까지, 고양이상에 베트남 며느리라니, 말이나 됩니까. 베트남에서는 고양이를 싫어하기는커녕 띠도 토끼띠 대신 고양이띠로 바꿀 정도로 고양이를 좋아해요. 그런데, 한국 사람들이 그렇게 고양이를 싫어하는 것을 몰랐어요. 어머니, 아버지뿐만 아니라 대부분 한국 사람들이 고양이가 요물이라고 싫어한다더군요. 저는 처음에 요물이라는 말이 무슨 말인가 했어요.

형님 또 어머님, 아버님이랑 만나 처음 식사하는 날이었어요. 그때까지 경민 씨와는 베트남에서 같이 식사를 한 외에는 그렇게 같이 밥 먹을 기회가 없었죠. 몇 번 있었어도 경민 씨는 베트남 풍습을 알고 있어서 그런지, 아무 말이 없었어요. 부모님과 함께 하는 식사를 읍에 있는 식당 '옛 맛'이라는 한식당에서 했어요. 거기서 서로 아무 말 없이 식사를 하려니 숨이 막히고 목이 칼칼하더라구요. 그래서 숟갈로 국을 떠먹고, 베트남 관습대로 무의식적으로 숟갈을 엎어 놓은 거예요. 그랬더니 바로 어머님의 눈초리가 올라가며,

"이게 무슨 짓이냐."

고 호통을 치는 거예요.

너무나 깜짝 놀라 전 무엇 때문에 야단을 맞는 줄도 모르고 벌떡 일어섰죠. 그랬더니 어머니가 또 한 번,

"이게 무슨 버릇이냐."

고 숟갈을 집어 던지잖아요. 그때서야 저는 '아' 하고 무엇이 잘못되었는지 알았어요. 관광객한테 들어 한국과 베트남에서 숟갈을 놓는 법이 다르다는 것을 알고도 무의식결에 그렇게 한 것이에요. 경민 씨가 베트남에서는 숟갈을 엎어 놓는 것이 관습이라 그런 것은 고치면 된다고 변명을 했지만, 아버지까지 나서서,

"베트남과 한국이 다른 관습이 하나 두 개겠나? 그 많은 관습, 다 익힐 때까지 우리가 살겠나?"

하며 두 분은 식사도 다 안 끝내고 나가시는 거예요. 저는 처음 무섭고 당황했던 것 때문에 울음이 쏟아져 나오더군요. 그래서 막 어린애처럼 울었죠. 부모님을 그렇게 전쟁 통에 보내고 어른들에게 이렇게 호통을 당하기는 처음이었어요. 그때 처음으로 어른들 모시고 사는 일이 보통일이 아니겠구나 하는 생각을 했어요.

형님, 구구절절 이야기하면 몇날 며칠을 세워도 못할 것예요. 눈이
왔으니 또 하나 생각나는 것은 제가 경민 씨랑 결혼한 첫 해였어요.
경민 씨의 형님에 대한 애틋한 심정을 생각하다 보니 첫 형님 기일 날
제가 성의를 보여야겠다고 생각하고, 전 가을 내내 집에 국화 화분을
들여 놓고, 집에 있는 화분에 다시 옮겨 심고 해서 형님 기일 날 즈음
에는 국화가 집안을 가득 차도록 하고 싶었어요. 거의 마당을 노랑,
자주, 하얀색, 꽃송이가 굵은 국화, 또 송이가 작은 국화 다양하게 화
분을 농협에서, 혹은 읍을 다녀 올 때마다 실어 날랐어요. 경민 씨도
형님에 대한 제 성의를 생각하고 좋아하는 것 같았어요. 그런데 또 그
것이 어머니 아버지의 화를 나게 할 줄이야 누가 알았겠어요. 친척 칠
순에 오셨다가 집에 잠시 들리셨던 날이었어요. 어머니는 그 많은 국
화를 보고 기절하듯 대청마루에 앉더니 울음 섞인 목소리로 마루 바
닥을 치는 거예요.

"아이고 누가 죽었노? 이게 무슨 일이고? 살다 살다 별 꼴을 다 보
네, 이게 집이가 무덤이가?"

저는 얼결에,

"형님 기일이 얼마 남지 않아서……."

라며 거어 드는 목소리로 말했어요.

"니는 산 사람보다 죽은 사람이 더 중하나?"

'조상 봉사', '조상 봉사' 할 때는 언제고 죽은 사람만 챙긴다고 화
를 내시는지 묻고 싶었어요.

아버지는 또한 발길로 국화 분을 툭툭 차면서,

"집안에 망조가 들었다, 집안에 망조가 들었다, 허허 참, 허허 참."

하며 혀를 끌끌 차시는 거요.

한국에서는 국화 분은 주로 장례식 장식용으로 쓰기 때문에 집안에 장식하는 것을 꺼려 한다는 것을 들은 것은 저녁 때 경민 씨로 부터에요. 그래서 경민 씨에게 왜 그동안 안 말렸냐니까, 죽은 사람을 추도하기 위해 장식한 것인데, 아무 문제가 없다고 생각했다는 거예요. 참 이상한 것은 경민 씨도 계속적으로 한국에서 살았는데, 경민 씨에게 아무렇지 않은 것이 어머니, 아버지에게는 왜 그렇게 잘못된 것인지 알 수 없었어요. 경민 씨 말을 빌리면 도깨비가 장난하는 것 같다나요. 자신은 아무렇지 않은 일이 어머니 아버지에게 그렇게 크게 잘못되어 보인다는 것은 바로 도깨비가 장난을 하여 어머니 아버지 마음을 홀딱 뒤집어 놓은 것이라나요. 호호 재미있죠. 저는 그 말이 그럴 듯해서 그렇기도 하겠다는 생각이 들더라고요. 도깨비 장난 때문에 어머니, 아버지와 저의 인연은 꼬이기만 한답니다. 형님은 도깨비가 보이나요. 보이면 장난 좀 그만 치라고 호통을 쳐 주셔요.

오늘도, 바로 설날 전날이에요. 전날 폭설로 명절답지 않게 마을이 조용해요. 아침 먹은지 꽤 되었는데도 온 천지가 눈 속에서 얼어붙은 듯 조용해요. 맑은 하늘의 찬 공기가 마치 어머님, 아버님과 저의 관계처럼 얼어붙어 있어요. 마치 잇몸 신경을 건드린 듯, 머리끝까지 쭈빗하네요.

새벽마다 들리는 형님 울음소리마저 눈 속에 얼어버린 듯 아무 소리를 들을 수가 없네요. 형님, 이제 떠난 거예요. 형님 울음소리에 깨어 도란도란 이야기했었는데, 그리고 보니 다른 날보다 늦잠을 잔 듯하네요. 귀 밑으로 바람이 살랑 지나가네요. 형님 그 나라에도 눈이 왔나요. 마당에 서 있는 감나무 동백나무 오동 나뭇가지가 바람에 흔들리자 그 위에 쌓인 눈이 하르르 하르르 바람과 함께 흩날리네요. 명절을 앞두고 이렇게 큰 눈이 쯧쯧쯧…… 어머니, 아버지는 혀를 끌끌 차시겠죠.

읍에서 슈퍼마켓을 하고 있는 막내 동서네와 부모님이 평상시 같으면 벌써 도착할 시간이죠. 읍에서 30분 거리라지만 눈길을 달리려면 적어도 시간 반은 걸릴 거예요. 경민 씨는 어머니, 아버지 오실 눈길을 치운다고 마을 입구까지 나갔어요. 저도 집 앞이라도 쓸어야겠죠.

어머니 아버님이 오신다하면 온몸이 다 뻣뻣해져서 그런지 실수를 반복하게 되더군요. 베트남에서는 차분하고 세심하기로 소문났는데도 말입니다. 그러다 보니 어머니, 아버지는 저를 조심성 없는 여자로 보게 되는 것 같아요. 전 아궁이 옆에 세워진 빗자루를 들고 눈 속에 파묻혀 보이지 않는 도로의 눈을 헤치며 빗자루 질을 시작했어요. 눈을 밭쪽으로 쓸어버립니다. 빗자루에 닿자 길거리에 서 있는 대추나무 가지 위에 쌓인 눈이 제 머리 위에 쏟아집니다. 저는 머리를 털다 갑자기 튀어 나온 재채기에 저 자신도 놀라고, 재채기와 동시에 건너편 집 진돗개들이 죽으라고 짖잖아요.

'저 개새끼들!'

저를 항상 봐도 낯선 사람처럼 짖어 대는 개들도 저를 베트남 사람이라고 깔보는 것 같아서 짜증스러워요. 순간 무겁게 차바퀴 구르는 소리와 고물 차에서 나는 엔진 소리가 온 마을을 울리며 마을 입구로 들어서더군요. 저는 목을 길게 빼 마을 입구를 향해 몸을 돌렸어요. 차는 바로 마을 입구에 있는 작년에 도시에서 이사 왔다던 집으로 굴러 들어가더군요. 그리고 보니 경민 씨가 보이지 않더군요. 어머니 아버지를 맞으러 어디까지 간 것일까요.

차의 시동 끄는 소리와 함께 다시 정적이 마을을 감돕니다. 형님,

명절답지 않게 조용한 이 정적이 영 기분에 걸립니다. 몸을 들어 다시 빗질을 하려는 순간 근처에서 쿵하는 소리가 났습니다. 저는 덜컥하는 가슴을 쓸어내리며 저희 집 안방 쪽을 향해 눈길을 돌렸습니다. 저는 빗자루를 아무렇게나 집어 던지고 소리가 난 곳을 향해 두리번거렸습니다. 그러다 발길을 돌려 앞마당을 가로질러 뒷마당으로 갔습니다. 거기에는 형님이 길렀다는 사진에서 본 고양이를 닮은 줄무늬가 그려진 옅은 갈색 고양이가 죽어 있는 것이 아닙니까.

전 다시 가슴이 쿵하고 내려앉았습니다. 형님, 그럼 그동안 새벽에 야옹 그런 것이 저의 환청이 아니고 정말 형님의 소리였단 말입니까. 저는 그동안 제가 형님과 텔레파시로 통하는 것으로 알았습니다. 제가 이런 저런 이야기를 하면 형님은 주로 듣고, 저는 형님이 한마디만 야옹해도 어떤 생각인지 다 알 수 있다고 생각했고, 그 야옹 소리가 제가 환청으로 들은 나비 소리라고 생각했습니다.

저는 사지가 벌벌 떨리며, 이 상황을 어떻게 받아들여야 할지 두려웠습니다. 다른 사람에게는 들리지 않는다는 그 울음소리를 제가 들을 수 있었던 것은 형님과 저는 오랜 동안의 고양이를 매개로 한 영혼의 교류 때문이라 생각했습니다. 저는 저도 모르게 몸서리가 쳐졌습니다. 그것을 보여주기라도 하듯 죽은 고양이를 보여주다니, 형님이 저희와의 인연을 이렇게 냉정하게 끊고 떠나시려고 그런 것입니까. 이제 형님과도 끝이라 생각하니 앞으로 어머니, 아버지를 어떻게 버텨낼까 겁부터 납니다.

저는 고양이를 그대로 둘 수 없다는 생각으로 경민 씨를 두리번거리며 찾았습니다. 그러나 어디까지 갔는지 경민 씨는 보이지 않았습니다. 그래서 어쩌나 어쩌나 하고 발을 동동거리다 걸음을 옮기려는 순간, 형님 이게 웬일입니까, 마치 요술이라도 하듯 나비는 사라져 버린 게 아닙니까. 형님, 말씀 좀 해보셔요. 형님과의 이별을 이런 식으로 마무리하려고 그럽니까. 이것도 저의 환상 속에 본 것입니까.

저는 또다시 몸서리를 치며 재치기를 했습니다. 어쩐지 으스스한 것이 기분이 썩 좋지는 않더군요. 더군다나 영하 7도라지만 산골이라 체감 온도는 영하 10도를 넘을 것 같습니다.

온몸이 꽁꽁 언 것 같았습니다. 저는 몸을 돌려 집으로 향했습니다.

마당에 들어서니 사랑방에 사람 기척이 들리더군요. 얼른 문을 열어 보았습니다. 언제 경민 씨가 들어왔는지 자리를 깔고 누워 있지 않겠어요. 저는 또 한 번 깜짝 놀랐습니다. 아침에 한번 일어나면 낮잠이라곤 자지 않는 사람이 이게 웬일입니까. 거기다 어머님, 아버님이 오신다는 이 순간에 누워 있다니요. 제가 이마를 짚자 머리가 펄펄 끓지 않습니까. 저는 얼른 책상 서랍에서 체온계를 꺼내, 입에 물렸어요. 그리고는 부엌에 가서 물수건과 냉장고에서 얼음을 꺼내어 경민 씨 이마 위에 올려 주었지요. 체온계의 눈금은 39도가 넘고 있었어요. 그런데 얼마나 힘든지 꿍꿍 소리까지 내지 않습니까. 오늘부터 병원이고 약국이고 모두 휴가일텐데 형님, 어쩌면 좋지요. 대답 좀 해주셔요.

그런 경황 중에 막내 동서네와 어머니 아버지가 들이 닥친 거예요. 이미 경민 씨는 그때 인사불성이 되어 정신을 못 차리더군요. 어머니, 아버지는 혼비백산, 의사를 찾으라고 하지만, 어떤 의사인들 연락이 되겠어요. 경민 씨 병원 간호원들에게 연락했지만 이미 전날 모두 고향으로 돌아가 방법이 없었어요. 모두 대학병원 응급실에는 당직이 있으니 거기를 가야 된다고 해서 서둘렀어요. 막내 서방님이 운전을 하고 제가 따라나섰죠. 눈길에 빨리 달릴 수는 없죠, 마음은 불안하죠. 차 속에서 제가 숨 넘어 가는 줄 알았어요. 그러니 서방님은 얼마나 마음이 조급했겠어요.

시골길을 한 시간 30분 이상 달리고, 읍에서 다시 한 시간 30분을 달려 대구 시내에 있는 경북대학 병원 응급실에 왔을 때, 저도 지치고 서방님도 완연히 지친 표정이었어요. 응급실에는 눈길에 미끄러진 교통사고 환자들이 온통 침대를 차지하고 신음 소리에 아프다는 고함에, 의사를 찾는 소리, 욕하는 소리 난장판이 되어 있더군요. 마침 비어있는 응급실용 침대 하나를 끌고 와 경민 씨를 누이고 서방님은 가서 수속을 밟고, 전 기다리고 있었어요. 기다리고 있는 동안에도 귓속에 대고 경민 씨 경민 씨 하며 부르기도 하고, 심장 있는 부위를 마사지하기도 했어요.

당직 의사는 두 명밖에 없고, 환자는 계속 밀려오고, 언제 경민 씨의 차례가 될지 모르겠더군요. 아직 서방님도 감감 소식이고. 불안 때문에 혼자 미칠 것 같았어요. 그래서 제가 다른 환자의 피가 줄줄 흐르는 다리에 임시 붕대를 감고 있는 의사에게 달려갔어요. 그런데 형님 이게 웬일입니까. 그동안 한국어에 문제가 없다고 생각한 제가 혼수상태니, 응급처치니 그런 단어가 전혀 생각 안 나는 거예요. 대신 영어가 튀어 나오는 게 아니겠어요, 의사에게 "We need first aid. He is in a coma"를 반복했어요. 그때 저도 제가 한국인이 아니고 외국인이라는 사실을 깨달았어요. 의사가 생각할 때 외국인인 제가 딱하게 생각되었나 보죠. 다리에 상처가 난 환자를 대강 응급처치하고는 환자를 데려 오라더군요. 바퀴 달린 침대라 침대를 끌어 의사에게 데려 왔어요. 의사는 맥박을 짚어보고, 혈압계를 가져 오라고 해서 혈압을 재어 보고, 진찰기를 심장에 대어 보더니, 고개를 갸우뚱하며, 순간적

쇼크 같은데, 자주 그런 일은 없느냐고 묻겠죠. 처음에 의사도 저에게 영어를 해야 할지 한국말로 해야 할지 난감해하더라구요. 제가 듣는 것은 충분히 한다고 했더니 한국말로 하더군요.

너무 걱정 안 해도 될 것 같으니, 빨리 검사실로 가서 뇌 검사나 받아 보는 게 좋겠다고 했어요. 저는 서방님에게 핸드폰으로 CT 촬영실로 간다고 그쪽으로 오라고 하고 서둘러 침대를 끌고 복도로 나왔습니다. 응급실을 벗어나자 복도에는 휴일이라 조용했습니다. 우선 답답한 심장이 확 트이는 기분이었어요. CT 촬영실이 있다는 왼쪽 끝 방으로 갔습니다. 그 방도 교통사고 환자들이 떼를 지어 와 있었습니다. 그러는 와중에도 막내 동서에게 몇 차례 어머니 아버지가 불안해하시니, 변화가 있을 때마다 전화를 해달라고 전화가 왔습니다. 가족이 저에게 전화한 것은 그때가 처음이었습니다. 이제야 겨우 가족으로 대우해 주는구나 하는 생각을 그 와중에도 했어요. 아직은 아무 변화가 없고, CT 촬영을 해봐야 안다고 하고 전화를 끊었습니다. 일단 의사의 반응으로는 당장 심각한 것은 아니다 라는 생각도 들더군요. 아무리 생각해도 그만한 고열에 의식을 잃다니, 참 이해를 할 수가 없더군요.

CT 촬영으로도 뇌는 아무 문제가 없고, 이렇게 혼수 상태는 뇌의 문제는 아닌 것 같고, 쇼크 상태인 것 같다며 혹 무슨 일이 있었냐고 하는 거예요. 그래서 고개를 강하게 흔들었죠. 그러면 며칠 입원하면서 심전도, 맥박, 혈압, 호흡 등을 지켜보는 것이 좋겠다고 하더군요. 입원실은 특실밖에 남은 것이 없다고 해 특실을 잡고 입원 수속을 밟았죠.

형님, 서방님과 제가 특진료를 줄 테니 빨리 결과가 나와야 한다,

이렇게 혼수상태가 오래가면 어떻게 되는 것이 아니냐며 불안해하자, 지금으로써는 자신들도 원인을 모르기 때문에 혈압 상태, 심전도, 맥박의 흐름 등을 계속 지켜보는 수밖에 없다는 거예요. 가운을 입은 채로 바로 입원실을 향했어요. 입원실에 들어가자마자, 심전도 재는 기계와 혈압기 등을 가져와 검사를 하고 나가더군요. 서방님이나 나나, 둘 중 한 사람은 남아 있고, 입원준비를 해와야 하는데, 다시 눈길을 헤매고 갈 길을 생각하니 둘 다 난감하기는 마찬가지였어요. 저는 운전을 못하니, 서방님이 가기는 가야죠. 저는 메모에다가, 막내 동서에게 부탁할 경민 씨의 내의와 내 내의, 바꿔 입을 옷, 화장품 등을 메모했어요.

입원 준비를 위해 떠났던 서방님이 결국 다시 올 수는 없었어요. 이미 밤이 되어 다시 되돌아오기에는 시골의 눈길은 전혀 녹지 않은 상태라 대형사고 감이기에 결국 저 혼자 병원에 남아 있을 수밖에 없었어요. 대신 대구 시내에 살고 있는 둘째 동서에게 혹 바꿔 입을 내의 아무거나 갖다 달라고 부탁하고 병원을 지키는 수밖에요. 남편은 계속 혼수 상태고요. 심전도, 혈압, 맥박을 잴 때마다, 아무 이상이 없다니, 저도 한편 마음이 놓이기도 하고, 원인 모르는 혼수상태라고 생각하니 더 마음이 불안하고. 밤새 한숨도 못자고, 링거가 제대로 들어가고 있나를 확인하기도 하고, 숨소리가 들리나 손을 코에 갖다 대어 보기도, 심장이 뛰는지 확인하기도 했어요.

형님과는 달리 전 잠 하나는 끝내 주는 사람인데도, 이틀 동안의 입원 중에 거의 잠을 못 잤어요. 불면 끝에 잠시 잠이 들었었나 봐요. 야옹하는 나비 소리가 들렸어요. 그리고는 잠이 깼는데, 경민 씨가 눈을 뜨고 있는 것 아니겠어요. 잠결에 의식의 혼수 상태는 깜빡 잊어버리

243

울음의 문학

고, 언제 일어났냐고 말하려는 순간, 전 너무나 깜짝 놀라 침대에서 한 발짝 물러났어요. 그리고는 경민 씨의 의식이 제대로 돌아왔나 싶어,

"잘 잤어요?"

하고 물었죠.

"잘 잤어, 그런데 여기가 어디야, 내가 왜 여기에 와 있지?"

하는 거예요. 저는 너무 멀쩡한 경민 씨가 오히려 겁이 났어요. 그래서 전화를 걸어 의사한테 의식이 돌아왔다고 통고를 했어요. 아무 이상이 없다 해도 이렇게 금방 의식이 돌아 올 줄은 몰랐어요. 명절 차례 때문에 오시지는 못하고 어머니, 아버지가 얼마나 걱정을 하셨겠어요. 전날에는 둘째 동서와 서방님이 하루 종일 지키고 있었지만 아무런 차도가 없자 밤에 돌아갔거든요.

의사가 와서 몇 가지 검사를 하더니, 이런 경우는 처음이라며, 자신들도 무엇이 원인이며, 왜 그렇게 쇼크 상태가 오래 지속되었는지를 모르겠다는 거예요. 단지,

"이런 혼수상태를 통해 몸과 마음이 편히 쉬었으니 아마 이제부터는 더 건강할 거예요. 몸은 가끔 스스로가 쉬고 싶을 때 스스로에게 제동을 걸기도 하지요."

하며 퇴원해도 좋다는 거예요.

막내 서방님에게 전화를 했어요. 의식이 돌아왔다고. 차례를 지내자마자 어머니, 아버님과 함께 서둘러 병원으로 오고 있는 중이라고 했어요. 그리고 아버지가 전화를 바꾸어 고생했다고 저한테 말했어요. 형님, 그때 울음이 얼마나 쏟아지는지요. 형님! 제 기분 아시죠. 이틀 동안의 긴장과 불안을요. 이루 말로 표현을 못해요. 어머니, 아버지께서 저랑 결혼 잘못해 또 남편 잡아먹었다고 할까 봐요. 한국 사

람은 그런다면서요. 남편이 부인보다 일찍 죽으면 부인이 남편 잡아 먹었다고요. 형님, 저도 한국 사람 다 되었죠. 그런 긴장 끝에 아버님에게 고맙다는 인사까지 받다니요. 형님, 이제 저도 겨우 이 집 가족이 된 기분이 들어요. 형님 이제 정신이 드네요. 경민 씨에게 아무 것이나 다 먹여도 된다고 하는데, 괜히 두려워요. 우선, 어제 둘째 동서가 갖다 놓은 호박죽이라도 먹여야 할 것 같아요.

형님, 우리에게는 눈도 무슨 인연이 있나 보죠. 형님이 가시는 날도 눈 온 날이어서, 형님이 또 경민 씨까지 데려가려는 줄 알고 얼마나 무서웠는지요. 그런데 오늘도 폭설로 온 천지가 혼란스러워요. 낮에 나비의 환상은 경민 씨를 데려가겠다는 뜻이었나 하고요. 마음속에 일어나는 의심이 현실이 될까 봐 말은 못하고요. 정말 겁이 많이 났어요. 형님과 경민 씨의 애틋한 사랑을 질투해서가 아니라요. 그런데 지금 생각하니 형님이 어머님, 아버님과 저의 화해를 위해서 경민 씨의 몸을 이용한 것 같네요. 그렇죠. 의사도 모르겠다잖아요. 형님, 이 모든 것 다 형님 덕분이에요. 형님 몸 약해서 못한 효도 제가 열심히 할게요. 그리고 준서 걱정 말아요. 저에게도 너무 든든한 아들이거든요. 이제 모든 것 잊으시고 훌훌 떠나셔요. 나비야, 안녕.

블랙 레인

인쇄 2010년 3월 5일 | 발행 2010년 3월 10일
지은이 · 이덕화 | **펴낸이** · 한봉숙 | **펴낸곳** · 푸른사상사
등록 제2-2876호
주소 서울시 중구 을지로3가 296-10 장양B/D 7층
대표전화 02) 2268-8706(7) | **팩시밀리** 02) 2268-8708
메일 prun21c@yahoo.co.kr / prun21c@hanmail.net
홈페이지 www.prun21c.com

@ 2010, 이덕화

ISBN 978-89-5640-739-5   03810

값 13,000원